在人间

肿瘤科女医生亲历记录

沈琳　戴志悦　主编

中信出版集团 | 北京

图书在版编目（CIP）数据

在人间：肿瘤科女医生亲历记录 / 沈琳，戴志悦主编. -- 北京：中信出版社，2021.6（2025.4重印）

ISBN 978-7-5217-3053-1

Ⅰ. ①在… Ⅱ. ①沈… ②戴… Ⅲ. ①散文集－中国－当代 Ⅳ. ① I267

中国版本图书馆 CIP 数据核字（2021）第 066394 号

在人间：肿瘤科女医生亲历记录

主　　编：沈琳　戴志悦
出版发行：中信出版集团股份有限公司
（北京市朝阳区东三环北路27号嘉铭中心　　邮编　100020）
承 印 者：北京盛通印刷股份有限公司

开　　本：880mm×1230mm　1/32　　印　　张：11　　字　　数：209 千字
版　　次：2021 年 6 月第 1 版　　印　　次：2025 年 4 月第 3 次印刷
书　　号：ISBN 978-7-5217-3053-1
定　　价：68.00 元

推荐序（一）

有人说，能当医生的都是万里挑一、天赋异禀的人，是公认的“别人家的孩子”。以此推算，这群象牙塔里的佼佼者应该会拥有很轻松惬意的人生才对。

然而，现实中，这群“聪明人”却正数十年如一日地、笨笨地过着学无止境的生活，一刻不敢懈怠，只要稍一偷懒，就会被高速发展的医学大时代无情地抛下，连招呼都不打。一旦扎进了医学这条艰辛、崎岖又漫长的道路，就得有股不惜力的“笨”劲儿，才能走得长、走得远。

医疗应该是最复杂、最特殊的“服务”行业，兼具治疗身疾、安抚心伤的双重责任。从医四十年，我深知要成为一名合格的医生，需要付出比很多其他行业的从业者更多的努力，选择了这个职业，就意味着要过“有担当”的日子。

医生是一个违反自然规律的职业，我们的工作是打破和逆转“生老病死”的自然规律，创造生命的奇迹。本书记录了一个个熟悉的名字，其中许多是与我相识多年的朋友。这 17 位医生姐妹来自不同的地域、家庭，拥有不同的性格，经历过不同的年代。书中讲述了她们与肿瘤患者之间酸甜苦辣、喜怒哀乐的故事，把生命即将走到终点的患者在面对癌症时的生命状态鲜活地展现出来。在面对晚期癌症患者时，肿瘤科医生虽然常常无法治愈，但能够给患者延长生命、减少痛苦，或者能让患者与家人好好告别，这就是医疗最大的价值。我想，这对于当下是有着重要现实意义的。

相对于肿瘤大夫，产科和生殖医学的医生或许更幸运些吧，能够微笑着迎接一个又一个新生命的降临。每当收到不同家庭发来的健康孩子的视频和照片，我都真心为他们高兴。他们那种发自内心的快乐，是对我最大的鼓舞和支持，也是使我坚持不断迎难而上的原动力。见证了数不清的女性成为妈妈的喜悦，我深知“母亲”两个字不只是责任，更是沉淀了无数的爱和岁月。与书中同行姐妹们一样，每一位女医师都努力着，希望在医者、妻子、母亲、女儿之间游刃有余地切换角色，但全身心完成繁重的临床、教学、科研工作和学习任务之后，身体常常疲惫不堪。哄孩子睡觉，讲故事把自己讲得呼呼大睡，还醒着的儿子会用肉肉的小手摇着我的胳膊，叫着：“妈妈，后来呢？还没讲完呢……”作为母亲，女医师在陪伴与生活照护上有很多的亏欠，但我们的爱从未缺乏。正如《钱氏家训》的前言中提到的“道德传家，十代以上；耕读传家次之；诗书传家又次之；富贵传家，不过三代”，医者救死扶伤、大爱无疆以及对生命负责的精神和态度，是最好的言传身教，并会内化成为子女内心强大的力量，去面对人生的一切困难。

美国一家报社曾举办过一次主题为“在这个世界上谁最快乐”的有奖征文活动，最终居首位的是“历尽风险开刀后，终于挽救了危急患者生命的医生”，当病人终于康复时，医生得到的是一种“爱情爆发般的幸福感”。2019 年末，新冠疫情突然袭来，我作为北京大学援鄂医疗队领导组组长驰援武汉。在这 66 天里，我流了这一辈子最多的眼泪，在一开始的救治困难阶段，呼吸机不够，急得直掉泪；后来救治效果越来越好，病人出院时给我们的每一句感谢、每一句关心，都会让我感动落泪；在危难之时，来自各个方面的关心支持，医疗队战友的团结不退缩，处处闪耀着人性的光辉，也经常把我感动得一塌糊涂。对医生来说，患者的信任是我们努力为这个社会带来更多健康福祉的源泉，这些幸福感、成就感足以弥补之前所有的辛劳。

疫情中，对于我们是谁、何为女医生的天职、我们有多团结和多强大，我和同人有了更深的思索和共识。女医师们用温柔、坚定和力量传递着坚定的信念，让更多人战胜病魔、重拾健康。我相信，看完肿瘤科女医生分享的经历与感悟，会让每一个人都真切地体会到，每一个生命都值得期待。

“女医生”是个有温度的、崇高的名词，她们以女性独有的细腻、感性，安抚着患者的不安，以不逊于男医生的高超医术，缓解患者的病痛。她们身兼多重职责，不敢轻言放弃，以柔弱之躯，承生命之重，用誓言传承使命，用坚守诠释初心。

高尚并不是医生的选择，而是全心全意、不断付出的报偿。弗洛伊德曾说：“精神健康的人，总是努力地工作及爱人，只要能做到这两件事，其他的事就没有什么困难。”当我们把目光放长远，事业与家庭就没有矛盾，而是会相辅相成。我相信，生活的险阻尽管无处不在，但只要有大胆向前的梦想和勇气，命运终将向我们示以无尽的繁华和灿烂。

乔杰

2021 年 5 月

推荐序（二）

这是我见到的第一本由女医生，尤其是肿瘤科医生们讲述的，基于自身职业感悟人生的书。很久没有一字一句读“闲书”的我利用假期一气读完，感慨万千。可能因为曾经决心当个大夫却一辈子干了科研，对女大夫们格外关注、敏感和好奇。这 17 位女医生都是人过中年，有的已与我年龄相仿，其中颇有几个是我的最要好的朋友、熟悉的好同事、心目中的好大夫。但因大家都工作繁忙，接触仍然有限，见面也多半是因为工作关系，更多的还是找她们帮亲朋好友求医看病，每每得到温馨的关照。因为缺乏闲暇，很少相聚，我从没有机会走进这些我尊敬和喜爱的女医生的内心。因此她们每个人的成长过程、从医经历、人生感悟就更加引人入胜。

其实医生应该是我早已很熟悉的群体，可她们的故事仍然深深感动着我。大概是当今的快节奏和热闹纷繁的世界让人太难停下来回望、反思，更难去真实坦诚、不靠豪言壮语、没有高谈阔论地娓娓叙述。这 17 位可爱的女医生是成千上万女医生的缩影，是优秀分子的代表。她们各有特点，但更多的是医者的共性。这本并非名著，也不一定能成为爆款的小书启发和扩展了我自己的认知与感悟。

第一，医生是个伟大的职业。这话对我们曾从事医学教育的人来说似乎多余。但在我国社会转型和医疗体制改革的动荡过渡阶段，在医患关系前所未有地紧张的氛围中，看到学生们和青年医生的艰辛和焦虑，近年来我也有过多次的动摇与怀疑。书中主人公们的坚守和成就再次展现了这个职业的价值。她们在平凡的日常中创造奇迹，治病救人，同时她们阅尽人生百态，人间疾苦，最近距离地观察人性。她们因此看淡生死，有了更丰富、更淡定、更强大的内心。这种成熟除了反哺职业本身，谁又能说这不是人生一大财富，医生不是一个人间值得的职业呢？真希望我们的医疗体制理得更顺，社会更和谐，让这个职业得到更多的理解和尊重。

第二，更加坚信“性格决定命运”。这些年我因工作关系接触到大量优秀的医生，早已发现他们共同的特性，聪明、专注、执着、认真，特别能拼能吃苦。而且大多数医生并不因职业阅历的丰富而变得世故，单纯仍然是他们的突出特质。外界不一定了解，学医的过程远远辛苦过其他很多职业。医学学制长，课业重，对人体的结构和功能、宏观和微观、生理和病理、技术和方法都要熟记，还有各种微生物，各种药物，各种症状体征……大量的记、背、考。毕业后，因行业准入要求，还要接受严格的住院医师规范化培训，经历数年的边干边学。医疗中最基本、最“底层”、最烦琐耗时的实践全部由年轻住院医师承担。做到专科医生，至少耗时 6 年。这是一个医生绕不开的成长之路。尽管有艰辛、有挫折、有困惑，但她们坚持下来了。我相信这其中定有性格的影响。我们的社会分工不同，选择一个职业后只有适合与胜任才能从中获得乐趣并坚持下去。我理解的安居乐业至少应有这个前提。就医生这个职业而言，一个和谐社会应该能够鼓励个人的努力，褒奖个人的才干，也因此才能保护医者的单纯。

第三，家庭教养是成就人生的重要因素。这个大道理似乎多数人都懂，但不一定能深刻理解，我们也常常不能牢记在心和身体力行。这 17 位女医生全都谈到了自己的原生家庭。不管是成长在医学世家、知识分子家庭，还是农民家庭，她们都获得了充分的、无私的父母之爱。亲情和谐加上严格的家教，几乎是她们的成长环境中具有共性的部分。一个人的成功靠的是多种复杂因素，而家庭是成就一个人优秀特质的关键因素。她们的成长和成就难道不是对当今人人焦虑的子女教育问题的又一深刻启示吗？

第四，她们的内心独白还让我再次体会到职业女性令人敬佩的天然优势：善解人意、善于沟通、坚忍执着、包容豁达……当今女性已不是弱者的化身，书中每一个人也都辛苦并快乐着、幸福着。她们帮到了无数的病患，同时为人女、人妻、人母、人师又是何其不易！对职业女性，事业和家庭的平衡几乎成为一道无解的命题，而她们靠的是双倍的努力和个人的牺牲。所以对女性的持续关爱应该是对一个社会最大的利好。

感谢她们分享宝贵的心路历程。她们的经历也折射了医学的本质和肿瘤学临床现状，相信对患者、家属了解医学和医生职业都有教益。而对医学生们，这是一群可以感触到的职业榜样。

柯杨

2021 年 5 月 7 日

作者序

这本书从动议到出版，花了好几年的时间，就像人生路，不用着急赶路，因为总能到达终点。

当了30多年医生，遇到各种各样的人和家庭，医生这个职业是一个观察社会和人性的窗口，也许没有哪一种职业像我们这样直面生老病死，直面悲欢离合，也直面真假善恶。

美国女哲学家图姆斯在以自身罹病经历为基础写下的《病患的意义》一书中曾说："大夫，您只是在观察，而我是在体验。"作为一名医生，30多年来，我的真实感受是，其实医生并不仅仅止于观察，因为在生命面前，没有谁能置身事外。

人们常说，教育的本质是用生命影响生命，其实，医疗何尝不是如此？我们在用自己掌握的医学知识去影响患者生命的同时，患者对待疾病的态度，与家人、疾病相处的模式，都会反过来影响我们医生。

癌症是块试金石，既照见医生、患者，也照见患者身边每一个相关的人。30多年来，我所经历的大部分患者，都会从最初的恐惧、焦虑、无奈，最终变得理性、积极、从容，他们常常感动着我，也激励着我。癌症当前，有不堪重负而分道扬镳的男女，也有本来已分离的男女因一方重病又和好如初。人性之复杂，人生之复杂，比医学问题复杂得多，我们无法去评判，但会重新审视自己，思考如何对待自己的职业、人生价值，如何看待世界，如何对待家人、朋友。

所以，每一个人都在用自己的方式影响着别人，进而影响着世界，这也是本书的写作初衷。

医生是一个特殊的职业，专业门槛高，责任重，要想成为一名合格的医生，往往需要投入极大的精力，而且需要终身学习。曾有人说如果男人想找个贤妻良母类型的女人，每天朝九晚五准点下班回家煮饭洗碗洗衣服、接送孩子辅导作业，那就一定不要找女医生。女医生不可能活在真空中，我们是女人，是女儿，是妻子，也是母亲，在传统观念里，女性很难摆脱照顾家庭的责任，所以女性在工作与家庭之间承受的压力之大，在女医生这个群体中尤其突出。

女人究竟能不能做到平衡事业和家庭？这是所有职业女性都要面对的一个难题，对女医生这个群体更是极大的挑战。很遗憾，我做不到，但本书中有很多医生做得很好，希望她们的个人成长经历能够给其他的职业女性一些帮助。

人生道路有多样性，家庭和事业并不是对立关系，也没有绝对的平衡。人要尊重自己的选择，因为我们追求的不是完美，而是更好的自己。

类似的两难，也体现在了本书的写作过程中。

每一位肿瘤科医生都是一部生命故事存储器，女性对生命尤其有着更加独特的感知能力。参与本书创作的 17 位女医生，都从事肿瘤内科临床工作 20 年以上，临床经验丰富，成熟、理性，日复一日面对各种癌症患者和家庭，对人生的理解也会与众不同、更加深刻。但忙碌的临床和科研工作，让我们很少有时间停下来梳理这些人文思考和进行阶段性自我总结，要将内存转化成为文字更是难以实现。于是我们邀请了戴戴（戴志悦），她是报社新闻记者出身，与我相识多年，彼此十分信任。她在离开人民日报社后一直专注于医学人物的采访和写作，已出版两本书。戴戴细腻而敏感，了解医生的工作和内心感受，她与每位医生进行了一对一的聊天式访谈，我们袒露心扉，讲述了人生感悟、生活与工作的酸甜苦辣，她记录、整理了近70万字的访谈资料，最终形成了这本书。

在此，感谢我的同行姐妹们真诚的分享，几十年从医路，我们相知相伴一路同行，已成为彼此请进生命的人；感谢工作中遇到的每一位患者和每个家庭，你们面对疾病的勇气和坚强，是我前进的最大动力；感谢本书出版过程中戴戴和出版社编辑们的努力工作，将我们每一位肿瘤科女医生的心路历程真实而充分地展现出来。希望每一位读者都能从中看到人生的光与热，看到生命的可贵与不凡，看到医患之间的密切关系与相辅相成，更感受到人间温情。

沈琳

2021年4月24日

沈琳

北京大学肿瘤医院副院长

世间所有发生的事，都是没有“如果”的。

白莉

解放军总医院肿瘤内科主任医师

每一个人的人生课题，都是如何度过宝贵的一生而不留遗憾。

巴一

天津医科大学肿瘤医院副院长

我们不是活在别人的评价里，最重要的是自我的认同。

李宇红

中山大学附属肿瘤医院内科主任医师

这个世界看似很复杂、很热闹的样子，其实人最重要的还是跟自己相处。

刘天舒

复旦大学附属中山医院肿瘤内科主任

人生沉默的时间，正是学习的最好时候，让自己变得枝叶繁茂。

李洁

北京大学肿瘤医院消化肿瘤内科主任医师

不令别人失望，也不会对别人失望，是人生最舒服的状态。

李萍萍

北京大学肿瘤医院中西医结合科主任医师

草原净化了我们的灵魂，草原让我们懂得了如何真诚待人。

李燕

北京大学肿瘤医院消化肿瘤内科主任医师

人这一辈子应该丰富一点，什么事都可以去试一试。

张小田

北京大学肿瘤医院消化肿瘤内科主任医师

当对外界的期待值降得足够低的时候，更容易收获幸福感。

张艳桥

哈尔滨医科大学附属肿瘤医院副院长、黑龙江省消化道肿瘤诊疗中心主任

靠自己建造的人生，从来不担心有一天会被人拿走。

张晓东

北京大学肿瘤医院 VIP-II 病区主任、胸部肿瘤中心副主任

当医生时间久了，越来越感觉到，面对生命，医学能做的事太少。

林洪生

中国中医科学院广安门医院肿瘤科主任

经历过生活磨难的女人，更有信心活出自己的样子。

金晶

中国医学科学院肿瘤医院深圳医院院长助理、放疗科主任

你有没有勇气去拒绝自己不想过的生活？

袁瑛

浙江大学医学院附属第二医院肿瘤内科主任

一双合脚的鞋才能让我们走更远的路。

章真

复旦大学附属肿瘤医院放疗科主任、大肠癌综合治疗组副首席专家

人最难面对的是自己内心的真实，因为有时候不那么美好。

程颖

吉林省肿瘤医院党委书记，吉林省癌症中心主任

人自律了就是真正成熟了。

樊青霞

郑州大学第一附属医院肿瘤科原主任

选择了医生这个职业，就是选择了一种特殊的生活方式。

目　录

（按各章受访者姓氏笔画顺序排列）

巴一：

我很早就知道天很高，世界很大，我在哪里

巴一　教授、主任医师、博士生导师，天津医科大学肿瘤医院（天津市肿瘤医院）副院长。享受国务院政府特殊津贴，获得“国家百千万人才”“教育部新世纪人才”等称号。现为中国抗癌协会肿瘤支持治疗专业委员会主任委员、中国医师协会肿瘤医师分会副会长、中国抗癌协会肿瘤药物临床研究专业委员会副主任委员、中国药学会抗肿瘤药物专业委员会副主任委员、《大肠癌诊治规范》（中国版）编写专家组成员等。

是的，我有一位很有成就的父亲，免疫学家、院士、医学院校长等等，他拥有很多的光环。

每个人都无法选择自己的出身。

出身于这样的家庭，我从小吃的苦可能比普通人要少，从小就能接触这个行业里最优秀的一群人，听过很多关于他们的故事。所以我很早就知道天很高，世界很大，我很渺小、很平凡，我只是一个普通的肿瘤内科医生。

出身于这样的家庭，我们得到的认可也会比别人少，哪怕付出同样的努力，靠自己的能力吃饭，也容易被别人打上“不就是因为你有这样的父亲”的标贴，而否定你本人所有的努力。

年轻气盛，对这种成见各种不服，敏感得一碰就炸。随着年龄的增长，人到中年越来越找到自我，也就越来越不在意别人怎么想了。拼爹就拼爹吧，有这样的父亲并没什么不好，这也不是我自己选的，是上天给予我的。

我们不是活在别人的评价里，别人认为你是什么样的人根本不重要，最重要的是自己到底是什么样的人。

1

1993 年我从上海第二医科大学毕业，也结束了在瑞金医院的两年实习，凭我的学习成绩和实习表现，我本可以留在瑞金医院。但我这个北方人实在不适应上海冬天的寒冷，父母很心疼，就让我回了北京，去了中日友好医院。

当时我父亲已经担任中国医学科学院院长、北京协和医学院校长。正如前面说的，对我们这种家庭的子女，社会上有一些人是戴着有色眼镜看的，认为我就是一个“拼爹”而没有什么实际能力的人。所以，我到中日友好医院后，医院并没有给我安排什么实际的工作。

但我自己知道，我在工作上付出的努力不比任何一个人少。我在上海学习，实习期间，并没有多少人知道我的家庭背景，所以在瑞金医院实习的两年里，我能担任实习组组长，完全是凭自己的能力获得的认可。但是到了北京就不一样了，我们家的姓氏又这么独特，几乎谁都能一下子就猜到我是谁的女儿。

我当时非常不服气。要知道，那时候的中日友好医院还不是一所对外开放的医院，医院硬件环境很好，但病人很少，和上海瑞金医院这种老牌名院相比，还是有较大差距的。我放弃了瑞金医院来到这里，这让我的心理不平衡感更加强烈。

父亲一直希望我出国去看看，但我特别不想出国。上学时，北京、上海的“出国潮”正值非常高涨的时期，我的同学们几乎都在考 GRE（美国研究生入学考试）、托福。

工作上不顺心，我一赌气决定出国。当时中日两国关系很友好，日本政府每年发放奖学金帮助中国培养年轻医生和科研人员，由中国的教育部组织考试，选送人员。我拿到了日本文部省全额奖学金，相当于日本教育部奖学金，每月 18.5 万日元（约合当时的人民币 2 万元），可以在日本待 6 年，足够支撑我在日本读完博士。

1994 年我去了日本。没想到这一走，就在国外待了 8 年，直到

2002 年才正式回国工作。国外求学的这 8 年，对我个人的成长非常重要。

日本文部省奖学金规定的 6 年时间很宽松，可以读 1 到 2 年语言学校，考入医学院后读 4 年博士，如果毕不了业，还允许延长 1 年。大部分的中国留学生到日本后都是先学语言，而我 10 月底到日本没上语言学校，直接报名了来年 1 月的日本北海道大学医学部癌研所的博士研究生考试，想着先熟悉一下题型，考不上明年再考。这种考试大部分是用英语命题，我的英语水平可以应付，少量看不懂的日语题就连猜带蒙，没想到竟然通过了考试。由于我没有读语言学校，后来毕业也没耽误时间，所以我实际只用了 4 年多就离开了日本。在这 4 年多的时间里，我过得很愉快，如今工作的很多基础都受益于此。

众所周知，日本人很讲究团队精神，很严谨，注重细节。我亲历后体会到，思维要达到一定高度，必须赢在细节上，做一件事，哪怕 90% 都是对的，最后很可能就失败在剩下的 10%。细节决定成败，日本人对细节的信仰深入骨髓。

医疗和战术有类似之处，也就是说即便结果未知也必须做决定往下走，而且团队要坚定执行，医疗流程才能顺畅。这一点，日本人体现得很好；教授有绝对权威，下面的医生可以在平时和他交流看法和意见，但教授一旦做出决定，就必须坚决执行。

日本的学院里等级观念很重，每天实验室里，如果教授没下班，副教授、讲师、助手都不可以走，学生就更不用提了，只有一级一级走了，最后才轮到学生走。但我运气很好，我的导师是从欧美留学回来的，没有这么严格的等级规矩，也不要求我们用那么多敬语，甚至认为“这是我们日本的糟粕，有什么话快点说，说完了就出去干活儿”。对于工作到凌晨三四点的人，他反而会批评说：“脑子跟糨糊似的有什么用？”他只注重结果，能拿出成果就行，其他不干涉。

在日本读博士和在中国很不一样，中国的博士研究生还是很强调SCI（科学引文索引）文章的发表，而我们那时候更多地强调做实验的动手能力和思维能力。我们每周都要有实验结果呈现给教授，如果周会上拿不出东西，是非常丢脸的事，所以我们在实验室里从早做到晚，很勤奋。

在日本留学期间，导师还给了我一项重要的训练，让我受益终身。

我所在的北海道大学是日本七大帝国大学之一，是非常有名的大学，对博士生的质量把关很严格，要通过联合审评才能毕业，所以毕业论文答辩这一关非常隆重而艰难。

在我进入第四年时，博士毕业论文已经基本到位，于是这一年，导师安排我每个月都参加日本各种各样的全国性学术会议，站在台上讲我的毕业课题和研究，而且不能重复，每次都要有新东西。所以，在我博士毕业答辩之前，我的论文已经接受了至少12轮的实战，不仅要把自己的研究用日语清晰地表达出来，还要能经受得住全国所有同行的质疑和挑战。每次导师都会坐在台下，也经常会提问，当别人提出的问题我答不上来时，他会站起来说“我是她的同事，我帮她解释一下这个问题”，如此替我解围。

刚开始站在台上时，紧张、陌生以及不自信接踵而至，我经常会“卡壳”，需要导师来解围。但无论这一次怎么受挫，下一次还必须站在台上，逃不掉的，所以我只能一次次纠正错误，总结经验，让自己下一次再站到台上时进步一点点。但语言障碍的问题让我一直很苦恼，毕竟日语不是我的母语，有时候台下的人提问，我甚至都不知道他在问什么。直到有一次，我发现我的师兄也会如此，而他可是地道的日本人，我就明白了，我的问题并不是语言障碍，而是和师兄一样的自信度不够所致的紧张，结果越想听明白就越听不明白。

经过这样的训练，当我对讲台一次比一次熟悉、对自己的研究的每一个细节都了然于胸、对别人的质疑和提问方式都能从容应对时，我的自信心也越来越强。第 12 次站在台上，我已经把我的博士课题、研究、论文，从各种角度都讲得滚瓜烂熟，能轻松自如地应对听众的所有提问了。

博士毕业答辩安排在 1999 年 1 月，全日语的。那时正是北海道最冷的季节，持续低温下，4 年都没有发过烧的我，却在答辩那天烧到 39 度，咳嗽得很厉害，更要命的是，我还抽到了第一个上场。导师都为我捏了一把汗，问我要不要申请一下往后排，我心一横，说，算了。

台下坐着医学部的 53 位正教授，经过 1 年的实战训练，我很顺利地讲完，只是每说几句话就要停下来咳两声，让我觉得很抱歉。由于是第一个，所有教授都精神抖擞，对我也没有“客气”，一共提了 14 个问题。我虽然发着烧，状态并不好，但由于已经被轮番“轰炸”了 1 年，这 14 个问题也基本都被问到过，所以我应对自如。到最后，主审教授说：“可以了，你回去好好休息吧。”我当时就明白我过关了。

接到博士学位将在 3 月颁发的通知的那一天，我马上预订了回国的机票，在拿到学位的第二天就离开了日本，一天也不愿意多待。之所以这样做，还是因为某种自尊心在作祟。因为，当年的中国留学生在日本的生活和学习费用都是日方资助的，有些人在毕业后会想办法留在日本。所以，有些日本教授对此不太有好感，认为“我们本来是帮着你们中国培养人才，没想到你们来了就不走了”。我是一个很“虚荣”的人，不愿意被人说成这样，所以就立刻离开了。现在想来，当时还是太年轻，人不是为了这点虚荣活着，不过珍惜羽毛能让我们更约束自己的行为。

其实，在日本的这 4 年里，我身边的日本导师、师兄们都对我非常友善，不存在所谓“出资方”那种居高临下的优越感，而且前辈欺负后辈的传统，他们也没有用在我身上。要知道，日本学术界等级森严，前辈可以使唤后辈干各种杂事，还不给好脸色，等到后辈熬成前辈时也可以欺负他的后辈。我的前辈不仅没有欺负我，而且当我被个别秘书为难时，比如给我脸色看、和我抢实验台等，还会维护我。

这期间，我对日本人有不好的感受或与之发生矛盾，基本也是因为听说其他中国人被“欺负”而出头去打抱不平。那时候民族自尊心特别强，现在想来也是我们过于敏感，而且不太善于自省自己的行为。其实被人家看不起的时候，往往并不是因为穷或者地域、国籍的问题，而是有些人的行为的确不太妥当，比如贪小便宜或者耍小聪明、钻空子等。

回顾这一段经历，我很感恩，在日本受到的科学、严谨、细致的实验思维和操作训练对我有着深远的影响，在我后来作为研究员受聘于美国的安泰康公司（Anticancer），之后又在美国著名的斯克里普斯研究所（The Scripps Research Institute）开展博士后研究工作时，都起到了至关重要的作用。因为科学的标准都是一样的，虽然美国人性格上比日本人开放一点，但两者对细节的极致追求都是一样的。所以，我在日本养成的好习惯到了美国之后几乎不需要什么适应磨合，很快就可以无缝对接地进入状态。

让我更受益的是自信心的建立，尤其是最后这一年的训练。一个人只有敢公开站在讲台上表达自己，真正把自己所讲的东西与自己的荣辱捆绑在一起，才会明白这是为自己的荣誉而战，并会全力以赴。在一件事上保持紧张和专注，才能找到自己的差距和需要补充的东西，然后一点点地进步。

自信心的建立是一种综合能力的提升，这也是每一个人成长中最重要、最核心的东西。我的导师给予了我很多机会，把我推到前台，这样的训练方式让我成长得非常快。所以，在我成为别人的老师后，我也很愿意用这种方式对我的学生、下级医生进行培养。

2

从日本博士毕业回国后的那年年底，我前往美国的加州，受聘为安泰康公司的研究员，参与肿瘤相关药物的研发。不到 1 年，我又进入美国斯克里普斯研究所进行了为期 2 年的博士后研究工作。

这么多年大部分时间都是在念书，但我实在不是一个勤奋读书的人，可能父母遗传的学习基因比较强大，学医对我来说并不是太费劲，比如砖头厚的《内科学》，我只需要花不到 20 个小时看一遍，考试就可以考八九十分。这种高效率的学习能力，可能来源于我父亲，他的逻辑思维很好，很擅于找到知识点之间的逻辑关系，提炼出共性就可以事半功倍。所以，我上学期间，虽然也很忙，但并不是那么苦哈哈的，还是有精力去做点其他事，没事就出去旅游，在日本那几年，几乎把全日本跑了个遍。

到了美国也是如此。

我所在的斯克里普斯研究所，是美国非常著名的一家私立非营利性的生物医学研究机构，成立于 1924 年，也是美国同类机构中最大的一个研究所，拥有十几位诺贝尔奖获得者。我们隔壁则是著名学术期刊《自然》的主编单位——美国生命科学领域著名的、成果最多、质量最高的研究机构之一索尔克生物研究所（Salk Institute for Biological Studies），也是一家独立的非营利性科学研究机构，同样拥有十几位诺贝尔奖获得者。

身处这样的氛围不可能不被触动，除了可以与世界顶级的研究者一起工作外，这里的自然环境也令我印象深刻——研究所建在美国加州“最美的海岸与悬崖”边。每天，我做实验到傍晚 6 点多的时候，会端一杯咖啡，站在研究所的露台上或者坐在大玻璃窗前，看着太阳慢慢落下。“曾经沧海难为水，除却巫山不是云。”看了两年多悬崖边的落日，以至于其他地方的落日都对我失去了吸引力。

除了悬崖上的落日，还有脚下的这片海域。每年 10 月到来年 1

月，鲸从阿拉斯加游到墨西哥湾，成群结队地途经于此。不过，吸引我的不是鲸，而是海豚。那些野生海豚是天生的表演家，七八十头海豚围着我们的船跳跃、翻腾，这种场景不是文艺片里被塑造出来的唯美，而是真实而鲜活地呈现在我的眼前，我的心无法不被触动。

我在这里工作学习了两年半，后来我还特意把住处搬到更远的地方，就是为了能每天享受到上下班时沿着大海奔驰的感觉。

我不是一个一心一意只顾学习的人，我觉得人这一辈子不学习肯定是不行的，但不能把人生的全部时间都花在学习上，一定要有自己的生活，能有让自己觉得美好的东西。所以我去美国、欧洲开会的时候，从来不喜欢坐在宾馆的沙发上消磨时光，在别人去购物时，我会坐在街边的咖啡厅，点一杯咖啡或别的饮料慢慢喝。经常有导游觉得“你好奇怪”，其实我是不知道我要买什么，好像物质方面的需求越来越少了。以前还偶尔买买包，但自从去了意大利的小镇看过了那些世界名牌的包之后，我就明白追求这样的名牌除了虚荣以外毫无意义。从那以后，我就觉得没什么需要买的东西了。

在这里，除了落日和海豚，更得天独厚的资源是这里的研究者。如果你愿意，每天都能听高质量的讲座，除了研究所本身的专家，外请的专家也非常多。

我的老板也每一两周就会请一位专家来做讲座，而且要求我们所有人必须提问题。我虽然英语不错，但毕竟达不到母语的程度，要完全听懂讲座并提出有质量的问题还是有一定难度的。所以必须提前做功课，在某个专家来之前，我会提前把对方的研究、文章都查一遍，对他要讲的东西有一个基本的了解，并提前准备好要提的问题。这样的训练，极大地扩充了我的知识量，我也很快就看到了自己的进步。比如刚开始我要花很多时间预习，并且尽量最先举手提问，因为万一我准备的问题被别人问了，我就没“存货”了。慢慢地，我需要花在预习上的时间越来越少，听讲座的语言障碍也越来越小，后来不再怕别人抢我的问题，因为我能在完全理解和思考之后，真正提出有价值的问题了。正如爱因斯坦所说：“提出一个问题比解决一个问题更重要。”

在斯克里普斯研究所完成博士后研究后，我想做临床医生。2002年时，我已经年过三十，如果留在美国考临床医师，重新从住院医师一点点走出来，得熬到四十岁以后了。我从来都是一个不愿意太难为自己的人，于是我决定还是回国。

做出这个决定并不容易，我不知道自己在国外漂了8年后，还能不能适应国内的环境，因为现实中会有很多我不愿意低头做的事情。后来我想明白了，会不会做和想不想做不是一回事，愿不愿意做是自己的选择，不能用自己的标准去要求别人。所以，我回国的时候，只有一个要求，能当个医生就行，甚至哪怕只是看看门诊没有病床也不要紧。

2002年，我回国后，先是在南京医科大学第一临床医学院肿瘤科工作，被聘为副教授、副主任医师和硕士研究生导师。2005年9月被天津市肿瘤医院作为人才引进，2006年我在医院创建了消化肿瘤内科并担任主任。

3

回国十几年，如今我所拥有的已经大大超出了自己当初设定的目标。

然而，人们对医学的期待值太高了，很多人不愿意接受一些原本很现实的东西，比如有些患者认为花了钱医生就必须给自己把病治好。这怎么可能呢？他患的就是现阶段不可能治好的病啊。相比之下，国外的生命教育能够让病人接受这个现实，所以他们对待生命会更加豁达，而我们国家，还缺少这种生命教育。

媒体的报道有两种极端，要么就是医生在飞机上、在火车上、在大街上怎样力挽狂澜，凸显个人英雄主义，要么对医疗行业各种负面地夸大和妖魔化。我一直觉得，这个社会应该有一种更为适合的方式来帮助年轻医生成长。

我们这些已经成熟的医生，平时遇到一两个不讲理的患者可能无所谓，但年轻医生不一样，他可能真的是满腔热情地选择了这个职业，遇上几件事之后，可能连学习的热情都没有了。慢慢地，他们只是把这个工作当成养家糊口的一种工具，工作的每一天都是对自己的摧残，自然只有挣钱才能让他觉得这种工作还有点价值，否则人生太悲苦了。

中国医生存在很多的问题，其中最受诟病的是对病人的关爱不够。

我以前也常对年轻人说，对待病人要像对待你自己的父母一样。但我后来不说了，因为我发现他们对病人比对父母好。现在刚刚走上工作岗位的孩子大多数都是独生子女，他们平时对父母都是连喊带叫的，相比之下对待病人算是柔和很多了。

医疗的问题只是社会问题的一个缩影，客观上，现在的医生，特别是年轻医生面对的现实状况并不那么友好。比如，他的实际能力只够把 2 个人照顾好，但压在他身上需要照顾的有 30 个人，这样的情况下，他能尽到的最大努力是让 30 个人都活下来，至于让大家都得到精细的照顾，他是根本做不到的。如果病人或家属不理解、不体谅这些医生，医患双方就会处于一种对立状态。其实，医生能理解病人的不容易，因为谁也不愿意生病，没事谁也不愿意跑医院。我希望医患双方都能互相多一些理解，要知道患者对医生尤其是对年轻医生的态度，可能会决定医生对这份工作是去还是留、是热爱还是将就。

我父亲多年来一直在努力推行分级诊疗，他很明白医疗中出现这样的问题并不完全是医生的问题，更大的责任在制度。现在医改也是希望把病人下沉，三级甲等医院尽可能治疗比较严重的、复杂的病，大部分常见的轻症，能够在基层解决。但现在问题的关键在于病人对基层医生的信任度较低，造成大量的患者涌入三甲医院。我们的门诊中，病情真正严重到需要我们这级医生来看的病人，10 个中可能只有 1~2 个，其他 80%~90% 的患者其实都不需要找我们看，浪费了大量的医疗资源。

患者不信任的原因，主要还是基层医生的诊治水平存在问题，存在一定的过度医疗、误诊。其实，这些问题三甲医院也同样存在，不同的是，基层医生主要是知识水平不够，而三甲医院的医生主要是诊疗时间不够。三甲医院的医生，在一上午需要接诊 80 个病人的情况下，怎么可能有足够的精力和时间充分思考呢？这就人为造成了误诊率的提高。而误诊率的升高又会加剧患者对医生的不信任，加剧医患矛盾，也加剧年轻医生对职业的不认同感，这是一种恶性循环。

有一次我们参加继续教育，学习抗生素，现场还有一位七八十岁的教授，姓宋。一位北大的急诊科教授说："宋老师如果病了还有我们，而我们以后如果病了还能找谁呢？现在的年轻大夫已经不热爱这个行业了，而这个行业，如果不热爱的话，就不会有进取心，就只会按部就班而根本不思考。"

我们现在做医学教育时，最希望的就是能让年轻人热爱这一行，这样医学才有希望。但现实情况是，很多年轻人刚走上岗位时，热情很高涨，但被患者挖了几个坑之后，他们就被打击得失去了热情。

当年，我的父母正是对医生发自真心地认同，所以才会半强迫地让我们这些子女从事这个行业。虽然到如今，我依然没有觉得这个职业如他们所说的那么好，但还是愿意尽自己的努力去做点力所能及的事。

我们肿瘤界的孙燕院士，90 岁了，老爷子是一个很懂生活的人。他曾对我们这些晚辈说，他怕老师，怕老婆，听老师的话，听老婆的话，这是他身体健康的法宝之一，他甚至幽默地总结出"惧内有三点好处"：他可以多干点活儿、多运动运动、多听取别人的意见，有利于提高自己的整体能力。

真正有能力、大气的人是不会什么都争的，而是懂得退让，他们知道退让并不会让自己失去什么，或者就算失去什么也没什么大不了的。

同行之间也如此，我觉得资源在谁手里都一样，每个人都有自己的能力，只要能出成果，能走出去就好，谁做出的并不要紧。可能是因为我在国外待得比较久，总是希望中国的医生能拿出自己的东西，但是出去开会时，我们做出的研究和外国人做的研究一比较，就能看出我们做得不系统，所以得出的结论就难以成为强有力的证据。所以我觉得中国医生现在最重要的还是要合作，互相扶持、支持，我们的研究质量才能提高。

我们中国的医生现在也很努力，整体的学术地位和以前比有很大的提高，国际权威杂志上中国医生的文章也越来越多，但是世界依然缺少真实的中国数据。

我们总是强调我们病人多，可是在这个基础上我们做出的贡献是什么呢？总不能自我标榜说自己的贡献只是让病人活着，我想作为医生，我们不应该满足于此。中国的医生光靠病人数量是很难在国际上有声音的，而且正因为我们拥有如此巨大的患者资源，我们更应该做出更多的贡献，比如给世界多提供一些数据，多发现一些新方法、一些新治疗手段，我们能有更多改善病人生活质量的措施，至少这些数据应该被用来指导我们对以后的患者实施更好的治疗。

当我们在说自己为中国做了什么贡献时，总说我们治了多少个病人、发了多少篇文章、拿了多少个课题，但是我们真正为病人做了什么呢？我觉得我们的前辈于世英教授说得很好，她说："我为了病人做学问，为了病人做科研。"

我现在把很多精力放在对肿瘤患者的支持治疗上，因为我是做消化道肿瘤临床的，消化系统是最需要做支持治疗的，实际上也就是把以前仅关注于肿瘤本身的视角扩大了，对患者整体身心的关注更多一些，也做得更细致一些。

4

回头看走过的路，似乎让我特别吃力的事不太多，但人生哪有真正轻松的事呢？只是我的人生目标定得没那么高而已。

人们总说，幸福感的多少，很大程度上取决于你对自己定位和要求的高低，人的自信程度也取决于你是否把自己放在了适合的位置上。

我从来没有认为自己有多优秀，所以也就没有太多的心理负担和不平衡。一个人的性格是天生的，与原生家庭有关。我从小吃的苦相对较少，虽不是家财万贯，但的确是从来没有吃不饱饭的时候，所以，内心的稳定感、安全感会比较多，对物质、金钱的欲望就没有那么高。我从小就知道，我所拥有的不是争抢来的；同样，那些不属于我的，也不是争抢就能得到的，比较能顺其自然。长大后独自在社会上摸爬滚打，听到过也看到过一些人不遗余力、不择手段地往上爬，爬到一定的程度回头看，其实又回到了原点。

我自信的原因是我能够摆对自己的位置，很早就知道自己不可能达到某种巅峰。不要去和别人比，那些比你优秀的人，他的能力和精力，可能是你远远达不到的，我也不盼望成为那样的人。就像有的时候朋友开玩笑问："你想当院士吗？"我说："那我是想死。"我自己知道，我再努力，99% 也是当不上的，却凭空给自己增加了好多的痛苦，何苦呢？更何况我是一个比较“虚荣”的人，半吊子水不懂装懂地站在上面，一问三不知，太丢脸了，所以如果能力达不到就不要去装。

我自认为我最大的优点就是不装。一个人要装成不是自己本来的样子，得费尽心思去编织一个又一个谎言，而当“人设”崩塌后，还得给自己找各种各样的借口，这对我来说是不能忍受的。

我想，对很多人来说，找准自己的位置是最难的。但是每个人把自己定位清楚，就会知道自己要什么，也就能成为一个不容易被别人影响的人。

好在父母对我也没有过高的期待，他们体验过人生巅峰的感觉，所以对子女的人生有更多的包容，只要我们自己觉得人生还算幸福、不那么凄苦就够了。

从小到大，父亲只强迫我做过两件事，一是学医，二是出国。我高中时擅长理科，逻辑思维不错，理想是当个工程师；我妹妹擅长文科，外语、口才、文学都很突出。但父母都是医生，他们真正以自己的职业为豪，认为当医生受尊重，能帮助别人，能做一点自己力所能及的事，而且很快能看到效果，尤其适合女孩子，于是半强迫我们姐妹俩都学了医。

如果说有这样一位父亲，究竟给我们带来什么样的实际好处，我想，他的确给了女儿一定的保护，让我们在现实的社会中，可以尽可能避免受到一些无谓的伤害或遭遇不公平，也给了我们一个可以不那么功利的空间，可以从容不迫地按自己的节奏来成长。

父亲还常对我们说，帮助别人是因为自己有能力，而不是为了得到别人的感谢；做一件事情，也不是为了得到别人的认可或某些实在的好处，而是真正想做这件事。

有一句俗语说，父母的格局是孩子的起点。从这个意义上说，我的父母带给我的东西的确是非常重要的，他们给我带来了看问题、看世界的一个更高的起点和更宽广的视野。

我觉得每个人是什么状态无关紧要，关键问题是自己认为什么是幸福，有些看起来挺傻的女人反而更幸福，只要不是装傻。

很多女人有强烈的物质欲望，虽然可能会比较累，但如果她得到了，至少体会过狂喜的感觉；有些女人怕失去、怕老去，而我认为不论怕不怕，青春都会逝去，这是自然规律。我没有怕过什么，甚至在有病人闹事时，我也是站在最前面；我没有特别想要而又得不到的东西，也没有什么放弃后觉得特别遗憾的，人生好像从来没有大喜大悲过。

我的生活可能太寡淡了，就像讲课一样，太平淡对听众就没有吸引力了，但我自己的确是很轻松的，毕竟人不是活在给别人观看的舞台上，最终还是自我的认同。

至于走到现在，我幸福吗？我觉得还没有什么结论。任何一个人在这世界上都会有觉得还不错的地方，不如意也十之八九，我想，只要自己的要求不那么高，不如意就会少一点，如意则能稍微多一点。

白莉：姥爷曾对我说，不要用病人的眼泪发财

白莉 解放军总医院肿瘤内科主任医师、教授，博士研究生导师。1996年7月毕业于中国医学科学院/北京协和医学院，获肿瘤学博士学位。1996年9月至2002年10月在解放军总医院、瑞典卡罗琳医学中心及美国匹斯堡大学医学院以博士后身份从事消化系统肿瘤的基础研究。2008年初在解放军总医院肿瘤内科工作至今。学术任职：北京癌症防治学会消化道肿瘤精准治疗委员会主任委员，中国抗癌协会临床肿瘤学专业委员会理事，中华医学会肿瘤学分会胰腺癌专业委员会常委等。擅长消化系统恶性肿瘤的综合治疗、分子靶向药物治疗和免疫治疗。

人们大多有这样的共识：在医院病房里能看到人间冷暖，人性的本质在这里能看得最清楚。我成为医生，从进入临床第一天接触患者开始，病房的一切就不断刷新我对人性的认识。

医生是冷血的，因为见惯生死，也看过太多对人性底线的挑战；但医生也最热血，因为在生与死面前，亲情、爱情、友情也会毫无保留地流露，毕竟热爱生命是人类的本能。

在癌症面前，每个人都会卸下伪装，显露最真实的一面，无论是高官、教授，还是普通的打工人，在疾病面前人人平等。

我们常常以为，有钱人会更薄凉，而普通家庭更可能拥有朴素的人情味，但实际上，医生眼中所看到的并非如此。癌症是生死战场，是婚姻、爱情的战场，是人性的战场，也是一场生命主权的战场。

1

重病与金钱的关系，很现实也很赤裸裸，能看到很多真实的人性。

一个女孩，27 岁，胃癌，找到我时已经末期了。全家人都知道预后不乐观，但依然坚持要做最后的努力，不放弃一丝机会，母亲把女儿照顾得无微不至，女儿也积极配合治疗。实际上，我很清楚她可能连坚持半年都很困难，但他们还是坦然面对，积极争取，让我们很感动。这就是一种有着正常关系的家庭，无论是家人还是医生，都期待奇迹出现的时刻。尽管最终我们还是无法逆转疾病的发展，但每一个人都没有留下遗憾。直至临终时刻，女孩和我们才知道他们是她的养父母。

另一个女孩的遭遇却完全不同。

她和男朋友一起去英国留学，出国前做了一个胃镜，说是有胃溃疡，医生要求她复查，但她没有重视，没复查就直接出国了。半年多后，症状越来越重，再做检查，发现是胃癌晚期。

双方父母都陪着女孩来到我们的病房，看上去都是经济状况和知识素养不错的家庭，两家应该已有婚约，只是还未办手续，但子女已经以夫妻的名义一起出国。女孩查出胃癌后，亲生父母认为准婆家应该承担女儿的治疗费用，准婆婆也表示“一定全力以赴”，但女孩的母亲一走，准婆婆马上办理出院不治了。

冷酷得令人愤怒！我忍不住对这个准婆婆说：“这么年轻的生命，你们一点尝试都不愿意做吗？”对方没有回答，坚持要出院。

可以预见这个女孩的结局，也大约能猜到她会经历什么样的过程，令人扼腕。更引人深思的是，这个女孩已经是成年人了，为何能把自己的生命主权轻易地拱手让人？

每个人都应对自己的生命负责，不是吗？

夫妻亦如此，如果其中一人罹患癌症，那么生命的主权属于谁？

倾家荡产去看病，是一种笼统的说法。我们在这里不去探讨医疗体制的问题，但我想说说，夫妻二人，不同的人生病，家庭所付出的努力实际会有所不同，这里面很微妙。我见到许多的家庭，谁的经济地位优越，谁就有更多的决策权。

一名男患者，胰腺癌，不到 50 岁，女儿正在上中学。胰腺癌被称为“癌王”，是一种非常恶性的肿瘤，目前还没有太好的治疗方法。我告诉他，目前的治疗不仅不能获益，反而会降低生存质量，不建议让家庭背上这么大的经济负担。但患者本人坚决要求不惜一切代价来治疗，他妻子也表示就是卖房也要治。

他们夫妻自己的决定，我无话可说，但我一直在想，明知人财两空，还要不惜一切代价，留下的母女二人未来怎么生活？

而另一对开小饭馆的夫妻则做了不同的决定。丈夫胃癌晚期，坚决要出院，他希望把钱留给子女和妻子。

对癌症晚期患者不惜一切代价续命的做法，一直存在争议，在金钱与医疗之间，永远会存在伦理的困境。医疗上的无效投入，在任何一个国家都有，这是无法完全避免的。但是，对于晚期癌症患者，连发达国家也不主张无谓的浪费性治疗。这一定要根据自己的家庭条件而定，不要为了治疗而治疗。

当生命即将走到尽头时，也许我们都应该跳出来思考生命的价值。很多时候，“不惜一切代价”更多是表明一种态度，即对生命全力以赴，不留遗憾。其实，不留遗憾的方式很多，我特别推荐电影《遗愿清单》。

你是否曾想过，当某个人有一天身患不治之症，生命进入倒计时，他会做些什么、想些什么。电影里说，人在进入天堂之前上帝会问两个问题：你快乐吗？你让别人快乐了吗？如果这两个问题的答案都是肯定的，那么你就可以上天堂了！电影中两位身患绝症的老人在生命即将走到尽头时，选择结伴去完成他们曾经的梦想，而不是躺在病榻之上接受痛苦的治疗和他人悲悯的目光。

以什么样的方式来度过宝贵的一生而不留遗憾？这不仅是癌症患者，也是我们每一个人都要经常面对的人生课题。

2

也许只有中国才把医疗当作“消费”，所以很多人认为，花了钱就必须有好结果。

我每次都会向患者反复强调，花很多钱可能不一定会得到好的治疗效果！毕竟抗肿瘤药物的毒性很大，有效率只是一个百分数，当用到具体某一位患者身上时，能否获益却是未知，所以，对每一个患者而言，治疗效果都是未知的。

有一个东北患者，肠癌肝转移，不到50岁，肝里都是转移灶，找到我们时坚决要求治疗。这种情况下，我建议可以首先靶向药物联合化疗，治疗效果还不错，但当时尚未进入医保报销范围，一个月要六七万元的费用。这让他和家属十分矛盾，尤其是妻子，舍不得钱却又不敢明确说，满心的无名火都发向了医护人员，各种找碴儿，发药慢了、换液速度慢了。我把他们叫到办公室，说：“人是需要相互理解的，我们医务人员理解你患病的不幸，积极为你治疗。你和你家人有一些来自各方面的压力和痛苦，但不意味着可以随便转嫁给为你辛勤服务的医护人员，这会让他们很伤心。”

社会上很多人在面对医患矛盾时会将矛头指向医护人员，认为患者是弱者，不分青红皂白舆论一边倒，这是不对的。医护人员也是普通人，面对高强度的体力劳动和高负荷的精神压力，需要理解和支持。医患之间必须建立良好的互信关系，才能真正一起去面对治疗中出现的各种困难，并渡过难关。还好，该患者一直定期看我的门诊，已经 5 年了，疾病还在控制中。几十年来，我始终秉持着一个原则并要求我的学生也做到：作为医生，守好我们的本职，用我们的专业水准为患者提供帮助。

事实上，每一个负责任的医生都会对病人有所选择，不是挑选贫富或美丑，而是选择信任，因为只有相信医生、依从性好的患者，才有可能真正取得好的治疗效果。

3

肿瘤病房是一个小社会。

一个女孩儿，很小的时候父母就离婚了，她跟着妈妈长大。妈妈坚强独立、事业有成，女儿长大后在外企工作，很自立，也很懂事。然而，不幸的是，妈妈患了肝内胆管癌，发现时已经很晚了。女儿每天在病房里尽心尽力地照顾妈妈，旁观者都能看到她对妈妈的那份孝心。然而妈妈刚去世，孩子的舅舅就来争遗产，女儿又找到我，希望我为她出庭做证，再帮她一把……

还有一名 51 岁的男患者，结肠癌肝转移。到我们这里之后，他妻子要求“死马当成活马医”，甘愿冒任何风险。由于事先有这样的沟通，而且患者事业有成，家庭经济状况也能支撑，所以我们彼此信任，治疗效果不错，给他延长了相当一段时间的生命。但最后还是出现肿瘤晚期导致的肝功能和肾功能衰竭。当患者快不行的时候，患者的一个远亲跑来病房找碴儿，我详细地说明了治疗过程，这件事才算结束。

处于癌症晚期，许多患者都不可避免地要走向死亡，最后的抢救，对医护人员也是一场不小的考试。

对于癌症晚期多器官功能衰竭的患者，最后我们一般是不主张抢救的，因为从医疗的角度看，这没有实际意义，而且会增加患者的痛苦。但有相当一部分家属是要求抢救的，要求气管插管、心外按压、使用抢救类的药物等。尽管之前会与家属做好这方面的沟通交流，并要求他们签字同意，但当患者的最后一刻来临时，一些家属情绪总会失控，将怨气和悲伤撒向医护人员。正如老一辈医学大家、协和老主任张孝骞教授所说的：当医生每天都是如临深渊，如履薄冰。

4

我是国家恢复高考后的第一批本科大学生。上班没几天，一个中年男子因痢疾被送来抢救，他家在农村，条件非常不好，被送来时由于脱水时间太久，中毒性休克，最终未能抢救过来！这是我第一次面对自己患者的死亡，家属哭得撕心裂肺，我也站在一旁跟着掉眼泪。

渐渐地，我掉眼泪的次数越来越少，面对死亡越来越波澜不惊。直到后来，2013 年前后遇到一个令我刻骨铭心的年轻患者。

她是一名空姐，35 岁，患了直肠癌。在整个治疗期间，她和我们配合得很好，我们一起做了各种努力。开始效果也不错，但肿瘤患者越年轻，肿瘤长得也越快、越活跃。大概治疗了两年多时间，她肝上转移得一塌糊涂。临终前，她用很微弱的声音对我说：“白主任，我能抱抱你吗？”我懂得她对人生的留恋、对我的期待，毫不犹豫地拥抱了她，转过头去，眼泪不由自主地流了出来，直到现在，一想起当时的情景我还是很伤心，伤心她那么年轻漂亮就离开了人世，伤心自己为她做得不够多。

后来我常想，如果放在今天，由于科学技术和医疗水平的进步，我可以有更多的方法帮助她，也许她存活的时间能更长一些。

都说人走茶凉，我们会遇上很多患者，大多数都是既往过客。我们看过病房里的一地鸡毛，但也有不少美好！一些患者走了很多年，他们的家属却一直想着我们医护人员。比如，一个延安的患者去世很多年了，他的家属还时不时给我们寄点家乡的特产。这是一种人与人之间的朴素的、美好的感情，我们救治过他的亲人，他们也一直惦记着我们。这也成为我职业生涯中的一种感动和鞭策！

医生阅人无数，患者也在考量医生。医生无意中的一个表情、一句话，有时候都能悄然给予患者很大的帮助和鼓励。有一名胃癌骨转移的患者，在离开之前突然对我说：“白主任，您知道吗，那次查房您说了一句话，给了我很大的力量。”实际上，我直到现在都想不起来我说过什么话。作为医生，患者很注意我们的每一句话甚至是每一个表情，我们的一举一动对患者来说都很重要，在患者面前，医生既要努力使自己更加职业化，也要传递作为一个普通人应该有的感情。

我理解患者面对肿瘤的恐惧，其实我也害怕肿瘤，但我不是怕死，而是害怕痛苦。人一旦得了肿瘤，不管你是勇敢还是不勇敢，它都会折磨你，折磨你的身体，折磨你的精神，折磨你和家人之间那种微妙的东西。肿瘤是考验人与人关系的“试金石”。

都说“久病床前无孝子”，更何况那些有时显得脆弱的关系，比如夫妻、兄弟姐妹、亲朋好友等等，变数可能更大一些！所以，不要去考验别人，更不要期待别人能经受住考验，如果真的不幸罹患癌症，最重要的，是应懂得珍惜每一天。

5

“不要用病人的眼泪发财。”

这是我刚考上医学院时，我的姥爷对我说的一句话，我铭记在心。姥爷活到了100岁！

我特别敬佩姥爷，他家在旧社会是“富农”，这是有一定年龄的人才懂得的名词。尽管他抗战时期就参加了革命，但也因出身成为“四清”和“文革”中被批斗的对象，吃尽了苦头。我的父亲是军人，我在部队长大，十三四岁时有一次参军的好机会，但由于姥爷的出身，我没能如愿，这成了我多年的一大遗憾。10年后，我考取军医大学的研究生，靠好政策和自己的努力，终于穿上了梦寐以求的军装。

当我真正成为一名医生时，姥爷感到特别欣慰！他认为，医生这个职业永远是帮助别人的，是真正的“先生”。

我是爱憎分明的人，有时候会因患者的任性无礼而生气，但我是医生，只要他们来向我求助，我就会抛弃杂念，用我的专业知识来提供力所能及的帮助。

现在门诊病人太多，正常工作时间根本看不过来，所以不得不经常限号、拒绝加号，这肯定会让有的患者不满意。实际上，每拒绝一个患者，我心里都不好受，觉得是拒绝了一个生命的求助。但人的精力毕竟是有限的，我不得不狠下心来拒绝加号，我需要给自己划定一个界限，因为只有精力充沛，才能高质量地、更长久地帮助别人。

我父亲是因尿毒症去世的。直到现在，我的心都隐隐作痛，虽然他发现尿毒症的时候已经晚了，但总觉得对父亲的去世，自己负有很大的责任。尿毒症是一种慢性病，只要坚持并规范地做透析，是可以维持的。可是我过于专注自己的工作，没能足够重视他的病情发展。如果我能帮他把高血压控制得更好，如果我能多请假回去照顾，如果我能为他的保健考虑得全面一些，也许他就不会这么早离开了，也许还能多活几年。

很多医生和我一样，对自己的病人很用心，对家人的健康问题反而重视不够，总觉得不会太严重，总觉得自己还有时间去关注。我那几年脑子里就是一根筋，没想到父亲出现严重的并发症后果。那段时间，我也经常回家，给父亲制订完治疗方案、委托给家人和当地医生后就赶回北京。最后一次是因为病房重症患者多，只在家待了两天，可是没想到不久又出了问题。等我再赶回去，已经来不及了……

我内心一直是十分愧疚的，照顾了那么多人，却没能照顾好自己的父亲！如果人生可以重来，我会把家人放在更重一些的位置。一个人连自己的家人都不爱，还能爱谁？家人是一个人生命当中很重要的部分，工作可以一丝不苟、专心致志，但决不能忽略家人。

我最庆幸的事是什么？

我的回答是：找到一个自己热爱的、可以为之终生努力的职业，对我来说，就是当一名医生！尽管这个职业非常特殊，充满责任、挑战、艰辛、风险……还有一个特点，就是必须不懈地学习和提高。一名好医生，一定是一个善于学习进取的人。我从协和医科大学博士毕业后，成为解放军总医院建站最早的博士后，接着又到欧美做了4年，光博士后就做了3站。经年历久的紧张学习、诊疗、科研、带教，不能说不辛苦，但我无怨无悔、乐此不疲。

人如果有来生，我仍愿选择做一名医生，因为我生来就是为当医生的！

刘天舒：在沉默的时光里，让自己变得枝叶繁茂

刘天舒 主任医师，博士生导师。现任复旦大学附属中山医院肿瘤内科主任、肿瘤防治中心秘书长、肿瘤早期研究病房主任。在上海医学会临床流行病学与循证医学专科分会、中国女医师协会临床肿瘤专业委员会、中国临床肿瘤学会等多个学术组织中担任主任委员或副主任委员。擅长胃肠道肿瘤的内科治疗及新药临床试验。以第一或通讯作者的身份发表SCI论文100余篇，累计影响因子近400分。主持国家级及省部级课题5项。在60余项新药临床研究中担任主要研究者（PI）。获得过复旦大学“三八红旗手”、上海女医师协会“第三届最美女医师奖”、上海医师协会“杰出专科医师奖”等光荣称号和奖项。

我1969年出生，我觉得我是幸运的，赶上的都是好日子。上小学时艰苦的岁月刚刚结束，工作之后又是中国进入高速发展的时代，如今50岁了……怎么突然之间就50岁了呢？我从来没想到我也会50岁……

回首这50年，好像一直在赶路，所以不知不觉就已年过半百了。

1

我父母是江苏人，他们大学毕业留在了上海。我在上海出生没多久，妈妈就把我送到了无锡的外婆家，长到10岁才被父母接回上海自己家中。

我1976年在无锡开始上小学，一直是成绩很优秀的孩子，尤其是理科、英语非常好，后来转学到上海，初中考入区重点，高中考入市重点。家人希望我当医生，我很顺利地考入了上海医科大学（简称上医，今复旦大学上海医学院）英语班。

我们这一批是上医最后一批六年制学生，1993年毕业时正赶上中国最好的时代，整个国家生机勃勃，我们有很多的选择机会：出国潮正值最高峰；全球各大著名制药企业也刚刚进入中国，都在招兵买马；各大医院、科研机构等都急需人才。

我们英语班的同学各有选择，其中三分之一的同学出国了，剩下的大部分都去了跨国制药企业，我是为数不多的留在医院当医生的。

在当时，医生的收入和其他职业相比，差了很多。最初我也是有些不甘，总想着要出国，但慢慢地我越来越喜欢临床工作。我被分配到中山医院后选了大内科，这也是大部分医学院女生的选择。中山医院是百年老院，在对年轻医生培训方面有很多老的传统，比如住院医师阶段只是大方向，我们先是大内科，要晋升主治医师的时候才分专业。本科毕业后第二年，也就是 1994 年，我考上了硕士研究生，我的导师是消化界著名的王吉耀教授，所以从某种意义上说，我虽然还没晋升主治医师，但基本已经确定是消化专业。

王吉耀教授是我职业生涯的第一位贵人。王教授是国内消化界著名的女强人，也是将循证医学引入中国的第一人。她一生的坎坷并未成为她取得成就的阻碍，可想而知她那坚强的意志力和强大而坚定的目标。有这样一位导师，对我的职业观的影响是巨大的。我本科是英语班，所以英语功底不错，这在 20 世纪 90 年代是很有优势的，所以跟在王教授身边参加了各种医学大会，当大会翻译，接待外国的教授，等等，大大打开了我的眼界。现在王教授已经 70 多岁了，还在工作，而且比我们任何人都努力。

2018 年王吉耀教授从医执教 50 周年时，我们这些学生聚在一起给她办了一个内部的小型庆祝活动。现场每个学生都要说几句话，我也没做什么准备，脑子里突然想起自己年轻时的一件事。

那是我大学毕业后分到中山医院的第一年，一般来说第一年住院医师不会被派去急诊，但那年春节我被通知去急诊值班，说是有医生带我，不用担心。结果那天接诊了一个病人，我开好药之后，给坐在对面的一位主治医师确认，他看了一眼说没问题，我就让病人照着处方取药了。春节过完后，有一天王老师突然把我叫去，说这个药开错了剂量，幸好没有造成太严重的后果。当时王老师只是告知结果，并没有批评我，她说："我不想因为这件事情让你失去了做医生的信心。"

虽然都知道"人非圣贤，孰能无过"，但医生在医疗上犯的错，性质比较严重，可以说每个病例都非常考验人。在老师从医执教50周年的活动上，我讲述了这件事，正好那段时间，我科里也有一个年轻医生开错了药。我想起自己当年犯错时老师说的话，当我自己坐在管理者的位置上去处理别人犯的错时，我也不想给年轻医生太大的压力。医生开错药性质很严重，但是人都会犯错，医学更是在错误中发展进步，医生也总是在错误中成长，而结果取决于我们对待错误的态度，如果没有真正去反省，依然屡教不改，错误不断循环重复，这就是不能被原谅的；如果个人吸取教训，团队从管理和制度层面来杜绝这种事再发生，错误才不会被浪费。

回过头来继续讲我的成长经历。

1997年，我硕士毕业后留在了中山医院的消化内科，但很长一段时间，我变得比较迷茫。首先，这个专业太过传统，学术上的进展比较慢，很难有新鲜的东西刺激我；其次，消化科是我们医院一个传统的大科室，人才济济，和我同年资的医生不少，我虽然算是其中比较优秀的，但个人发展还是个未知数。那些年，这种想法一直在脑子里无法去除，我终于在几年后迎来了一个机会。

2001年，我拿到了WHO（世界卫生组织）的奖学金去比利时学习，由于这一次消化专业对口的只有肿瘤专业，所以我只能选肿瘤，其实我对肿瘤一点都不懂。这半年的学习，让我意识到肿瘤专业将很有发展前途，因为研究空间很大，推陈出新的频率很高。但由于中山医院没有肿瘤科，我从比利时回来之后，又回到消化内科工作，没想到这半年的肿瘤学习成了我人生转折点的重要基础。

2002年，上海纺织第三医院整建制划入复旦大学附属中山医院，成为中山医院分部。综合性三甲大医院的肿瘤科成立得都比较晚，我们中山医院一直没有肿瘤内科，只有一个单独的肝肿瘤科，专门做肝癌治疗和研究。相反，很多二级医院都有肿瘤科，主要收治终末期的肿瘤患者。纺织医院的肿瘤科是一个年头很长的科室，2004年，肿瘤科主任同时也是以前的院长即将退休，中山医院希望派本部的人接管分部肿瘤科，于是在医院内部发布了招聘启事。

自从在比利时学习、接触肿瘤，我一直对肿瘤专业很有兴趣，这是一次换专业的好机会，我有点动心，于是试着报了名，竟然真的被选上了。上任之前，高鑫副院长找我谈话，我才知道，原来她在管理层内部也推荐了我，她认为我有这个能力，而且医院对这个分部有很好的规划，在那里会有很好的前景，对我来说是一次提升的机会。

就这样，35岁那一年我更换了跑道，从消化专业转向了肿瘤专业，但也暂时离开安稳的中山医院本部，成为一个在外漂泊的孩子。

人在35岁的时候，有一定阅历，有工作经验，又有冲劲，不怕困难，最重要的是对未来有很多美好憧憬。尽管我的导师王教授觉得我留在消化内科更好，但我还是义无反顾地接受了这个前途未卜的挑战。去了之后才知道，工作上面临的困难比我想象中大得多，这种落差，就像从有权有势的大户人家出来的大家闺秀，去了破落户家生活一样。

对我来说这就像一次白手起家的创业。病房又旧又破，医生、护士也都没有经过太好的训练，肿瘤科原有的四五位老医生，观念和知识结构都比较陈旧。我是空降来的科主任，才30多岁，还是半路出家的肿瘤科医生，要想把这个存在了几十年的肿瘤科管起来，难度可想而知。也是在这一年，我决定要继续攻读博士学位。于是一边要兼顾博士研究生的课题和刚刚起步的肿瘤专业的学习，一边要抓临床工作和科室的建设，还要照顾刚满两岁的儿子。所以，刚到分部的头几年，我忙得焦头烂额，好在年轻身体好，这么巨大的工作量和压力都能熬得住。

中国人讲究“天时地利人和”。我转到肿瘤专业时，正赶上国内肿瘤专业处于快速上升阶段，国际上肿瘤诊疗也取得很大进展，新药层出不穷，靶向药物开始进入中国，新药的临床研究开始兴起。肿瘤治疗慢慢多样化，疗效也越来越好，我此时进入这个领域，正好踩准了步点，加之我有内科基础，尤其是消化内科的基础，这对我后来主要研究消化道肿瘤很有帮助，我在专业上突飞猛进。

此外，还有一个很重要的因素是，我在中山医院的人缘不错，总部的同事对我的支持力度很大，尤其是外科。以前手术后需要化疗或者手术后复发的病人，都是送去肿瘤医院，在我的专业能力和科室逐渐得到他们认可之后，他们开始给我输送病人。更重要的是，我要让我的团队用真正的实力留住病人，为此我花了很大力气改造科室，提升治疗效果，提高服务质量。慢慢地，我的肿瘤科病人结构发生了很大变化，以前都是终末期的肿瘤病人，后来大部分是正在治疗中的病人，再加上科室的口碑在病人中逐渐建立，病人数量也渐渐多了起来。

改造科室是最难的。我们团队刚开始只有几名老医生，需要新鲜血液才能更快发展。但是，虽然我们挂着中山医院的牌子，实际是一个经济独立核算的分部，很难招到好的医生。2007 年我博士毕业，并成了硕士研究生导师，可以开始招收硕士研究生，队伍慢慢扩大，科研力量也增强了。

创业时期，整个团队同甘共苦，但是从零到一容易，从一到十就很难。业务发展到一定阶段，再往后压力越来越大，受限于硬件、软件，再去做一些扩展性的工作有时很艰难，科室的发展遇到了瓶颈。一方面我们肿瘤科在发展成熟，另一方面分部的发展却并没有按当年的预期实现，反而越来越糟糕，这让我们这个科室的前途迷雾重重。

漂泊的日子，就像一座孤岛；身份的迷失，常常被有心无力的沮丧裹挟，好在我自认方向感一向还不错。这期间，也曾有过不少颇具诱惑力的事业发展机会，我动摇过，但是最终还是想着再等等，想看看最后的结果。我也经常对科里的人说，我们一有机会一定要搬回总部，只有搬回总部才会有发展。

终于，“漂泊” 12 年之后，我遇到了生命里的另一个贵人——樊嘉院长。

樊嘉院长是中国科学院院士，也是肝脏肿瘤领域的专家，我 2004 年去分部时，他刚刚担任中山医院副院长。2015 年时，他已是中山医院的院长，在对分部进行了充分调研之后，他做了一个很大胆的决定——撤掉分部，人员整体搬回本部。

这个决定的确很冒险：这个分部的前身上海纺织第三医院，也是历史很悠久的医院，年头可能和中山医院差不多，它的退休职工、现有职工数量都是很可观的。中山医院整体接收，就意味着退休、现有职工全部要接收安排，这的确会增加很大的负担。最简单的方案就是把我们这种总部派去的医生调回来，然后把分部直接切割掉，甩给医院所在的长宁区。所以，当樊院长决定整体搬回时，医院班子成员很多人是反对的，分部的很多人也不想来本部，他们担心以前的编制优势没有了，担心适应不了大医院的水平和要求。樊院长在巨大的压力下，花了很大力气终于说服了大家，分部的所有人员都得到妥善安置。有一次樊院长和我谈起这件事，他说，他觉得当院长期间做过的最成功的一件事就是把分部成功搬迁，没有留下一点后遗症。

这个决定对我个人来说是受益的，因为如果只是把我调回本部，本部没有肿瘤内科，我一个人成不了气候。而如今整个搬回，我的肿瘤内科直接填补了医院的空缺，成为本部一个成熟的独立科室。我和我的团队真正完全回到了中山医院的大平台上，这从名分到实际都是一个质的提升。

2016 年 1 月，我的整个科室原班人员全部回到中山医院。肿瘤圈同行知道我这段经历的人，都觉得我很不容易。现在回头看这一段经历，我也挺佩服自己当年有胆量去接受那个挑战。我个人的确是有一些损失的。由于分部的财务是独立核算，所以虽然我还是中山医院的医生，但我的奖金是按分部的标准来发放的。这个起点本身就低于本部，更何况这 10 多年，也正是老中山医院再次腾飞的阶段，无论是医院规模，还是职工收入，都整体上了很大一个台阶。这一减一增，我个人面对的收入差距就不是一星半点了，好在我这人有方向感，知道轻重，个人金钱上的损失都是小事，也就不那么计较这方面的得失了。

我更感恩这 12 年的历练。这个事业的转折点，风险与机遇并存，我坚守住了，并快速成长起来。

分部是一个很单纯的环境，在分部时就是学习和业务，不像现在回到本部后每天三头六臂应付各种行政事务。虽然是半路出家，但我有内科基础，而且到那个年资，我已经可以自主学习，比如看文献，向病人学习，总结、研究病例，在学术会议上学习，因此我的肿瘤学知识水平突飞猛进。对外学术交流时，我们是中山医院肿瘤内科，在全国的学术平台上也有很多的机会，最终我们用实力获得了业界的认可，我们在全国的学术平台上也发挥了重要作用。

尽管我们挂着中山医院的牌子，但分部对本部来说更像一个自力更生的“养子”，所以我们没有大医院那种天生的优越感。科室要活下去并且活得好，我们必须治疗有效、态度谦和、服务人性化、管理高效，这样才能留住病人。2016 年搬回本部以后，科室的软硬件都提升很大，生源质量也好很多，但这些新成员一进门就遇上“风华正茂”的科室，根本想象不到我们当初打拼时过的苦日子。其实，我们一直在打拼，无论是医生队伍还是护士队伍，我们都知道科室走过的路，一切来之不易，这对于科室保持好的风气很重要。

有人说过，人生沉默的时间，正是学习的最好时候。这 12 年，我也有过很多迷茫，不知未来究竟会怎样，当时我的一个师弟对我说：“你现在一定要让自己变得枝叶繁茂。”我听进去了，沉默下来慢慢打造我的枝叶，把根基扎得更深，让科室更丰满成熟，我相信，后面的出路其实也是自己前面一步一步走出来的。

最重要的是，在我最低谷的时候，我先生在精神上给予我极大的支持。我遇到的很多事情，只能回家和他说，他不是医生，所以会从另一个视角来看这些事情，的确帮我排解掉很多想不通的东西。

总之，这十几年里，我在一个自己能说了算的小角落里，安安静静地成长起来，打造了一个团队，我也从 35 岁走到了 47 岁，走过了一个女人职业生涯的黄金年龄。

2

12 年不长也不短，人生没有白走的路，每一步都算数。

我一直认为自己是个幸运的人，一路走来，事业上总有贵人相助；我的小家庭，我的先生、孩子让我改变了很多，他们让我成为更好的自己。

我遇到事业转折点时，儿子才 2 岁，如今已是 18 岁的大小伙子。这期间，孩子也遇到过成长时期的问题，紧张的亲子关系，让我们全家走到了心理咨询师的面前。我知道，这一切其实与我自己的成长经历有关，我与父母的关系也对我和孩子的关系有些影响。

人本主义心理学的先驱、现代自我心理学之父、奥地利著名精神病学家阿德勒说过：幸运的人一生被童年治愈，不幸的人一生在治愈童年。因为童年，是一个人的人格的发源地，童年积蓄的能量能滋养人的一生，而童年带来的缺失，可能会需要用一生来弥补。

我是在外婆身边长到 10 岁才回到父母身边的，我从小和父母不亲近，而比我小 3 岁的妹妹则一直在父母身边长大。外婆对我的性格影响很大，她是日本留洋回国的知识女性，是丝绸制造业的工程师。外公也是知识分子，但很早就去世了，外婆独自把 6 个子女养大成人，我妈妈是老大，我最小的阿姨只比我年长 12 岁。要怎样坚韧的女子，才能凭一己之力撑起有 6 个孩子的家庭？外婆的要强，也与她自己的成长经历有关。外婆的父亲在她还很小的时候就去世了，她也是在她的外婆家长大的，她还有一个弟弟。外婆的妈妈很柔弱，所以外婆年纪很小就要挑起整个家的担子。外婆这一辈子，除了让自己强大起来，似乎别无选择。所以，在我小时候，她告诉我的最重要的人生经验就是：女人要自立，要自强。

我 10 岁以后离开外婆，被父母接回上海读书。1987 年考上上海医科大学，学校离我家不远，外婆专程来上海，用自行车驮着铺盖，推着送我去学校报到。外婆在 84 岁时去世，距离现在已经很多年了。她去世时，我正在欧洲，赶不回来，这是终身的遗憾。

外婆对我的教育，无论是在品质上还是性格上都很好，我性格很开朗也很乐观。外婆很爱我，给了我她作为外祖母全部的爱，但其实对于年幼的孩子来说，这份爱永远无法替代父母的爱，而我童年缺失的这份来自父母的爱，导致我与父母比较疏远，直到现在。我会尽心尽力地照顾他们，但在亲密的感情方面，还是差了很多。而且不单单对我母亲，对我父亲、妹妹，我都没有办法打开心扉，同样我在与他人交往时也常常会有一道屏障。

我不想我的童年经历在我的孩子身上复制，所以当我有了孩子之后，一定要亲自把孩子带在身边。我们这一代人，对这一点应该不会有什么分歧了，但我们上一代人总是说，孩子 3 岁以前没有记忆，留在老家让老人照顾，这样父母可以安心工作。后来，我母亲对我说："其实我也不想你离开，但你外婆叫我专心工作，把你从我身边带走了。"我想，这也是两代人问题，所有母亲都希望帮子女减轻一点负担，认为带孩子是自己力所能及、帮得上忙的。

我先生的原生家庭和我的家庭差别很大，尽管两家父母都是知识分子，在外人看起来文化、地域等背景都差不多，但我自己知道，两家差别特别大。他们家的亲子关系很亲密，以至于刚结婚的一段时间，我难以适应。我先生和儿子的亲密度也很高，他对儿子的成长花的心思也比我多。

我儿子很小就很有个性，自我意识比较强，在 10 岁到 12 岁时，加上青春期激素分泌的因素，他更加逆反，很长一段时间情绪很不好，尤其和我对抗得比较厉害。那时他经常很愤怒地说："你跟我就没有其他话吗？每次第一句话就是问我作业做了没有，学习怎么样。"现在回头看，的确我有很大的问题，好像我对儿子关心的方向和他的期待总不一致，所以他更喜欢跟爸爸在一起，觉得更轻松一些，因为爸爸会从其他方面关心他。我后来想，也许跟我那时的工作压力也有关系，我在不知不觉中把工作上争分夺秒直奔主题的习惯也带回了家中，但这更可能跟自己成长过程中的经历有关。记得在我 10 岁回到父母身边时，我与他们的陌生感，除了来自 10 年的亲情缺失外，还来自母亲对我的严厉，比如早上一起来，她会一直催促我，那种迫切的感觉让我喘不过气来，本来好好的气氛就被她破坏掉了。现在想，也许是因为母亲那时正值更年期，不是有人说青春期遇上更年期就如火星撞地球一般激烈吗！

由于儿子情绪的问题，我先生曾带他去看心理医生，心理医生判断问题可能主要出在我对待孩子过于简单粗暴上，他建议全家一起治疗。但治疗都是在周末，我一般都要去外地参加学术会议，最主要是我当时并没有认为这件事很重要。而我先生对这件事的重视程度完全不一样，他工作也很忙，经常要出差，但他说："我从来不在周末出差，周末是用来陪儿子的。"所以那段时间去见心理医生时，大部分都只有他们父子二人。回想起来，我的确在对这件事的重要性认知上有很大问题，好在儿子已经度过这个阶段了，我也能够坦然面对这一段经历了。现在这位心理医生和我们成了朋友，他也蛮想跟我私下聊聊，但我挺害怕面对自己——人就是这样，很多时候理智上知道问题出在哪里，但就是不愿意采取行动，不愿意去碰内心深处最软弱的部分。

孩子在上小学、初中的时候，我很焦虑，焦虑他的学习，焦虑自己的工作——当时正在分部"漂泊"。现在明白了，学校好不好的评判标准应该是是否适合自己的孩子，之前儿子在上海一所非常好的公立学校，也许是我儿子并不适合那里，身处其中的话，老师、同学给他和我们父母都带来非常大的压力。我们每次看到他的成绩都会觉得很难过，要知道我们自己当初都是班里最拔尖的学霸，怎么能接受儿子这样的成绩呢？有一次中学同学聚会，聊起为孩子学习的事发愁，有个同学是一所民办私立学校的老师，建议我把孩子转到他们学校去，说学习氛围宽松很多，对孩子的身心健康会有帮助。我和先生商量后，决定给儿子转学。到这所学校之后，我好像也真正放松下来了，不再天天盯着孩子的成绩，甚至班级的群都很少看。孩子爸爸反而开始操心了，还成为家委会成员，开始有点不安，总在怀疑我们是不是转错了，学校怎么要求那么松？我先生是很放松的一个人，连他都会为这种放松状态感到不安，可以看出中国的教育真的是出问题了。因为当别的孩子都在各种培训班、各种竞赛拿奖牌时，你的孩子却这么放松，你还能那么自信，忍住不怀疑自己真的做对了吗？在中国整个环境里，这种气氛下父母被动焦虑，无法轻松下来。

就在我放松下来之后，竟然惊喜地发现了儿子的变化，感到特别欣慰。在这个宽松的环境里，他变得自律了，学习也主动了，会为没拿到A的成绩难过并努力争取，还拿过校长奖。现在我和儿子能像朋友一样，他能理性、清晰地指出我身上的问题并给我提出好的建议，比如他认为我不应该对我的学生那么苛刻。我觉得他说的很多话是对的，我身上很多的问题常常是自己感觉不到的。

我相信，每个孩子成长过程中都会有一个拧巴的阶段，这本身也是一种成长，每个孩子的表现也不一样，可能我儿子这个阶段情绪不稳定表现得更明显，也或许是我给他的压力太大。现在我经常给家里有青春期男孩子的同事信心，告诉他们真的不要担心，我从我儿子身上知道男孩子的成长和变化都是很快的。

孩子在成长，我们家长其实也在成长，这个过程就像是一段接着一段的单行道，每走过一段回头看时，才能大致明白这一段走成了什么样，然后再继续走下一段。

还是那句话，人生没有白走的路，每一步都算数，无论孩子，还是家长。

3

有一次和朋友聊天，他问我："你知道现在我赚钱的动力是什么吗？"我说不知道，他说："我觉得以后人类活一两百岁没问题，我要为活下去做金钱的准备。"我说："你还想活这么久，我还担心随时会猝死。"

中国大医院的医生很累，这种感觉就像有人每天不停从后面推你，想停也停不下来。比如半天的门诊，几十个病人在等着，还有很多无法拒绝的加号，身体和精神上的疲劳无法摆脱。人在焦虑中身不由己，我经常很害怕有一天会猝死。

肿瘤科医生是最直面死亡的医生。

当我的病人面对死亡有畏惧心理时，我会试着宽慰他们，但其实很难，我不善于劝解别人，所以我挺害怕面对病人生命的最后时刻，我不知道应该说什么。因为作为一个医生，我不能说极乐世界之类的虚无缥缈的话，但又对他走向死亡这件事无能为力，所以还不如不见。

我对心理方面一直非常关注，女医生在这方面也天然会更细腻、敏感一些，但是我们在工作上常常做不到。患者非常希望我能和他们多聊一会儿，或者有问题能及时找到我，但事实上这不可能，我在门诊时要面对那么多患者，一个上午的门诊至少 40 人，一直要拖到下午才能结束。这么大的病人数量的压力，门诊这一点点时间的交流根本走不到内心去，而即便走到内心去，其实对医生来说也会痛苦。所以日常工作面临那么多的压力、那么多必须完成的指标，只能把时间分配好，理性地做事情。我也知道这样的治疗效果未必有我们想象的好，因为理性也许可以把一些客观的东西做得很好，比如正确使用了一种药，对疾病的治疗效果也许能打70分或80分，但如果想超过90分，除了用药治疗客观的疾病本身外，还要去治疗疾病给患者带来的心理问题，这个问题没解决，治疗效果就不可能达到100分。

这么多年和肿瘤病人交流，会潜移默化地影响我们对生死的思考，死亡面前，病人是我们的老师，毕竟谁也没有亲自死过。

年轻时，我会为病人哭，但随着年龄的增长，流泪的阈值好像越来越高。2019年，我们有一个治疗了5年的病人去世了，50多岁，肠癌，和我们相处得非常好，她先生是位科学家，她也是知识水平很高的女性。最初一发现就已经有转移了，我们内科一直是她治疗的主线，用药物治疗控制到一定程度，然后去外科做相应的手术，每一步治疗方案都由我们来制订，这5年中她做过好几次大大小小的手术，生活质量和精神状态一直不错。2019年春节以后，她的状况开始恶化，5月1日一过，就在我们的特需病房去世了。她生前签署了遗体捐献，追悼会是在我们医学院的告别室举行的，那天我们科里和她认识的医生护士都去了——其实我们是很少参加病人的追悼会的，这是我从医20多年里仅有的一次，那天好多医生哭得特别伤心，我也很难过，但一滴眼泪都哭不出来。

我有个男病人，胃癌晚期了，但他总是很开心的样子，给病区每个医生和护士都做了小卡片，上面一笔一画写着积极向上的文字，他把做小卡片当作每天的念想。还有一个病人，他给我看了明年的旅游计划，从1月到12月全都排满了，其实我心里清楚他可能很难活到明年的今天，但我更明白这个旅游计划对他来说意味着一种活下去的信念。我很敬佩这样的人，他们能够给我们带来很大的能量，而对于大部分陷入绝望的病人，在穷尽所有治疗手段之后，我只能劝他们接受命运的安排。

还在分部时，有一个 20 多岁的肠癌病人。这个年轻男孩查出病时刚刚大学毕业，当时所有的治疗手段都不太有效，很快就去世了，他走的时候，我陪在身边。这个孩子走的时候心里有些东西没放下，对父母有很大的怨恨。他家是上海的拆迁户，他临走时对我说："我到这个世界上来，唯一就是给他们留了一套房子。"可想而知他离开时是怎样的绝望。

很多年轻人得了癌症都会觉得这世界对他不公平，想不通"为什么我的同学都在好好地工作、生活，我却要躺在这里"。我最近也碰到一个孩子，大学毕业后去美国读研，毕业回国没多久查出得了肝癌，他把责任都归咎于父母，说："你们从来不去检查身体，不知道自己有肝炎，现在把这个病毒传给了我，害我得了肝癌。"无论我们怎么劝解，他都认定这就是导致自己生病的原因，摆脱不了这个阴影，可想而知，他的父母会有多么痛苦，他们以后也会一直活在内疚中。

每次遇到这种心结解不开的患者，我都不知道该怎么帮他们解心结，我也没有这个能力。我一直在想，如果人不怕死，真的就什么都不怕了，但其实很少有人不怕死。我想，也许接受过生命教育的人，面对死亡的时候会不一样。我们肿瘤科医生面对的很多病人，害怕失去生命，害怕失去现在拥有的东西，但如果换一种思维，认为死亡不是失去，而是到另外一个地方得到更美好的东西，应该就不会这么恐惧，也不会这么怨恨了。

回忆自己的经历才发现一晃就已年过半百，现在明白，岁月给女人带来的不仅是皱纹，更是越来越强大的内心。这些年，我觉得自己越来越沉得下来，越来越坦荡，不像以前，内心总会惴惴不安，但又不知道让自己不安的东西是什么，而现在内心这种不安已慢慢淡去。

如今，也许我的内心并不是很强大，常常还需要一些外力来支撑，比如依靠家人，依靠自己的信仰。我想，人需要找到信仰和爱，心怀敬畏，到最后离开这个世界时，才能笑着走而不是哭着走。

李宇红：上天让我生这场病，也许是为了让我成为更好的医生

李宇红 中山大学附属肿瘤医院内科主任医师、教授、博士生导师。从事肿瘤内科临床工作20余年，尤其在消化道肿瘤（肠癌、胃癌、食管癌、胰腺癌、胆管癌、胃肠胰神经内分泌肿瘤等）治疗方面有较丰富的经验。近年来，主要专注于消化道肿瘤，尤其是肠癌肝转移的临床和转化研究工作。主持国家自然科学基金、广东省自然科学基金、广州市健康医疗协同创新重大专项等多个基金项目。曾获2016年国家科技进步二等奖、2015年中华科技奖一等奖、2015年广东省科技进步一等奖。现担任广东省抗癌协会分子靶向治疗专业委员会主任委员、食管癌专业委员会副主任委员等。

我是 2017 年 8 月回来上班的，化疗时掉光的头发已经长出来了，竟然成了自来卷，还有人说你怎么弄得这么时尚啊。

我一直想着写一点东西，但不知道从何谈起。当我生了一场病之后，有了很多真实的体会，我想，老天让我生这场病是为了让我成为更好的医生吧。

做医生和做病人是完全不同的，做好一名医生很重要，做好一名病人也很重要，这是两种完全不一样的体验和感受，就像美国一位医学人文作家说的，医生是在观察疾病，而病人是在体验疾病。

1

当我成了一名乳腺癌患者后，真正理解了病人曾对我说过的一些话，比如“我几乎没有食欲”“我很乏力”。病人的这些感受，我仅仅作为医生时，并没有太多关注。

医生对病人化疗的不良反应，最关注的是白细胞有没有下降，会不会感染，血小板有没有下降，会不会出血，会不会肝功能损害，会不会有其他的致命过敏反应，等等；而患者最关注头发会不会脱，皮肤会不会变黑，会不会呕吐，医生却觉得这些症状并不重要。

但是当我自己生病后，才知道，我当医生时认为不重要的东西恰恰是我当病人时特别纠结的。因为正是这些感受让我困惑，有时甚至是抓狂，比如紫杉醇，我曾经给无数病人打过的化疗药物，总体感觉是不良反应并不算太大，但当我自己用了这个药物时，却经历了几乎所有的副反应，其中最让我崩溃的还不是转氨酶高，也不是白细胞低，这些都有办法解决，最让我痛苦的是皮肤反应，黯黑而且非常干燥。那段时间我尝试了几乎所有的保湿霜，维生素 E、复方甘油，但在我脸上没有任何效果。我脸上的皮肤紧绷着，好像戴了盔甲，那种感觉就是皮肤不是我自己的。

现在我开始明白，外形对病人来说真的是一件很重要的事，因为每个人都渴望能够体面地活着，即使生病了，也不希望别人觉得自己有很大的改变，和别人有太大的不同。

我生病之后，一听说要做化疗，第一件事就是去买了一副假发套，然后把假发的发型修剪成我原来的发型，这样在外人看来不会有多大变化。

所以不要轻易说病人很矫情，因为他真的在经历痛苦，我们无法否定或者忽视。我自己生病以后才知道，我以前认为病人应该做到的，实际上我自己都没有做到，当我成为病人时，我的表现还不如他们。

2

这次体验是从一次非预期的检查开始的。

我是 2016 年 12 月 21 日早上去体检的，那是一个周三，也是冬至。前一天，多学科会诊进行到 6 点多，晚上农工党的会议开到 8 点多，回家又忙到了九十点，然后我才突然决定做一个肠镜。想做肠镜的原因是那段时间肚子有点不舒服，第二天我去做肠镜时，体检中心的同事说你索性把其他的体检项目也一起做了吧。就这样，我就临时把原本来年年初做的常规体检提前到了年底。

在其他检查项目基本完成后，最后一项是乳腺 B 超检查。医生告诉我看到有肿物，约 7 毫米，去年体检的时候还没有，怀疑有问题，让我马上去拍钼钯片，又做了核磁，结论是大概率“不太好”。当天下午又做了穿刺，在 7 毫米的那个肿块上穿了 3 针，然后送去做病理。

第二天是周四，我以为他们 11 点以后才会通知我结果，没想到早上 9 点半，病理科的何主任就给我打来电话，是癌。

虽然昨天一看到超声检查结果，我就觉得“差不多了”，对这个诊断结果是有心理准备的，但接到通知时，我第一反应是，接下来将会发生很多事了。

我坐在床上，那天阳光灿烂，窗户外面有一棵大树，叶子在阳光下，风一吹，银光闪闪，我第一次体会到，人在心情晦暗的时候，看到明亮的光线，会感觉有点刺眼。

我起床，开车去医院。昨天被乳腺检查一通折腾，本来想做的肠镜也没做成，我还是坚持要去把肠镜做完。没想到一到肠镜室，发现很多人都在那里，病房的护士长去了，好朋友去了，老公也在那里。以前一位主任开玩笑说，做个肠镜一觉醒来，一大帮人在那里等你就完蛋了，说明你的问题很严重了。当时就是这个场景，想起这个玩笑，我突然觉得有点好笑。

同事们都知道我得乳腺癌的事了。那天中午 12 点多，徐瑞华院长临时组织乳腺专家为我会诊，当时我正在做肠镜。

人生要发生什么就是这么快，让你毫无准备。就像倪萍在书中写过的她姥姥说的，灾难从来都是猝不及防。我真正体会到世事无常，而以前还总在心里责怪病人“怎么情况这么糟才来看病”，其实他们很多时候是不懂，也没我们的便利条件，直到手摸到有肿块才知道来医院，而实际上等手能摸到时，情况就比较糟糕了。

这让我想起一则故事。释迦牟尼是一个王子，出生的时候有人预言，以后他会出家。父亲为了防止他出家，就把他关在宫中，让他结婚、生子，走正常人的生活道路，生活也很美满，可是他总想要出去看看。第一次出宫，碰到一个人老得不成样子，他很诧异，问这人怎么了，别人说是老了。第二次出宫，碰到一个人病得不成样子，他又问这人怎么了，别人说是病了。第三次出宫，碰到一个人死了，他又问这人怎么了，别人说是死了。

当我们读起这段会觉得很好笑，谁不知道人有生老病死？但是，这故事其实讲的不就是我们自己吗？我们从来都觉得不好的事情都是发生在别人身上，不会发生在自己身上。这或许是一个自我保护机制，但是也会造成我们不懂珍惜，总会觉得好日子会理所当然地永远持续下去，但真的没有什么是永远的，灾难就是这样突如其来，让人根本毫无防备。

会诊之后，我进一步完善了一些检查，包括PET-CT（正电子发射计算机体层显像），免疫组化，等等。整个检查过程中，做PET-CT和核磁共振是比较痛苦的。做PET-CT的时候，核医学科的樊主任特别安排了一个VIP房间，打完针，我一个人在里面躺了很久，像关禁闭一样，手机也被收走了，只有一个固定电话与外面保持联络。我的心情很低落，因为之前他们告诉我，怀疑Her2阳性，我知道这意味着未来我的治疗会比较麻烦。做完检查后，我给核医学科的林医生打了电话，让她看一下结果。

我能承受的底线是，千万不要有转移，如果当时就发现有转移，我真的很难接受。林医生告诉我：没有转移，连乳腺病灶也看得不是很清楚。我说：你不要骗我，我要知道所有事情。她又说：真的没有。得到这个说法后，我才放心地离开。

我自己决定准备得充分一些，等到周二再进行手术。我向徐院长提出这个请求，因为第一次讨论的结果是乳房全切，我希望保乳，想再讨论一次。

周一下午医院又为我组织了一次多学科会诊，由李升平副院长主持，杨教授亲自坐镇，讨论了两三个小时，我一直坐在旁边听。讨论的形式很好，从影像、超声、X 光、核磁共振、PET- CT 到病理，最后到治疗方式，专家们逐一发表自己的意见。我的手术主刀医生是唐军主任，他详细介绍了保乳手术。我的专业是消化道肿瘤，听到这些乳腺癌治疗知识，才知道乳腺癌治疗发展得很快，我甚至觉得很难得有这样一次学习的机会。

但感觉还是有些奇怪，有一点恍惚：他们在讨论病情，而这个病人就是我。想想上周的多学科会诊，我还和其他专家一起讨论其他病人。

会诊中他们提了很多方案，有很多争议，因为我的情况比较复杂，在那一区域里还有原位肿瘤，按照原来的方法，是不能做保乳的，因为要切除的区域较大，对保持乳房的外形不太乐观。但唐军主任提出可以做成型，让带皮瓣、带血管的背阔肌反转过来补上被切除的乳腺组织。这种手术我以前从来都不知道。

讨论到最后，他们询问我的意见，我说，如果有可能，我希望能保乳；如果保不了，我可以接受全切。

会诊当天，女儿恰好放寒假回来，本来说好去机场接她，后来又告诉她我要开会去不了，她有点不开心，说妈妈怎么天天开会。之前我们并没有告诉她我生病的事。

我觉得告之坏消息得慢慢来。她爸爸去接她，在从机场回家的路上，告诉她，妈妈可能身体有一点问题。我见到她时告诉她，70% 可能是恶性，但是即使有问题可能也比较早期，问题不大。女儿毕竟还是孩子，尽管我们说得轻描淡写，她还是有点恐惧。至于我的父母，他们年纪大了，我不想告诉，只和弟弟说了一下，他很快就从老家坐飞机赶过来了。

手术安排在第二天，也就是周二。

手术前一天晚上，医生同意我回家住。那晚和家人在花园里散步，很轻松平常地交谈。我自己是肿瘤内科医生，知道自己的情况并不是太糟糕。

做手术之前，我把能做的检查都做了，最终结论是早期，我心里没有太大的压力。手术前一晚上我开玩笑和老公说，要不要交代一下。他说："不要搞得气氛那么凝重。"其实，我心里也没有什么恐惧，只是想缓解一下气氛。

3

2016 年 12 月 27 日，周二，我手术的日子。

一早回到医院，唐军主任亲自为我在X光下定位，9点多进手术室。家人、好朋友、同事送我到手术室门口，人很多，我轻松地和他们说再见，然后大步走进去。

手术室宽敞漂亮，麻醉医生是熟人，手术室的护士长是我以前的邻居，一早就在那里等我，很贴心地给我备了一张特别柔软、温暖的床垫。手术室温度比较低，手术前脱了衣服还是感觉挺冷的，躺在护士长特别给我准备的床垫上，觉得特别温暖。麻醉医生告诉我，要打麻醉了。我刚说一句“你们的床怎么这么舒服啊”，就失去了知觉。

整个手术过程完全是空白的，没有做梦，也没有感觉，不知道过了多久。有一种说法，人在死亡之前，最晚消失的是听觉，我不知道这是否准确。但我知道最早恢复的是听觉。当我从一片空白中恢复意识时，最先听到的是老公和同事们的声音，“醒了，醒了”，是那种极高兴的语气，我睁不开眼，但能清清楚楚地听到他们说话。

然后，听到耳边有人喊我的名字，之后我又睡过去了，不知道自己是怎样从手术室出来的，等我第二次醒来的时候，是从手术室的床换到病房的床上。我也是首先听到身边很多人在讲话。因为是周二下午，是我们结直肠专业MDT（多学科诊疗）讨论的时间，他们开会前结伴过来看我，我睁不开眼，但听得清清楚楚，潘主任说：“我们MDT团队来看她，看一眼就走。”之后我又昏睡过去了，也不知过了多久，再醒来时意识清醒多了，听到又有人来，老公说：“徐院长来了。”这个时候我的意识已经恢复，能摆摆手，但还是睁不开眼睛。

我睁开眼时，胸部被绷带缠着，我不知道自己是保乳了还是全切了，因为术前有几个应对方案，如果术中发现条件不够就不保乳了。

我一醒来其实挺想知道的就是手术的结果，但又不好直接问，怕给别人带来压力。这时有一位医生很贴心地在我耳边说：李老师，保住了，都是按照预案中最好的情况做的，保乳，并做了局部重建。

后来听他们说，其实手术过程还是挺漫长的，持续了四五个小时，把切下来的组织送去冰冻做病理检查，要等结果出来才知道能不能保。第一次切缘是阳性，如果第二次还是阳性就只能全切了。还好，最终结果很好，是阴性，送的 9 枚淋巴结也都是阴性，于是主刀医生为我保乳了，而且不需要做腋窝淋巴结清扫。

以前在网上看到一篇文章，是关于失去乳房的女人，她们所面临的内心困境不是正常人所能理解的。所以我一直极力想保乳，可能我本身是一个内心比较敏感的人，还需要融入社会。

我认为一个好医生，不光是可以为患者医治好疾病，还要尽可能地为他们保全器官，让患者康复后可以和正常人一样融入社会，而且心理健康。唐军主任帮我做到了，我一直心存感谢。他是一位年轻有为的外科医生，非常善于琢磨，把保全乳房的手术做到了极致，而完成一台我这样的保乳术式所花费的时间，可能是普通根治术的好几倍。在我们这样一家大医院，面对着庞大的乳腺癌患者群体，如何做到质量和数量的平衡，不能说不是一个严峻的挑战，外科医生的身心都面临着巨大的考验。

光是手术这件事，我是没有痛苦的，因为自己躺在那里，没有任何知觉，真正辛苦和紧张的是为我做手术的医生们，还有等待消息的家人和朋友。

手术当晚六七点钟的时候，我精神很好，伤口不痛，医院的同事和好友都过来看我，和他们轻松交谈，可是等他们都走了，大约 9 点多钟，我就开始呕吐。可能是麻醉的副作用，我吐得很厉害，牵拉到伤口很疼，什么也吃不下。我体会到了什么叫作漫漫长夜，不停地问看护我的侄女，几点了，几点了，就这样眼巴巴等着天亮。

第二天早上副作用缓解了许多，但还是全身难受。之后手术恢复还是比较顺利，一天比一天好，第四天就出院了。

住院那几天，同事们都很贴心，风华主任和思梅护士长亲自为我安排汤水和饮食，学生和研究助理忙前忙后，乳腺科护士长特地在我桌子上放了一盆万年青，把我的病床给我收拾得很舒服，回到家，反而觉得还是病房的床舒服。

这一次住院，让我第一次可以站在病人的角度看医生查房，医生查房的时间大都是根据自己的工作安排来设定的，时早时晚，但是作为病人，我早上刷完牙洗完脸就坐在床边等着医生查房，十分期待。一天当中最重要的事就是等医生来查房，一天通常也只能见医生一两次。作为医生，我知道他们一天中有手术、教学、科研一大摊的事情需要去处理，查房只是他们工作中的一小部分。

以前工作时，大多是与医生或是护士互动，对护工的具体工作内容，内心是比较忽视的。但这一次自己住院，才真切体会到，很多贴心的帮助是来自护工们。出院之前，我说想洗头洗澡。乳腺科护工刘阿姨让我躺着，她帮我洗头，慢慢洗，洗得很舒服；又帮我洗澡，教我怎样脱衣服不会拉扯伤口，怎么洗更安全，她很有经验，也很细心。和刘阿姨聊天才知道，她在我们医院已经工作了 20 年。这些护工干着最普通、最辛苦的活儿，她们大都朴素善良、兢兢业业。那个时候，干干净净、清清爽爽地回家，对我来讲真的很重要，我也因此记住了刘阿姨。

相比之下，男人就马虎多了。出院时，老公把我的衣服一股脑儿都塞进箱子里，也搞不清手术前穿的衣服放在哪里了，就让我随便穿了件睡衣，外面披着他的大衣，穿着拖鞋就走了。穿成这样在医院的电梯里让我觉得好尴尬，我其实想穿戴整齐，体面、有尊严地出院。

后来在家里照顾我的钟点工阿娟和妹妹也给了我很多帮助，我真切感受到，他们只是工作性质和我们医生不一样，但都给别人带来帮助，而且更细致、更贴心，包括乳腺科护士、护士长，教我怎么活动胳膊，如何用手来捋扫手臂，防止水肿，这些事情都特别影响我的生活感受。我真正理解了，整个医疗行为，不光是医生重要，整体都很重要，需要不同岗位的人分工、协同合作来服务病人。在大家的悉心照顾下，我术后恢复得很快。

大约手术两周后，专家们对我的病情再次会诊。因为 Her-2 FISH 的数值处于临界点，会诊中大家一致认为我需要做化疗，单药紫杉醇加赫赛汀，每周一次，总共 12 次。我也私下征求了北京、上海专家的意见，本来还抱着一点点侥幸心理，觉得自己可能不需要化疗，用内分泌治疗加一点放疗就可以，但现在所有专家意见都一致，我无路可逃了，做化疗让我有很大的压力。

一决定要做化疗，我做的第一件事就是把假发备好。那顶假发后来陪伴我挺长时间，有大半年，慢慢地，我甚至觉得这顶假发真的成了我身体的一部分了。

4

我是 2017 年 1 月 11 日开始的第一次化疗，术后两周多，第一次打紫杉醇，医生、护士也很紧张，他们怕我过敏，综合科柔君主任一刻不离地陪伴我，中午也不肯回家。第一次化疗我住在综合科的病房，其实，我心里还是有点介意，不愿意住在我们肿瘤内科自己工作的病区，毕竟我是这里的医生，角色转换之快会让自己和医治的患者都觉得不适。

第一次化疗，我很担心发生急性严重过敏反应，但所幸没有发生。但在后面的化疗过程中，我的反应的确很大，紫杉醇其他的几乎所有副反应我全都有：白细胞低，低到打升白针；肝功能差，最差的时候转氨酶到了 200 多；然后腹泻，过敏，皮疹，皮肤干，脚趾、手指麻，脱发；等等。后来回来上班后，每次病人给我形容麻的感觉，我都能理解，因为我体会过并正在经历。

还有就是乏力，这是最痛苦的感觉。我以前对病人描述的乏力完全没有概念，我只告诉他们多休息，后来我自己才知道，乏力根本不是休息能够缓解的。在我看来，最严重的乏力是根本起不来床，就连走到厨房的力气都没有；稍轻一点的乏力是，能走路，但腿好像被拖住一样，很重很重。虽然乏力，但还是要尽可能下地走一走，因为躺着根本无济于事。

第三次化疗后正好是 2017 年春节，我白细胞低，在家自行隔离。年三十晚上拉了一夜肚子，极度乏力，外面的鞭炮声响了一夜，我根本没法儿休息。早上眼泪汪汪，告诉老公说我要打升白针，我好难受。

总之，化疗这个过程好漫长，每一次化疗造成的痛苦刚好一点，下一次又开始了。而我是咬紧牙关，想尽可能早点结束这场战役。这段时间的支持，除了尽可能出去散步、适当活动之外，再就是看看书。我平时也不看“鸡汤”书，但那段时间看了一些，感觉每一句话都在讲我，每一句话都可以给我鼓励。我也看一些病人写的东西，看了《当呼吸化为空气》——一个美国的神经外科医生患了肺癌，去世之前写的，还看了李开复写的《向死而生》。后来闺密劝我不要看，要我追肥皂剧《三生三世十里桃花》。的确，看病人自己写的东西，不知不觉会有一些共鸣，有时会感同身受。

做到第五次化疗时，我的白细胞很低，转氨酶 200 多，树森主任不同意给我继续化疗了，延迟了大概 10 天。后来，我在家打升白针和护肝药。病房的护士长帮我打好留置针，我自己在家配药，自己注射，同在一个小区的樊护士长给了我许多帮助，几乎每天下午都过来看我，有时帮我打针。我备好了急救药品，交代阿娟，万一有反应，立即帮我注射，并电话通知谁谁。好在护肝针注射过程中一直没有任何反应，现在想起来确实有些冒险，但我实在不想天天往医院跑。

5

2017 年 4 月，3 个多月的化疗总算是结束了，接下来要做放疗，我整天憧憬着要放飞自己，计划要出去休养，但没想到却有一个更低的低谷在等着我。

第一次去做放疗的时候，我把自己收拾了一下，还穿了一双高跟鞋，希望让自己看起来比较正常。但是很快就后悔了——根本走不了路，因为脚是麻的，特别难受。那个时候我很委屈，自己怎么会弄成这样？遇见放疗科的护士长，我说：人真的不能生病。护士长宽慰我说，生病不是你的错，也不是你能够决定的。我听了才稍稍释怀。

放疗期间，每天都要来医院。一开始很怕别人看到我的样子，就戴着口罩。戴口罩的后果就是，我乘坐职工电梯时，别人会以为我是病人，而如果我把口罩摘下来，别人认出来是我，又会投来很诧异的眼神，这种眼神本身就是一种刺伤。后来我决定不戴口罩，而这个后果就是，谁遇到我都会关心地问一些问题，这对我也是个负担。

有一天，我想开点中药调理一下。去之前，我对从事心理辅导的黄护士说，我觉得自己心理有点问题，对别人的眼神，哪怕是无意的眼神都很敏感。结果那天去中医科就发生了一件事。

中医科张主任当天出门诊，她让我去门诊等，说她马上过来。诊室里挤满了人，根本没有坐的地方，我很累，连站的力气都没有，就对她的学生说：我是李医生，我找张主任，能不能进去坐着等。她很客气地让我坐在张主任的位置上，我就边看手机边等着张主任，这时推门进来一位阿姨，我认识她，是医院退休的一位老工人，不知什么时候过来给张主任打下手了。她冲我大声喊道："你怎么坐在这里！"我当时就有点蒙了，只感觉一个人在冲我咆哮，也不知道自己犯了什么错。后来我才听懂了，她责怪我坐了张主任的位置。我把口罩拉下来一点点，说："我是内科李医生。"她根本听不进去，还在大声说：你不能坐主任的座位。我又把口罩往下拉了一些。对面的研究生看不下去了，站起来说："她是内科李教授。"结果她后面一句话才真正刺痛了我——"啊，你怎么成这个样了？"

她之前冲我大声吼的时候，我内心几近崩溃，但最后这句话，才真正击倒了我。这个阿姨后来解释说没认出是我，我告诉她，无论我是本院的医生还是普通病人，你都不应该以这样的态度对待病人。她后来若无其事地走了，而我留在那里，眼泪就像线一样往下淌，却又要忍着不能发作，但开完药回到自己的办公室就狠狠地大哭了一场。

从生病开始，我从没这样哭过，最多也就是默默掉几滴眼泪，但那天就像是积蓄了几个月的委屈一起释放，我号啕大哭。哭完之后我心里感觉好了很多，后来我去找了心理护士，请教我该如何应对这样的事情。她告诉了我一些技巧，以后别人说你什么，你可以打趣一下自己。这个方法后来果然奏效。

那段时间真的很艰难。

但我更深地体会到，当我们遇到和自己不一样的人时，给对方一个平淡的表情就是最大的善意，大惊小怪会伤害别人。

接下来，还要经历更多的挑战。

刚开始做放疗没几天，差不多是劳动节前，有一天午睡起来，我在手机上查看抽血指标，发现 CA153（乳腺癌特异性标志物）升到了 32，正常值是 20，我当时莫名地开始紧张。我是在毫无思想准备的情况下看到这个结果的。

我记得，整个下午我就坐在沙发上，看着窗外发呆，想找人倾诉，又觉得别人都很忙不好打扰。我自己查文献，查着查着觉得好烦，就去查百度，这一查更是吓得够呛，我觉得自己快疯了。我开始给风华主任打电话，她在重庆开会，电话里我边哭边讲，可是越哭越讲不清楚。那种委屈啊，就是觉得我已经受了这么多罪了，为什么还要没完没了地折腾我呢？

在这之前，我一直抱有积极的心态，觉得自己是幸运的。我能较早发现，我的治疗条件好，我不用为医药费发愁，同事们给了我太多的关心，我在医院工作，看病也很方便。但那一刻我崩溃了，整整两晚都没有睡着觉。

老公开导我说：你觉得一期乳腺癌复发概率有多大？你觉得治疗6个月内复发概率又有多大？你如果实在不放心，我们就多找几家医院做检查来确认，再去做一个PET-CT。他这么一说，我顿时也觉得没有必要。闺密也对我说：你是这么早期的乳腺癌，如果真的这么早就复发，你想躲也躲不过去，这就是天意；更何况，复发的可能性那么小，你不用这么担心。我一想，的确是这样，如果老天真的和我过不去，我担心也没用，那就是命。

我突然释怀，放下了，我对老公说，我想吃饭。他带着我出去好好吃了一顿。劳动节过后，我又去复查指标，当时风华主任已经安排好了，如果查出来指标还高，就作假骗我。结果那天查出来是29，她们开心得不得了，告诉我没有事了。我想，32和29有本质的区别吗？没有，但我已经不为这个指标担心了，我的心态变了，对待这个数字的态度也就变了，我已经放下了。

又过了一个月，我再去复查时，指标正常了。大家分析，之前指标高可能是乳腺放疗导致的。现在想想自己当时的反应，也会觉得有点不好意思。但当时那样的情绪确确实实就存在，我想可能是这件事触发了我的情绪开关，先前可能已经积累下太多负面情绪。

我在门诊常常会碰到一些病人，肿瘤标志物不太正常就会焦虑地缠着医生没完没了地问。我以前觉得他们紧张过度了，简直不可思议。但经过这件事之后，病人再因为这个来找我时，我都会看着他们的眼睛说，我理解你的心情，但真的不用过分担心。

医生自己生病之后，有时反而会更焦虑，因为自己知道最极端、最糟糕的情况是什么样，而且什么样的状况都可能出现，很容易对号入座。

面对死亡这件事，要真的做到坦然，还是非常困难的。并不是说得了一场病就能参透生死了，这太难了。

但是疾病也好，死亡也好，都是无奈，不接受怎么样，接受又怎么样，都不是自己能左右的，没的选择，死亡也一样。所以，坦然、体面地接受或许更能赢得别人的尊重。

我觉得人们对死亡的豁达程度与受教育程度并没有多大关系，有些高级知识分子、高官或有钱人反而更不容易放下，有的目不识丁的农民反而觉得该走就走了。我曾经接诊过一对母女，很朴实，母亲病了。最后一次来找我时，我和她谈了一次，她说："我知道，我该走了。"很坦然。

放疗期间最大的困惑是什么呢？是我每天来机房，要把上半身脱光。要知道，平时都是同事，很熟悉，我很有心理障碍。后来我带了一个大披肩裹着自己，照射时才脱下来，感觉好了一些。

这些隐私的要求，其他病人也一定会有，中国的医生这方面的观念比较缺乏。这让我想起以前肠癌多学科会诊的房间里有一张检查床，病人要脱了裤子让医生做直肠指检。有一次来了一位女病人，问：你们没有东西遮拦一下吗？当时我心里还在想：怎么就你这么矫情呢？其实，的确如此，会诊的时候是一屋子医生，没有一点遮挡的确不妥，后来才加了一个帘子，这是一种尊重。医生、医院的确应该尽可能考虑患者的隐私和心理感受。保护好病人的尊严，是一件很重要的事，也是一种文明的标志。

但成为病人时，没办法，必须把自己的身体展示给医生。李开复的书里有一句话大概是说，病中的身体，由不得自己，就由它去吧。这句话对我启发很大，后来再做放疗时，我就坦然放下了。

一个人只有能感同身受的时候，才会有更多的关注。

当我结束治疗，回来上班之后，在看待病人和医生这两个方面我有了一些新认识。

一方面，我知道如何当病人。我自己生病时很难受，每次来医院做化疗，也会对同事们唠唠叨叨，像祥林嫂一样描述得详细、具体、感性。后来我明白，其实医生是体会不到也很难理解的，大多数医生从来没有经历过这些，工作又如此繁忙，要求医生能完全理解你的感受，是不可能的。所以，面对一个没有生过病的医生，要求他们完全理解患者的心态，确实有点强人所难。

医生看病的过程是极其理性和富有逻辑性的，诊断是什么、需要做什么检查、下一步如何治疗、不良反应有什么等等，他们必须从你的讲述中提取最重要的信息，在短时间内做出判断和决策，没有可能听你毫无重点地唠叨下去，但这并不意味着医生没有重视你，中国医生的门诊量实在太大了，必须掌握好节奏。

另一方面，虽然可能不完全理解病人的感受，但做医生最基本的是要有慈悲心、同理心。现在查房，我会先把涉及医疗的部分提前看完，去床旁时基本就是去和病人聊聊天，安慰一下，表扬一下，病人说手感觉不舒服，就会去握一握他的手；病人说肚子不舒服，会去摸一摸他的肚子。在病人眼里，医生的每一个动作、眼神，每一句话都是很重要的。在自己生过病之后，我会更关注这些细节，因为我知道病人需要安慰，需要被关注，我体验过，我知道病人需要什么。

现在医患矛盾频发的一大根源是缺乏沟通。公立三甲医院的医生，门诊数量极大，医生们饿着肚子门诊到下午两三点，接着还有各种会要开，一大堆文章、基金课题申请没写，狼狈不堪，只剩下各种烦躁。自己烦躁，对别人就更烦躁。

所以我生病之后回来上班，出门诊就几乎不再加号了，一上午的接诊量就控制在 20～25 个人，不多看。因为我想和病人多说几句话，多一些沟通，多一些安慰鼓励，如果没有充分的时间，我又会回到以前的烦躁情绪里。尤其我们肿瘤内科的病人，晚期病情都很复杂，各种治疗，各种检查，资料非常多，要一点点分析，患者和家人抱着最后一线希望，千里迢迢地过来，坐在你面前。即使是明显没有化疗价值的病人，我也要和患者家属聊一聊，指导他们如何做下一步的安排；如果患者要求，我也会和他们自己谈，我总是鼓励他们在最后的时间里完成自己的心愿，尽可能有质量地生活。

在《当呼吸化为空气》这本书中，这对夫妻本来的生活也是一地鸡毛，但当丈夫生病之后，在医生的帮助下，他们互相支持，做了很多自己想做的事情，写了一本书，用试管婴儿技术生了一个孩子，一家人温馨地相互陪伴度过了最后的时光。作者的主治医生给了他很多的鼓励，支持他去做自己想做的事，并有一段时间支持他重返工作岗位，让他在最后的时间里过得很充实和有意义。我想我也要尽可能在这方面帮助我的患者。

和患者交谈的时候，需要有一个相对安静的环境，也需要给他们一些时间。我在美国学习时，曾经有一位医生一直握着病人的手，大概谈了 1 个小时。这种情况在中国目前是不可能的，因为病人实在太多了，医生要做平衡。

还有，有些病人常对医生说：我把命交给你了。或许患者想表达的是信任，但这句话让医生感觉并不舒服。我特别想告诉病人，命是自己的，不能让别人去承担你的命。别人充其量只是帮助你，医生的角色也一样。

演员胡歌的母亲是一名乳腺癌患者，上海国际乳腺癌论坛有幸邀请到他发言，他说：相信科学，相信医生，相信自己，相信因果。我印象很深，尤其是“相信因果”，其实意思就是，生病了不要去怨天尤人，我也经常这么提醒自己。

6

人生没有白走的路，每一步都算数。

疾病会把你放在那种境地当中，让你感受很多你原来感受不到的东西。20 年前，我根本没有想到后面的生活中会面临什么问题、会有什么遭遇。哪怕 1 年前、1 天前，我都预料不到自己会遇到什么。

老天或许是在警醒我，告诉我要停下脚步，好好思考一下人生的意义，调整一下对待生活的态度，放慢一下生活节奏，然后把我重新放入队伍中。

生病前后我有了一些变化。

以前我是有一点清高的，对很多人只是一种礼貌性的接触，实际上是保持着一定的距离。生病之后，我真正感觉到，人和人之间没有高低贵贱之分，每个人的生命都是平等的。现在经常和保洁、护工阿姨们聊几句，真正发自内心地认为，只是社会分工不同，每一个人的作用都很重要。这是我的第一个改变。

第二个改变，是我现在有一点任性了。会把复杂的问题简单化，不想做的事就不做，不想花太多时间去讨好别人。有人说，年轻时任性是想做什么就做什么，而年纪大了任性是不想做什么就不做什么，我觉得很有道理。生命是我自己的，最重要的是让内心舒服自在就可以了。这个世界看似很复杂、很热闹，其实走着走着才发现，人生最重要的还是跟自己相处，当你生病，就什么都没有了。所以，人在江湖，难免要和人打交道，但如果觉得特别不舒服，也没必要勉强自己，走开就好。

第三个改变是我坚持还是要做一点有意义的工作。生病期间，我还经常帮学生改文章，恢复上班后我就开始写临床研究方案，并积极推动，申请基金课题。这并不是媒体上常说的，带病坚持工作之类的赞颂，我没那么高尚，只是觉得人活着总要做一点事。以后见到上帝时，当他问你在宽恕你的这些年都做了一些什么，你如果什么都没有做过，岂不是无颜以对？所以，有可能的话，还是要做一点利他、自利的事情，作为医生，我一直都有得天独厚的条件去帮助别人。

现在，当身体舒适、没病痛时，我会涌出一种幸福的感觉，觉得日子非常美好，很满足。这种感觉以前几乎是没有的。所以，幸福真的是一种心态，一种领悟。

我也不敢说苦难就过去了，很多东西有时候讲不清，我只能说，无论什么苦难，都只有坦然接受。

我现在每3个月进行一次例行检查，感觉3个月一眨眼就过去了。每次检查，我其实还是有些紧张，做医生只是在观察疾病，当我自己成为患者时，就是真实在体验疾病了，观察和体验是完全不一样的。

写下这些之前，我一直在想，我如何去准确地描述自己对医生的重新认知，如何描述自己当病人的感受。

我很感激生病之初好几个患乳腺癌的同事来看我，告诉我在哪里买假发，戴什么样的帽子最舒服，都是一些琐碎而具体的事情，但真的对我帮助很大。

我想，把我的经历分享出来或许能给别人一些帮助。希望当别人身处相同境遇的时候看到我的经历，能够收获一些温暖或者一点支持，就像当时我看到李开复的那句话，病重的身体是不属于自己的，由它去吧，我一下就豁然开朗了。

7

时光飞逝，距离手术已经过去4年多，现在我的工作、生活已经步入正轨，依然忙碌，依然有做不完的事情，但我感觉自己很充实，而且挺开心。

这些年，工作之余我去了很多地方，做了许多事情，第一次看了大草原；在油菜花盛开的季节看了最美的青海湖；去了西藏，挑战了海拔 4000 多米的神秘的纳木错湖；作为志愿者去了大凉山，参加百蹊教育基金会；和小林老师组织帮助女童的康乃馨慈善公益……我把自己病前想做的事情，任性地一个一个做了。闺密说我好像是在和时间赛跑，其实我只是觉得想做的事情还是尽快做吧，人生的意义在于经历。

在工作上，除了适当控制门诊量外，也已经是全负荷了，门诊、会诊、查房、讲课、指导学生、改文章、写方案、写基金课题申请……我现在把研究兴趣更加聚焦在肠癌肝转移治疗上，因为我觉得其实人的精力有限，如果在一个领域坚持下去，做出一点点贡献，让治疗效果进步，也已经是很了不起的事情了。这一年，我幸运地再次申请到国家自然科学基金，在徐院长支持下，启动了 3 项肠癌肝转移相关的临床研究，在做主任医师 7 年后，成功将副教授转了正……做这些工作是我发自内心喜欢的，而取得成绩的真正意义或许是我想证明即使患了肿瘤，人生依然可以精彩。我很感谢李萍校长曾经给我的鼓励，她说，宇红，经历风雨之后，会有更加美丽的彩虹。

李洁：每个人都把自己的事做好，这个世界就好了

李洁 北京大学肿瘤医院消化肿瘤内科主任医师。1993年工作至今，一直从事消化系统肿瘤以化疗为主的内科综合治疗，特别是胃癌、结直肠癌、胰腺癌、胃肠间质瘤、消化道神经内分泌肿瘤的内科治疗。工作期间曾在美国宾夕法尼亚大学艾布拉姆森肿瘤中心做访问学者，并曾在西班牙巴塞罗那和美国加州大学洛杉矶分校接受短期相关专业培训。现为中国老年学学会老年肿瘤专业委员会胃肠分委会常务委员，中国女医师协会临床肿瘤专业委员会常务委员，中国临床肿瘤学会神经内分泌瘤专家委员会委员，第八届教育部科学技术委员会科技伦理专门委员会委员等。

中年人的日常，表面镇定自若、从容淡定，背后其实一地鸡毛，因为随时要应付各种突发事件。

我妈因胸闷、胸痛，周一急诊住院。我弟弟出差成都，飞机刚落地一接到消息，扭头就买机票返回西安，直奔医院。周二一早，弟弟给我发信息说妈妈情况不太好。我接到通知时正在出门诊，赶紧取消当天下午去厦门开会的行程，改道西安。接下来，我忙着联系会务组取消讲课、改签机票、回家取行李等一系列事情，还好有人帮忙，才能把门诊顺利看完，门诊一结束我就直奔机场。路上和弟弟通电话，他又说我妈好多了，但我想既然已经把事情安排完了，还是回家一趟吧。

在西安一落地我就直接去医院，医生说全部检查都做了，没发现太大问题，当天就出院回家了。我在家陪了妈妈几天，确定她的确没什么大问题了，周五我又飞去厦门，把原计划的第二场讲课继续讲完。

网上老有“人到中年不如狗”之类自嘲的段子，这的确是一种普遍现象，人到中年上有老，下有小，还有自己的工作，每天都是千头万绪。我常常想忙完这段时间就好了，结果发现越来越忙，好像越来越不会“就好了”，再后来就想，也许只能等到退休以后才能清闲一点吧。

1

父母身体健康真的是儿女的福分，我父亲是耳鼻喉科医生，今年

88 岁了，耳聪目明、思维敏捷，虽然不上手术台了，但每周还在出门诊，老病人很多。

我学医好像是命中注定的，怎么逃也逃不掉。

我的学习成绩一直挺好，高中同班有十来个关系要好的同学，大家学习成绩都不错，每年春节都找时间在我家聚会，父母也会借口出门，把空间让给我们。每次同学们聊到未来想考什么大学、做什么工作，我的答案都是学医，同学笑话我说："你只知道学医，就没别的想法了？"到了高三，大家都认为我报考医学院是板上钉钉了，我却突然不想学医了。1985 年高考结束志愿填报，我前几个填的都是商科，只有最后一个填报了西安医科大学用来兜底。之所以这样，是因为父母都是西安医科大学附属医院的医生、护士，那个年代，对本校职工子女还是多少有些照顾的。

果然我被这个底兜住了。

爸爸不想让我离开他身边。后来我弟弟考大学，父母也舍不得他出西安市，最后他上了咸阳轻工业学院，但就算这个地方离家并不算远，妈妈还是觉得弟弟走得太远了。

虽然我并不是自愿学医，但我的成绩一直很优秀，在学校也很活跃，是学生会干部，还是全校大型活动的主持人。有一年的"五四"青年节，学校举办大型舞会，我和一个女同学担任主持人，她大学毕业后没当医生，直接进了电视台，后来曾担任过中央电视台第十频道的节目《健康之路》的主持人。那年舞会规模特别大，附属医院去了很多教授，我是学校子弟，很多老教授都是看着我长大的。我在台上主持时，这些老教授都说我很有父亲当年的风采，我父亲年轻时非常帅气。

随着在大学的日子一天天过去，我对学医慢慢有了兴趣。

我一直非常佩服我妈妈，她是一个很要强的人。她以前是手术室的护士，在怀我弟弟时心脏出了问题，离开了一线的护士岗位，再后来又调去了图书馆当管理员。

现在大家都知道图书馆管理有很高的专业要求，尤其医学院图书馆的管理人员都必须是大学科班毕业，但在 20 世纪 70 年代末，图书馆只是个照顾内部职工、家属的部门。但我妈妈不这样想，她调到图书馆不久就报名了北京大学图书馆专业的函授学习。现在想来，那个年代，像妈妈这样有远见的人极少，而且当时她已经 40 多岁了，在那个年代，很多女性到了这个岁数已经开始考虑退休生活了，但她还在主动学习。

妈妈身上那股劲儿一直让我特别佩服，她“半路出家”，年纪也不小了，所以学习时需要付出更多的时间和精力。这个函授班的期末考试是在西安市西大街附近的一个学院里进行的，每次都是我们全家人陪妈妈一起去，她在学校考试，爸爸带着我和弟弟在门口等。这样过了 3 年，最终妈妈拿到了北大的图书馆管理专业文凭，后来她在这个行业里做得很好，退休前还成了全国医院图书馆协会的理事。

我父亲是 1958 年毕业的医学院学生，也是被“文化大革命”耽误了人生最宝贵时间的那批人中的一员，所以“文革”结束后，他如饥似渴地学习，要把耽误的时间抢回来。

“文革”结束时我还没上初中，妈妈正在读图书馆管理专业，父母每天吃完晚饭就把我和弟弟留在家里，去办公室看书；他们在家时也是安安静静地看书，很少一家人聊家长里短。和我家的冷清完全不一样的是，旁边的同班同学家，一家四口每天晚上欢声笑语，在我家都能听得清清楚楚，我经常特别羡慕地站在阳台上听。

父母对我们的管教非常严，放学后必须老老实实待在家里，哪儿也不许去。初中时，有一次晚上班里有活动，我很想参加，但我知道爸妈肯定不会让我去的，同学们说他们可以帮忙去求情。那天我在楼下等，他们去了我家，但说了半天还是没得到准许。同学一下楼就说："你爸妈离咱们这个时代太远了。"

我从小就这样一直被严格地管着长大，上大学以后才自由一些。我的成绩也一直比较好，5 年的平均成绩是 92 分多，以全年级第二名的成绩毕业。

现在我已经年过半百，回想起在父母身边的时光，他们骨子里的那种精神历历在目，也是对我影响最大的东西。

2

我是个比较随遇而安的人，不会太难为自己咬牙使劲儿必须做成某一件事，我很"懒"，但运气似乎不错，一路走来，每次遇到困境的时候，总能有人无意中拉我一把。

1990 年医学院本科毕业时，我想继续读研，当时我是符合保送条件的，但那时候本校的内、外、妇、儿等传统临床专业不招应届本科毕业生，需要先临床工作两年才能报考。我想当临床医生，父亲希望我留在本院，所以就打算留在附属医院工作两年后再考研。

大学毕业前最后一个寒假的一天下午，我在校园里毫无目的地游荡，就走到了研究生招生办公室，恰好有老师在，便进去和他们聊天。桌上放了两大本研究生招生简章，我一边和他们聊着，一边随手无意识地翻看。翻着翻着，突然脑子里一闪念：我为什么非要考本校的研究生？就不能去外地读研吗？随后就开始认认真真地看了起来，有些学校是可以招收应届毕业的保送生的，而上面只有招生院校的名字、专业、导师姓名等，并没有专业方向，比如内科心血管专业、消化专业等，我就选了北京、上海、成都的三所医科大学的临床内科专业，但对招生的导师一无所知，就只好随机选了几位，把名字抄在纸上，急急忙忙回了家。

带着抄下来的一串名单回到家，告诉父母我想去外地读研究生。我爸看着我，不说话，妈妈一看我决心这么大，只好说只要我自己能考出去，去哪儿她都支持。我连夜给这些导师写信，第二天一早贴上邮票寄出。

我收到了三封回信，其中北医三院消化科李益农教授给了我比较肯定的回复，并告诉我说自己不招应届生，已把我的材料转给了林三仁教授，并把林教授的联系方式附在后面。我和林教授联系之后，很快接到了面试通知，让我 1990 年 4 月初去北京面试。

我提前两天到了北京，住在姨妈家，特意提前去踩了点。但人算不如天算，面试当天下大雨，我转了几趟车才赶到医院。迟到了，心里很不安，在走廊遇到李益农教授，他一眼就看出我太紧张了，笑着安慰说没关系，正常发挥就好。

面试和现在的临床考核形式差不多，主要是考察临床思维的过程。老师们给了我一个病人，要求我完成一次完整的接诊。问病史、查体、开检查单，然后他们根据我开的检查单把事先已经准备好的检查结果交给我，我根据检查结果做出鉴别和诊断，并给出治疗方案。

整个过程我脑子一直是蒙的，事后都不知道自己说了什么、做了什么，总算是顺利通过了。等我 9 月入学后，遇到了面试我的那位住院总医师，他一见面就笑话我："还堂堂高才生，你紧张个什么劲儿啊，那么大个淋巴结都没摸到。"我才知道，面试时自己的诊断有一些漏洞，但林教授最终还是录取了我。

如果把时间轴再往前推，其实我本来是想考心内科的，但阴差阳错考上了林教授的研究生，学了消化内科。等我入学后，有两个同届考上北医三院心内科的女生问我"你怎么考上的三院消化内科"时，我才知道原来北医三院的消化内科当时在国内极负盛名，她们两人都曾想过报考，被拒绝了，理由是只招男生，所以她们很好奇我怎么会被录取。再后来，我才得知，其实我写信时，北医的研究生录取已经全部结束了，我是林教授唯一通知的面试学生，也许真的是命好吧。

林教授很有个性。面试的时候，办公室很小，我坐在椅子上，三位老师坐在靠墙的诊床上，负责提问。林教授背对着我坐在墙角的桌前不知道在忙些什么，冷不丁回头看一眼，提一个问题，然后又转身忙自己的事。所以我一见他就心里发怵，读研 3 年，每次远远看到他都要赶紧躲开，实在躲不开的话只能硬着头皮和他打招呼，那场面就是现在说的"尬聊"，他总是问"最近怎么样"，我说"挺好"，然后就不知该说些什么了。

我是林教授招收的第一个应届研究生，我前面的师兄师姐都是有工作经验的。林教授当时也不到50岁，对学生很“惯着”，这个可以不做，那个可以免了，用现在的话说就是允许我们“无组织无纪律”。

硕士读两年可以转博，我前面的师兄师姐转博都没成功，专业成绩都很好，但英语不过关。我英语不错，所以林教授对我抱有很大期待，还专门给了我两周假用来准备考试。但很遗憾，我英语过关了，却折在了专业课上，更怕见他了。其实那一年，北医的三家附属医院内科学转博几乎全军覆没，大部分都和我一样折在专业课上，有两个通过专业课的，英语却没过。后来也没人再追问我为什么没通过了。

转博不成功，意味着硕士毕业前我必须赶紧找工作。1993年，深圳一家公司到北医来招人，想要一个医学硕士。那时候改革开放如火如荼，深圳刚刚设立经济特区，外地人进去还要办通行证，充满了神秘感。我特别想去那家深圳公司，爸妈坚决反对，觉得我去了那个“花花世界”就毁了，让北京的姨妈一定要把我管住，毕业后要么回西安，要么留北京，总之决不许去深圳。

我不愿意回西安，决定在北京找工作。

北医校团委的一位老师告诉我，北京肿瘤医院胃病研究室刚刚有一位医生出国了，而且科里很缺人，建议我去试试。就这样，1993年我硕士一毕业就来到了北京肿瘤医院胃病研究室，也就是后来的北京大学肿瘤医院，当时还设在北京大学第一医院院内。1995年9月北京大学肿瘤医院建院，研究室的人马全部搬到现在的院址。

又是反过头来听故事——我总是在事情过去很久之后才知道一些背后的故事，可能是比较傻或对事情不够敏感吧。

我的导师林教授知道我转博没成功之后，也是希望我留在北京先工作，两年后再争取读博考回三院消化科，所以他也在帮我联系工作。我自己去胃病研究室面试并被录取之后，向他汇报，他有些意外，但什么也没说。我当时对他欲言又止的反应也觉得挺奇怪，但又不好意思问。同样让我费解的是，当我见到徐光伟教授（北京大学肿瘤医院建院的第一任院长）时，他听说我是林三仁教授的学生，也很不解地问我怎么到了肿瘤医院。

后来我才知道，我的导师和徐院长之前曾有点误会，闹了些不愉快，所以对我的决定，他们双方都觉得很奇怪，但我傻乎乎的什么都不知道，就这样稀里糊涂地在肿瘤医院开始了人生的下一个阶段——工作。

3

我刚到胃病研究室的时候，整个医院的大内科有 5 位老大夫，一共只有 20 张病床，胃病研究室没有自己的病床，我只是跟着老主任金懋林教授出门诊，做胃镜时当助手。

由于胃病研究室没有病房，所以我回到北医三院消化科进行住院医师的培训，直到完成住院总医师阶段。北医三院消化科面对的都是综合的消化道疾病，我在这里培训的几年收获很大，把胃镜检查也掌握了。1995 年 9 月，胃病研究室独立出来，成立北京肿瘤医院消化肿瘤内科，我也完成了住院总医师培训，回到北京肿瘤医院正式开始了消化肿瘤内科医生的职业生涯。

科室刚“开业”时，门可罗雀，病人很少，所以病人无论病情多重我们都收，很多无处可去的重病人也都来我们医院了，可以想象我们当时治疗病人的心情。我当时很沮丧地对金主任说，在这儿一点成就感都没有，还不如继续去搞普通消化科。同样是消化道大出血，普通消化性溃疡大出血的病人急诊来医院，我们很快就能把血止住，病人恨不得 3 天就可以康复出院；而肿瘤病人的消化道出血，不仅不容易止住，病情还会越来越重，预后往往都很差。

记得是在 1996 年，曾经收治过一个病人，26 岁，是个很帅气的小伙子，家里兄弟三个，他排行老二。他是从北京郊区的医院转到我们病房的，住进来时已经是直肠癌晚期，肝多发巨大转移。更残酷的是，当时他儿子刚出生没几个月。

癌症晚期的病人是非常痛苦的，癌痛会把病人折磨得失去理智，脾气变得很坏，常常会表现为对身边人各种折腾。而那时他排便困难和便血，肿大的肝脏导致腹部膨隆，我们都知道他非常痛苦，但他从来不打搅别人，总是自己默默忍着，实在难受的时候就拿出儿子的照片看看，眼里满是怜爱和不舍，任何人看着都会觉得好心酸。

在科里住了将近 3 个月，尽管我们采用了各种方法，但他的病情还是越来越重。到最后，他也知道自己快撑不住了。那时候交通不像现在这样方便，北京连三环都还没有修好呢，亲朋好友来探望他都不容易，为了方便和大家道别，他决定出院回家去。那天他离开医院的时候，医生、护士几乎都流泪了，那也是我第一次为一个病人掉眼泪，他也知道，这一走就不会再回来了。

他出院快 1 个月后，他的弟弟来医院对我们表示感谢，并告诉我们他回去不到 1 周就去世了。他的弟弟还告诉我，他哥哥之所以来我们这里时已这么晚期，是因为之前的诊断治疗是走了一些弯路的。他出现便血症状已经两年多，一直按“痔疮”治疗，没有认真做相关的检查和体检，结果等其他症状出现再检查时就已经是很晚期了。如果放在现在的医疗环境，他们遭遇的情况，很可能又是医患之间的一场纠纷。但那个年代，淳朴的老百姓对医生很尊重，遇到医生在诊疗工作上的疏忽甚至过失，病人及家属虽然心有不满，但还是会比较克制，很少做出过激的行为。

医疗上很难对过去做评判，因为医学太复杂了，很难说如果怎样做一定会有怎样的结果。比如这个病人，也许即便及时做了相关检查，早点诊断出直肠癌，也不一定会改变他的结局。但我想，如果能够早些确诊，早点开始规范治疗，至少病情不会发展得这么快，不会拖到这么晚期，他也许能多存活一段时间吧。

我知道他们的遭遇，所以在病人在这么短时间内过世后，他弟弟对我说的那番话，那种理解，让我内心受到了极大的震动。虽然他并不是在针对我，但作为医生，我为这个年轻的生命感到可惜，也非常愧疚，无法为他们做更多。

这个病人，这段话，对我今后的从医生涯都是一次刻骨铭心的提醒。有时候医生真的太骄傲了，常常会陷入自己的经验里，或者陷入医生的定向思维里。不同专业的医生，思维的角度会有所不同。一般来说，不同专业的医生遇到病人时，往往会先从他们专业的角度开始排查，把能想到的情况都排查完，才会考虑是否是肿瘤；而我们肿瘤专业的医生，遇到病人，首先想到的是排查肿瘤，排除了肿瘤的可能性，才会往其他可能性上思考。这种惯性思维的不同没有对错，只是无论哪个专业的医生都应该多想一步。

后来很多年，我在给研究生、进修医生讲课时，都会提到这个病例，告诫大家对病人出现的任何症状都不要“想当然”，一定要多想一想还会不会有别的可能性；当我们确实无法明确的时候可以观察，但不要观察太久，一定要想办法去查清楚，要找到答案。因为很多时候恶性肿瘤不给我们出错的机会，有时一步走错，就再也没有挽回的可能了。

都说医生很理性，但实际上，我们每找到一个答案，内心都会情不自禁地窃喜。如果再遇到几个经我们治疗，预后超预期的患者，或者所谓的“生命奇迹”时，我们内心的成就感更是无与伦比。但是，奇迹并不总是发生，医学局限才是常态，这也许是医生自我安慰的理由，却也是深深的挫败感。

4

从 1993 年到现在整整 28 年了，一直从事消化道肿瘤的诊疗和研究，我对自己最满意的地方就是比较认真、细致，但我又是一个不太“上进”的人。

我还在北医三院读硕士研究生时，消化科有一位姓李的老护士长特别严厉。那时候的医生都是手写医嘱，医嘱上先开什么检查，后开什么药，逻辑上有一个定式，护士执行的时候都是按这个顺序来。有一次我写错了一条医嘱，用笔画掉后补在了最后面，导致逻辑顺序有点乱了，结果第二天早晨全科交班时，被这位严厉的老护士长狠狠骂了一顿，说我做事情不仔细、不认真。从那以后，我每件事做完，一定会反复核查几遍确保无误，这种做事的习惯一直保持了下来。

正是因为我做事情比较细致周全，所以如果把一件事交给我，只要我答应下来，让我办事的人就基本可以放心了，但如果是我不答应或者不愿意做的事，就会比较懒。我常常想，做个像我父亲那样的医生就挺好的，在工作中什么都不争，不想让自己那么辛苦。我父亲已经 80 多岁了，每次出门诊还要看四五十个病人，这是几十年积累的口碑。其实，我认为既然做了临床医生，无论你是搞科研还是日常工作，都应该是围绕病人提供服务的，病人才不会在意你发了几篇文章、拿了多少课题，帮他们解决了问题就好。当然想做好一个临床医生，也是需要不断学习和思考的，掌握的知识要能用于实践中，所以，我给人的感觉是不太上进，直到现在也没去申请做研究生导师。10 来年前，科室领导就曾找我谈话，说我的条件都符合了，为什么不申请做导师带学生。因为我一直没想明白，我为什么要当别人的导师呢？

我女儿是 2000 年出生的，她上幼儿园的时候，有一天我去接她，遇到我考研面试时负责考核的北医三院的那位住院总医师，他已经是教授了。他问我："你带研究生了吗？"我说没有。他很惊讶："为什么不带？"我说："我连自己都还没弄明白，带学生不得把人带沟里去了啊。"

当时我就是这么想的，到现在我还是不愿意带学生，因为带学生是一种责任，我觉得自己有些承担不起。

前几年，我和父母之间也因为这件事有过争论，父亲觉得我应该去申请导师资质，但我最终还是没有去做（也许这是自己不求上进的一种表现吧）。

当然，现在的学生和我们当年不太一样了，我们当学生时感觉导师的话就是圣旨（也许别人不这样吧），因为一旦做得不好就会挨骂，甚至听说有因为病历写得太差被直接扔出窗外的。记得我第一次交读书报告给导师时，他非常不满意，估计强忍着才没有发火。他把我师兄找来，告诉他："你好好教教她这个应该怎么写。"我当时真是觉得自己太不行了，在师兄的帮助下认认真真改了几遍才过关。

现在反过来了，是带学生的老师一到毕业季就抓狂——是的，不是学生抓狂，是老师抓狂。有一次，一位同事苦笑着和我开玩笑说："现在看见学生我绕着走，因为一见他们就要催交文章，催得我都不好意思了，索性躲着他们。"

虽然我不愿意带研究生，但作为老大夫，我觉得自己还是有义务把自己积累的临床经验教给年轻医生，当年老专家就是这样带着我成长的，我也要真心传授我所知道的知识和掌握的经验。

我在病房带组的时候，每周都是认真地进行教学查房，结合每一个病例的特点把与该病相关的知识讲解清楚，这样结合实际病例去讲疾病的基础知识，比单纯讲书本上的理论知识更让人记忆深刻。2013年开始，我负责管理我们科在北京南郊肿瘤医院的病区，每周要去两次，当时那里都是从其他医院调入的年轻的住院医师，我也是从零开始带他们，教他们如何了解相关知识，告诉他们每收治一个病人，都要把对应的疾病从最基础的解剖、生理、病理全部看一遍。如果能够做到每收治一个病人，就把相关的基础知识都过一遍，那么通过这样的强化训练，他们的基础知识就相对牢固了。我还有一个特点，就是对数字的记忆力比较好，我经常记不住别人的长相和名字，但对数字很敏感。一张化验单，如果我认为一个不正常的结果很重要，那么只要看一眼，第二天查房时我就能直接说出数值，所以年轻医生好像都有点怕我，也许是因为我不那么容易糊弄吧。

无论从哪一方面来看，我都觉得我现在不带学生的这种状态挺好的，不会令别人失望，也不会对别人失望。

我一直觉得，不要总想着去管别人，每个人把自己管好，把自己该做的事情尽量做好，这个世界应该就好了。现在有不少人管不好自己却还要去管别人，所以才会感觉更乱了套。

5

但我的懒也是分情况的，其实，那些我愿意做的事，我都会想办法去做，就像我选择了神经内分泌肿瘤这个细分专业方向一样。

2009 年，我在美国短期学习，我的导师几乎每次门诊都有神经内分泌肿瘤的病人，这引起了我的极大兴趣。定论文方向时，我想写一篇神经内分泌肿瘤的综述性文章，去征求他的意见，他说："这个病说简单也简单，说复杂就太复杂了，因为这种病 100 个患者就有 99 个不一样。"从美国回来之后，我开始关注这个领域，并建立起科里的神经内分泌肿瘤数据库，只要是我们专业经治的病人，我都一个病例一个病例地亲自录入，刚开始时还自己联系病人进行随访，现在这个数据库已经有超过2000个病例资料。对这种疾病知道得越来越多之后，我才明白当年老师说的“复杂”是什么意思，现在我也和年轻医生说相同的话。

我现在还担任我们医院伦理委员会的主任、北京大学生物医学伦理委员会的副主任、北京市伦理专家委员会委员。现在我们医院肿瘤相关研究的伦理审查已成为我国肿瘤专科医院里最好的之一。我想说的不是这些头衔，而是想说这个过程，我也是稀里糊涂地被推进了医学伦理领域。

我是2005年进入我们医院医学伦理委员会的。2008年，伦理委员会老主任退休前，想把主任的位置交给我，我没接。后来的主任因为身体原因想提前卸任，又找我谈话，我实在无法推辞了。

中国的医学伦理起步比较晚，规范化也是最近一二十年的事，早些年一些医院的伦理委员会基本都只是一个符号而很少有实际内容。而我们医院的伦理委员会交到我手里时，除了一个部门名字、一些文件性的东西之外，其他许多必备的内容都没有。当时国家食品药品监督管理总局（CFDA）每3年要对医院的药理基地，包括伦理委员会进行一次核查，我刚接手没多久就遇到了核查，整个准备的过程及之后接受检查的经过现在想起来都觉得狼狈。那之后我开始学习相关知识，寻找各种机会参加伦理培训。

很幸运的是，我刚接任医院的伦理委员会主任时，北京大学医学部也正好在组建新一届伦理委员会，需要从下属各医院招聘委员，我也幸运地入选了。北医的新一届伦理委员会虽然刚起步，但他们把起点定得很高，很快就开始着手申请国际的伦理认证，因此投入了很多资源进行培训和国际交流，邀请了一些美国著名高校和医院的医学伦理委员会专家来中国做培训。我作为北医伦理委员会委员正好近水楼台，把他们高标准的伦理规范直接移植过来，再结合我们的实际情况做一些修改，就转化成了我们医院的伦理制度和操作规范，这样我们医院也就拥有了一整套高标准的伦理文件和操作流程。

后来医院领导对伦理委员会的工作越来越认可，尤其是季加孚院长上任之后，对临床研究十分重视，每年医院各个专业都会申请开展大量的新药临床试验，伦理的作用也就更重要了，同时督促我们不断改进提高自己的工作流程和效率，以保证我们医院临床研究的顺利开展。

2017 年，我们通过了一个国际第三方伦理评估认证机构的认证，成为临床研究优先级医院，当时全国只有两家，第一家是华西医院，是综合性医院，我们是第二家，目前应该也是肿瘤专科医院中唯一的一家吧。

6

当医生有一个思维惯性，就是要全力以赴把病人的病研究明白。思维方式都是相通的，所以我也常常想把自己搞清楚，很多病人的经历会触动我去思考自己的人生。所谓“吾日三省吾身”，说的就是这个吧。

上大学时，在思想品德课上，老师让我们给自己写一句话，我当时写的就是：做对得起病人的医生。真正成为医生之后，我才知道什么叫“对得起病人”，要达到这个标准真的太难了。

我常常思考究竟什么是“对得起”。按理说，医生给病人治好了病就是“对得起”他／她，可是现实中，很多肿瘤是治不好的；如果说医生对病人好，就是“对得起”，那究竟什么是对病人好呢？

什么是“对得起”，什么又是“对不起”，这两个问题真的很难回答。当医生将近30年，虽然没有发生过因为责任心不够而“对不起”病人的情况，但因能力达不到而“对不起”病人是肯定有的。

当年在北医三院刚刚开始学习做胃镜时，胃镜还不像现在可以在电子屏上显示图像，全局和局部都能看得清清楚楚。那时候做胃镜，医生要自己通过目镜一边看着一边操作。做胃镜的时候要一边充气一边观察，这样才能看清楚胃内的病变。有一次，我给一名因上腹痛就诊的病人做检查，发现是十二指肠活动性溃疡，做完胃镜后，他喊肚子疼，我也没太在意，后来病人说疼得厉害。由于我还是新手，当时就有些蒙了，旁边上级大夫说可能是穿孔了，让我赶紧请外科会诊，后来做了急诊手术。主刀医生告诉我，的确是十二指肠发生溃疡的部位穿孔了。我特别难过、内疚，但外科医生安慰我说这不能完全怪我，这种情况谁都有可能赶上。尽管如此，我还是内疚了很长时间，之后再给病人做胃镜时就更加谨慎，再也没出现过严重并发症的问题。

有一天，一个女患者来做胃镜检查。她是“老胃病”，每年都要到医院复查胃镜，以前都是在别的医院做，这一次由于担心自己得胃癌，就来我们肿瘤专科医院看病。我给她做完胃镜后，她说：“大夫，我做了那么多年胃镜了，从来没这么舒服过，我以后就找你了。”还有一位老爷爷，是位老干部，每次来都穿着整整齐齐的中山装，从80多岁开始一直找我做胃镜，每年来一趟，到95岁时又来了，非要让我再给他做胃镜。我说“您没有大毛病，不需要再受罪做胃镜了”，但老爷爷还是非要做。去年在他99岁的时候又来医院了，让女儿推着轮椅专门跑到门诊来找我，不过这次来不是让我给他做胃镜的，而是要和我合影留个纪念。这些也许就是我作为医生最心满意足的时刻吧。

其实，我在大学实习轮转到外科时，好几位带教的老师都劝我毕业后做外科医生，他们觉得我手底下的活儿干净利落，动作又很轻很灵巧，在操作技能上还是有一些天赋吧。当时真有点动心，回去和爸妈商量，他们都不同意，说：“你现在年轻，身体能吃得消，等40岁以后，体力就可能跟不上了，那时候还怎么做外科？”

年轻的时候，面对和自己同龄或小一些的病人，就会在同情他们的同时庆幸自己还很健康。等自己有了孩子之后，遇到年纪小的孩子患癌症，看着孩子父亲无声地垂泪、母亲无助地哭泣，我更能理解为人父母面对孩子生病时的痛苦。

很多年前，我的一个患者是篮球运动员，一米九三的个子，又高又帅。身体这么棒的一个人，却患了胃癌，而且发现时已是晚期，我们在病房给他过了36岁生日，然后没过多久他就自杀了。我印象很深，本来很健壮的一个人，到后来被胃癌折磨消耗得非常消瘦，人也十分衰弱，他住的是一个单人病房，平时都是姐姐陪他。更残酷的是，他的妻子也查出患了肿瘤，他们有一个孩子，只有几岁大。当时是夏天，那天傍晚他对姐姐说想吃冰棍，姐姐没多想，马上出去给他买。谁知姐姐刚走，他就从窗户上翻了下去。我们都为此伤心难过了好久。

癌症晚期患者经常是非常痛苦的，曾有病人对我说：“大夫我现在真的是生不如死，还是想办法让我早点儿解脱吧。”

时常有同学或周围的朋友问我，你们天天面对那些肿瘤晚期病人，心情能好吗？做这份工作，成为肿瘤科医生，见过这么多的病人，我慢慢明白，跟那些癌症晚期的病人所受的痛苦比起来，我们生活中的苦应该不算苦了吧，很多事也都看淡一点，不需要去争。

我女儿很独立，因为我平时工作很忙，照顾不到她，但我们关系很好。我也会陪着她玩、陪着她疯，我们母女也有“说走就走的旅行”。有一年，她寒假补完课，假期也只剩最后一周了，我问她要不要出去玩儿，我告诉她我特别想去苍山洱海，然后我们一拍即合，立刻订机票、酒店，第二天就去了。

女儿懂事之后，我们常一起聊天，聊我遇到的病人，聊我在医院的所见所闻，她也会聊她遇到的困难。现在回过头去想，可能对孩子来说，妈妈能天天无微不至地陪在身边当然是很好的，但最重要的，可能还是当孩子在成长过程中遇到困惑时，我能给她真正提供有帮助的建议，而她也愿意听。

一个人在成长的路上，会遇到各种状况，我只希望女儿无论遇到什么困境，都能明白除却生死，别无大事。

李萍萍：人生第一个迷茫路口，我明白了如何善待他人

李萍萍 北京大学肿瘤医院中西医结合科主任医师，教授，博士生导师。1976年毕业于北京中医药大学。曾先后在美国乔治华盛顿大学、加州大学、密苏里大学等大学研修。主要从事中西医结合肿瘤治疗的临床和科研工作。对常见肿瘤如肺癌、消化道肿瘤、乳腺癌及老年肿瘤形成较系统的中西医结合治疗方法。致力于中西医结合提高肿瘤患者生存质量、改善预后生存的临床与中药机理研究。与美国MD安德森癌症中心合作，研究肿瘤常见中医症状-MDASI-TCM（安德森症状）评估量表，突破了中医临证患者主观症状量化评估的瓶颈。主持多项国家和省部级课题。被评为第五届、第六届全国老中医专家指导老师，第四届北京市老中医专家指导老师，北京市中医药传承“双百工程”指导老师和2016年“全国名老中医药专家传承工作”项目专家。

我出生于1951年，一晃已过古稀。

每个时代都有它独特的烙印，属于我们的青少年时期就是轰轰烈烈的上山下乡。在大时代面前，个人渺小得根本没有选择，但人生是公平的，总有一个一个小的十字路口让你自己来选择，这些小的路口往往会决定我们的一生。

1

我父母战争年代参加革命，一直忙于工作。

由于父母工作很忙，我从幼儿园到小学都是寄宿，两三周才回家一次，周末在家住一晚又被送走。所以等我考初中的时候，我坚决不愿意再上住校的学校，一定要住在家里，宁可天天早出晚归。我如愿考上北京女一中，学校挨着中南海，以前是皇家园林，学校里全是小四合院。我每天骑自行车上学，虽然中午父母都不在家，但家里有阿姨，我也不嫌麻烦，一定要回家吃中饭，再骑车回学校上课，可想而知，我当时有多么渴望家的温暖。

遗憾的是，这种温暖的家庭生活我并没享受多久。我刚上初二时，"文化大革命"开始了，毛主席号召"让知识青年到农村去，接受贫下中农的再教育"。1968年，全国的学校都停课，初高中生轰轰烈烈地"上山下乡"了。我离开父母，离开北京，和同龄人来到了内蒙古的牧区，在那里生活了近5年。

这个时候，我们家的3个孩子都离开了家，姐姐去当兵，哥哥和我去内蒙古插队，后来哥哥也去部队当了兵。我和哥哥临走前，母亲给我们一人准备了一台半导体收音机。因为在无边无际的草原深处，消息闭塞将是最大的问题，所以买来了半导体收音机让我们带着，希望能丰富我们的生活，听到外面的声音。

当时父亲还被隔离审查着，我大姨说："你去看看你爸吧，见一面再走。"于是，我走之前，给父亲送了一顿饭。

1968 年夏天最热的时候，我们启程了，先坐火车到张家口，然后坐在大卡车的后车斗里，颠了 3 天才到目的地，"八一节"是在路上过的。年少时意气风发、天真烂漫，向往着骑马驰骋草原的英姿飒爽，卡车向一望无际的草原深处行驶，我们一路上唱着歌，并未多想等待我们的草原生活究竟是什么。

我是初中生，哥哥是高中生，在不同的公社，离得很远，记得他和我说，你还是和初中同学在一起吧！于是我去了胜利四队，每个生产队分 10 个知识青年，5 个男生、5 个女生。卡车把我们送到，然后离开，我们才体会到方圆一二百公里几乎荒无人烟是什么景象。生产队的二三十户牧民也住得很零散，间隔很远。

在锡林郭勒盟牧区的近 5 年里，母亲给我买的半导体收音机把世界的声音传到草原深处，也成为日常唯一使我与外面的世界保持联系的东西。

刚到草原时，我才 17 岁，根本不觉得生活的艰苦是苦，积极向牧民学习打草、剪羊毛、挤牛奶，学习蒙语。第一年冬天，晚上零下 40 摄氏度，刮着白毛风，我们还在外面赶着羊群。所谓"白毛风"，就是草原上风雪交加，狂风把雪刮得漫天飞扬，眼前白茫茫的，1 米之外什么也看不见。我们又冷又饿又困，有的知识青年实在困得受不了了，倒在地上就要睡，我赶紧拉起来："不能睡，睡下去就起不来了。"我戴着护着耳朵的大棉帽，脸上长了冻疮，帽子戴久了和脸粘在一起，用手焐热了才能摘下来。我们赶着羊群整整一夜都在外面走，天亮后才发现根本没有走多远，幸运的是，我们的羊竟然一只都没丢。

这件事让牧民们对我们刮目相看，给我们竖起大拇指，说：这些知识青年太好了，北京的娃娃太好了，从大城市来还能吃这样的苦很不容易。

2

我其实并没有立志要当一名医生，从小觉得当兵光荣。姐姐当兵以后，问我想要什么，我说就想要一套你的军装。

我到牧区以后，父母怕我们生病，每次探亲回来都会让带一些治感冒、拉肚子的常用药。牧区缺医少药，我们这些药就特别珍贵，牧民生病的时候，我会把药分给他们，慢慢地，他们一有不舒服就会跑来找我，几乎把我当医生了。但实际上我一点医学基础都没有，只知道拉肚子了吃点黄连素，发烧了吃点退烧药，那时候还有阿司匹林、止痛片。

1969 年春，也就是我到牧区的第二年，公社要在各生产队选拔并培训一名赤脚医生，我这个民间"医生"就顺理成章地被选上了。培训也很简单，去公社培训一个星期，只发了一本《赤脚医生手册》。回到生产队，队里给配备了一个药箱，自己到公社卫生院买了一些常用药，后来我又买了一些针灸针——没有毕业考试，更没有医师资格考试，听完课回来我就成医生了。

那个年代缺医少药，针灸针是赤脚医生的重要工具，一枚银针能解决很多问题。我治疗的第一个病人是牧民西拉布爷爷，他性格爽朗，骑马放羊一辈子，但年纪大了之后关节疼痛，不能骑马，连走路都困难，每天痛苦地蜷缩在蒙古包里。我想要帮他，于是对照着《赤脚医生手册》在自己身上找穴位练扎针，然后给西拉布爷爷扎，针灸之后，又把盐在大锅里炒热装进袋子里热敷。没想到，在我的治疗和照护下，西拉布爷爷慢慢好了起来，又重新跨上了马背。

我在牧区渐渐地有了些小名气，谁家里有个头疼脑热的，都要请我去走一趟。有一天，一个牧民产妇临产了，以前都是找有经验的老人来接生，但现在有我这个赤脚医生了，他们就来找我。接生这种事，我别说没做过，连见都没见过，我自己也只是一个十八九岁的孩子。但产妇临产了，等不了，我只好又临阵磨枪，把《赤脚医生手册》打开，照着里面的方法一步步做。因为没有针线缝合，所以要保护好会阴以免撕裂；小孩头出来以后正确接住；剪子用煤油灯的火烧一下消毒，剪断脐带用线系紧，涂些碘酒；最后把胎盘处理掉。好在我第一个接生的是一个经产妇，已经生过四五个孩子了，没有遇上难题，生得也很顺利，没有大出血，现在想起来都不可思议。我和这个孩子还一直保持着联系，我每次回去都会去看他，他长得又高又壮，还在生产队里当上了队长。

当赤脚医生之后，白天要放羊，把羊赶回圈以后，我就会背着药箱骑上马去给牧民看病。我们生产队的二三十户牧民的健康状况我都摸得比较清楚，一般也都是日常的腰腿疼痛、胃病、头疼、关节炎等，用针灸治疗得持续一段时间，有几家必须每天去一次，我的马也是生产队里消耗最大的，因为我跑的路最多。

这期间发生了一件事。

各家牧民的蒙古包离得远，我每次出门都要规划好路线，先去哪家后去哪家。也是一个冬天，我把羊赶回家后背着药箱出诊时，天已经快黑了。这一天我要去看两个病人，一个曾是生产队牧主的老奶奶，关节疼得厉害；另一个是在这里生活了很多年的东北来的汉族牧民，他的孩子有点发烧，根据描述我初步判断孩子只是一点小感冒，应无大碍。我顺路先到牧主家，其实这个牧主早就没有羊群和任何其他资产了，给她扎完针、做完治疗，然后去了那个东北牧民家。这个牧民对我来晚了颇有微词，认为我先去给牧主老太太看病而不是先来他家，是阶级立场问题，看不起他贫下中牧，并上纲上线地质问我的“立场”。我虽然很委屈，但什么也没说，只是给孩子看病，测了体温，不到38度，给药喂下，等处理完时天已完全黑了，外面还下着雪。这个东北牧民问我，是住下来还是要回去，并说：“你要是走的话，如果在外面冻坏了或走失了，我还得承担责任。”我听他这么说，就坚持要走，心想宁愿冻死在外面也不住在你家。其实，牧区有一个习惯，因为各家蒙古包之间距离很远，天黑了让客人留宿是最起码的待客礼节，因为晚上一个人在草原走是很危险的，容易迷路，还有狼，更何况这还是风雪交加的冬天。

我骑着马走了，雪深得没过了马腿，看不见路，只能靠“老马识途”慢慢走，当马一步一步把我带到一个马倌家时，已将近晚上11

点了。

见我来了，女主人就赶忙起来，点着了牛粪烧热水，煮了茶给我喝。这也是牧民的待客之道，不管客人什么时候来，一定要烧热茶。很有意思的是，别看牧民家彼此离得远，但你一进门，他们就知道你从哪里来。喝茶时，他们问我是不是从那家来的，我说是。天很晚了，喝完茶大家就睡了。第二天下午全队开生产大会，所有的牧民都要参加，我稍微晚到了一会儿，在外面就听出蒙古包里说得很热闹，一进去，听到他们在数落那个东北来的牧民："北京的知识青年，一个女孩子，那么晚了到你家给你孩子看病你都不留宿，你对得起她吗？我们牧民不应该做出这样的事情。"听到这里，我忍不住流下了眼泪，前一晚的委屈全部烟消云散了。

其实，那正是我踏入社会以后遭遇的人生第一个迷茫的路口，我不明白人与人之间究竟应该是怎样的。来到草原后第一次遇到"阶级立场"问题，这位牧民马倌站出来为我打抱不平，犹如一股暖流瞬间把我的全身都温暖了。这些牧民像这片草原一样，广袤、平实、简单、朴素，这正是人与人之间相处最真实的感情，以诚相待，善待彼此。这些牧民老乡如此淳朴，从一开始看到我们爱队里的牲畜就像爱自己的生命一样，便已经从心里接受了我们，所以也就像爱自己的孩子一样善待我们。后来知识青年们在一起交流时，我们都深深感到，草原净化了我们的灵魂，草原让我们懂得了如何真诚待人。

这一次的经历，也让我下定决心一定要认路，于是常常在黄昏的时候跑出去观察草坡山包的形状，或找一些能指示方向的标记物，等等，以至于有一段时间我晚上不迷路了，但白天反而会迷路。

在牧区还有很多有意思的事，比如骑马时路过坟地或者草丛里蹿出个小动物把马惊了，马就会疯狂乱跑，骑术不好的人很容易被甩下马背，我也被受惊的马甩下来过。记得有一次，马倌给我抓了匹改良马，特别高大，我斜挎着药箱刚骑上去，马看见药箱就惊了，前腿一提整个立了起来，把我给掀翻下来，我的腰硌到药箱上，当场就疼得站不起来了，牧民马倌赶快把我抱起来。之后，我就下决心压“生个子马”。我曾压了三个“生个子马”，是我们生产队知识青年里最多的。所谓“生个子马”就是从来没被骑过的生马，第一次被人骑时它会激烈反抗，甭管是沟沟坎坎，也不管任何障碍，它都会横冲直撞过去，要把人甩下来。所以，压生个子马，就是要让自己骑在“生个子马”背上不掉下来，把它驯服了，它就认你了，成为你的朋友。可以想象，压“生个子马”还是有点危险的。

总之，“生个子马”谁压的就归谁骑，我压得最多，所以我的马最多，其他知青也就两匹马换着骑，我则有三四匹马。我跑的路也多，因为每天都要去牧民家巡诊，每天都要去马群换马，马倌说：“你最费马了，给你选一匹皮实的慢慢跑去。”这匹马是我的专座，从我们生产队跑到公社要半个多小时，它能一口气慢跑不带休息的。

就这样每天割草、放牧，又当赤脚医生，过了近 5 年，我是最后一个离开生产队的知青。

3

这 5 年里，我也遇到了人生的又一个重要十字路口——是接受眼前看似仕途大好的一份工作，还是继续等待未来上学的机会——面临人生的一个重要抉择。

当时锡林郭勒盟盟委改选，想调我到锡盟政府作为常委工作。实际上，这些年，一起插队到生产队的知青都在想方设法离开牧区，陆陆续续有的调到盟里，有些调到旗里，有些调到自治区政府，还有些回了北京，总之大家都离开生产队返城了，去宣传队、交通站、粮站，也有的去当了打字员，总之干什么工作的都有。相比之下，上级给我安排的工作，相当于直接调入领导岗位，这是走向仕途的一个快速通道。

但是，我谢绝了。我依然留在牧区，每天骑着马去牧民家看病，锡盟军管的吉普车就在后面追我，说："你怎么这么难找，知识青年都巴不得早点离开牧区，你为什么还躲呢？"

有人觉得我比较骄傲，不尊重上级领导。其实，我心里知道，即便我那个时候坐在了领导的位置上，也支撑不了多久。我这么年轻，没知识、没经验，又不是蒙古族人，蒙古语说得也不好，对当地情况也不了解，不懂少数民族的政策凭什么坐在领导的位置上呢？不像我的父母那代人，虽然他们参加革命的时候也只有十六七岁，甚至比我当时年龄更小，但他们是真正从战争年代里摸爬滚打出来的，是有丰富的实践经验的。

我把心里的这些真实想法告诉了他们，并表示，除了上学，我哪儿都不去。我必须要学知识，要上学。

这个想法，当时没几个人理解，只有两个知青好朋友说："萍萍，你的想法很对。"我家人也非常支持我，他们也知道自治区有很多好干部，他们对自治区的政策、规划、百姓都了如指掌，领导岗位暂时缺人，只是因为很多干部还没平反，我一个插队的黄毛丫头，哪儿有什么资格去当自治区的领导呢。

后来的事情也印证了我的想法，“文革”结束后，慢慢政策落实，原来的干部回到工作岗位，临时调到自治区的插队知青很多都下来了。

后来，我被推选为第四届全国人大代表，当时我才刚二十出头，但是如果我要上学的话，就要失去人大代表的资格了。最终我还是选择了去上学。

当了这么多年赤脚医生，我感觉到了自己实在能力有限，很想上医学院学习知识，真正当一名合格的医生。我最想当妇产科医生，因为这些年接生了几个孩子，这种迎接新生命的感觉让我非常快乐，而且我的动手能力强，动作麻利。

1973 年，我得到机会到北京中医学院学习，实现了上大学深造的求学之梦。

将近 5 年的插队生活，让我和牧民们结下了深厚的感情，每过一两年我都会回去看看他们。现在交通也非常方便，全程高速公路，从北京开车只六七个小时就到了。只是如今，老一辈的牧民很多都去世了。蒙古族牧民的淳朴、宽厚、热情始终感染着我，他们对人的真诚、开朗让我受益终身。

对于我们这一代人来说，最大的遗憾是在本应该上大学学知识的年龄，我们失去了学习的机会。我常常想，如果一直正常上学，正常高考的话，我们都能考上比较好的大学，接受很好的教育。但是，那个年代，全社会都是如此，所以从历史的角度来讲，也没有什么可遗憾的。相反，我们学到了在学校、在城市、在课本上学不到的东西。这就是命运的安排，我们不可能脱离那个时代，在当时的环境中寻找有益的东西才能让我们的生活充满乐趣。

4

1976 年我们毕业实习，分成两队，一队去河北唐山农村，另一队响应号召支边，去西北藏族自治县。我去支边，在甘肃省甘南藏族自治州做巡回医疗，海拔 4000 多米，条件特别艰苦。但我们实习没多久，7 月 28 日发生了唐山大地震，学校提前把我们两队实习学生都召了回去，然后让我们提前半年在 1976 年 12 月毕业，同时答应可以补 1 年生产实习，医院可自选。毕业之后我被分配到北京市肿瘤防治研究所，并选择去中国中医研究院广安门医院肿瘤科实习 1 年。

北京市肿瘤防治研究所 1975 年刚成立，我被分配过去时，研究所还在北大医院院内，1995 年正式挂牌成为北京大学肿瘤医院。

当初还是赤脚医生时，我的愿望是当一名妇产科医生，但阴差阳错走到了中医肿瘤方向，正式工作之后，更觉得这个专业没意思，现实跟我想象的完全不一样。因为那时候我们收治的病人都是肿瘤晚期的，用一句话总结，病人基本是“站着进来，躺着出去”，一点成就感都没有。刚走上临床实习时的热情慢慢消退，天天跟着当时的主任找验方，对这个病到底怎么治却一点方向都没有，所以无论如何我还是要找机会去学习。

人们总说“机会总是垂青有准备的人”，的确是这样。我们这一代人英语学习起步是比较晚的，我真正开始认真学英语是在工作之后。20 世纪 80 年代初，出国潮慢慢涌现，国内医学专业人员非常紧缺，老所长徐光伟教授为了培养人出国学习，很早就在所里开设了基础英语学习班，我报名在班里学英语，几年后终于获得了出国学习的机会。1988 年我前往美国乔治华盛顿大学学习药理研究，一年零十个月后于 1990 年回国。1998 年，我又从国际抗癌联盟（UICC）申请到一个机会去美国加州大学做访问学者 3 个月。

有了一定的临床经验之后，我会带着问题去学习，因此第二次去美国学习的经历让我印象非常深刻。这一次我了解到，美国人对中药主要是在安全性上有顾虑，特别是对乳腺癌患者。因为乳腺癌分成雌激素受体阳性和阴性，如果患者是受体阳性就要接受长期的内分泌治疗，用药物把体内雌激素控制在较低水平，还要非常谨慎地判断饮食和其他药物当中是否含有雌激素。接受内分泌治疗的乳腺癌患者，常常会出现严重的潮热等更年期状态，西医是用抗抑郁药进行治疗，我国大多数患者会用中药调理。这就给我一个启发，那就是中医在治疗肿瘤的时候一定要了解肿瘤的生物学特性，不能随便用药，要搞清楚药物是否含有雌激素活性成分，是否会干扰内分泌药物治疗。我回国后，就针对这个问题申请了课题，对治疗潮热的中药复方进行研究，首先要证明复方里面每一种成分的安全性，既不含植物雌激素，又不会降低内分泌药物的药效，不影响它的活性代谢，然后临床上还能够改善潮热症状。这个过程很艰难，首先要对处方中的每一味药进行植物雌激素检测，还要对中药复方进行检测。但如何观察中药对内分泌药物的影响呢？我通过咨询有关专家、查资料，把正在进行内分泌治疗的乳腺癌患者分成两组，一组使用中药，一组不使用中药，然后检测两组患者的血样标本中三苯氧胺的活性代谢产物含量是否有变化，分析判断中药对内分泌治疗药物体内代谢的影响。结果发现，二者一致，中药并未干扰乳腺癌内分泌治疗。之后我还对中药改善潮热的有效性及作用机理进行研究，并对患者展开长期随访，最终用充分、科学的临床证据证实了中药治疗乳腺癌患者潮热症状的安全性和有效性。

很多人会质疑中药、西药配合治疗的安全性和有效性，这需要我们用科学的研究和数据证明，需要付出艰苦的努力，也是对自己、对患者负责。

作为一名中医，在一个西医的肿瘤专科医院工作一辈子，感触还是很深的。与中医院的肿瘤科完全不同，中医科要在西医医院站住脚，首先对病人的治疗要有效，其次是我们掌握的西医知识不能落后，要及时了解肿瘤的研究进展，最后我们中医还要有自己的特色。所以在肿瘤专科医院做一个中医大夫，首先两个语言必须得好：一是古文要好，要把自己的看家本领掌握好；二是外语要好，要多看文献，知道现代医学的最新进展，现代肿瘤知识要与时俱进。

5

1976 年毕业分配到北京肿瘤防治研究所之后，我一直在这里工作到现在。如今我退休，又接受返聘，出门诊，带徒弟，查查房。

从赤脚医生到后来成为肿瘤专科医院的医生，我深刻感觉到，病人是我们的老师。我们在学校、在书本上学的东西应用在病人身上时会有很大的脱节，临床是鲜活的，有很多书本上没有写的。

记得在我年轻的时候，作为科主任带着医生查房，大房间里住了6个病人，其中一个化疗后呕吐得很厉害，手里端个盆吐得停不下来。我站在她床前看她吐得这么厉害，心想等她缓一缓再查，于是就先看她旁边的病人，但没和她打招呼。下一个病人的床挨着门，我们正站在门口说话，这个呕吐的病人突然就哭了，我问她怎么了，原来，她以为我们不看她就要走，觉得自己被忽视了。我赶紧向她解释，她知道误会了才止住眼泪。从这件小事可以看出，肿瘤患者心理非常脆弱，也非常敏感。这件事成为我一生的教训，医生的一个眼神、一个动作、一句话对病人的影响都是非常大的，他们会很在意的。所以，作为医生，不管对哪个病人，不管在什么样的情况下，都不要惜字如金，多说一句话、多花一分钟的时间去沟通，病人才会理解、信任你。

有一次我在门诊，一个80多岁的老病人，是肺癌，他对我说："李大夫你身体是不是好一些了？"我很奇怪，问："您怎么知道呢？"他说："以前你给我把脉的时候手是凉的，现在手是温的。"原来，我在感觉他的时候，他也在感觉我，病人的观察和感觉很细腻。我非常感谢这位老人的体贴，这件事也提醒我要调理好自己的身体，中医看病的过程是要通过自身的气场影响对方的。医生自己身体要健康，才能体知病人的寒热虚实、阴阳变化。

我现在很瘦，但以前身体特别好。我从小特别爱运动，小学二年级开始就是校田径队的，中学是篮球队的。到医院工作以后，一直仗着自己身体底子好工作比较拼命，后来又担任了一些行政工作。每次一出门诊就顾不上吃午饭，每天保证8小时临床上处理病人的事，8小时以外是处理行政方面的工作，这样一来工作时间就比较长，长年累月，身体大不如前。我现在努力调整锻炼，希望能把身体恢复得好一些。其实保持身体健康不单是你自己的事儿，更是对家人的义务，有了好身体才能对上孝，对下慈，这都是责任。

肿瘤科的医生，总是直接面对死亡的问题，尤其我们中医，面对的患者很多都已经到最后阶段了，当西医手段无能为力时，病人总会想最后找中医试试。

肿瘤跟一般的内科疾病不一样，虽然医学界已经把它当作一个常见病、慢性病来看，但由于肿瘤疾病对生命的影响，肿瘤治疗的复杂性，让很多病人一旦确诊，首先就会问医生："我还能活多久？"这是一种直接把死亡的问题摆到桌面上来谈的疾病，所以在和病人的沟通上就会很特殊，非常好地与病人沟通，是一个医生起码要具备的品质。

我在国外学习的时候，也碰到过在美国学医的一些中国人，我问其中一位："你在美国学医，觉得这里和国内最大的不同是什么？"他说："最大的不同就是，我们在这里跟着上级大夫到临床的时候，首先让我们观察学习他们怎么跟病人谈话，怎么沟通，这是做医生最起码的训练。"这背后的客观原因是中国医生面对的病人太多，所以分给每一个病人的时间就较少，只能言简意赅解决主要问题。但我认为，医生只有和病人沟通好，才是合格的医生，如果只是像流水线工人一样工作，那就只是在做机械的动作，失去了医生看病的意义。

我曾经有一个女病人患的是晚期膀胱癌，她退休前是航天部的一名技术人员，将近 80 岁了。她手术后复发，盆腔转移、肝转移，肾也有问题，她的儿子在国外，女儿、儿媳妇都在北京，家属对我说不要告诉老太太病情，怕老人承受不住。她不知道膀胱癌复发转移了，一直认为自己手术之后肿瘤已经切除了，癌症已经治好了，但对自己出现的腹泻、出汗、吃不下东西等问题很苦恼，觉得奇怪，"癌症都治好了，这些小问题怎么老好不了"，于是跑来我这里看中医，问我有多大把握能治好她。我感觉出她对"治好"的期望值比较高，但我很难回答，于是把她的孩子叫进来建议他们把实情告诉老人，否则她想不通为什么自己的身体这么痛苦。刚开始家属仍然说怕老人受不了，我说："其实都有一个过程，你母亲是高级知识分子，是老技术专家，你们应该相信她有冷静思考的能力。"家属同意了，后来就在我的诊室里，给他们家召开了一个家庭会议，我对老人说："您现在出现这些痛苦，是因为您的膀胱癌复发了，而且肝脏也发现有问题，所以会产生一系列的症状，目前虽然没有根治的办法，但是减少痛苦还是可以做到的，能否告诉我，这么多不舒服里，您最不能忍受的是什么？"她说："最不能忍受的就是吃不了东西，又是腹泻，又是出虚汗。"我说："那我们就共同努力，先帮您把这些不舒服的症状解决了，您看行不行？"她说："那就太好了，如果能吃下东西了，我精神会好一些，也会有体力。"就这样，我们把话都说开了。后来经过我们的治疗，她的腹泻、出汗症状都缓解了，也能吃下一点东西，最后走得很平静。家人很感激地说："老人最后没受什么苦，而且她也做好了思想准备。”

我想，其实大部分人都一样，在终将离去的时候，当然也会有留恋，但也并不会强求一定要再活多长时间，只要能把心里想的事完成，比如见了想见到的人，就能安然离开。所以，我们当医生的，当无法帮病人治愈疾病、延长生命时，甚至到最后连帮他们减轻痛楚的能力都很有限时，如果能帮助病人去实现心愿，也算是尽到了医生的责任。

对于临终的病人，最重要的是去帮助他实现心中的愿望。有一次，一位美国的专家来我们医院，跟着我查了一次房，有一个晚期病人骨转移，已经无法下床，每天都过得很痛苦，我请这位美国的专家一起去看看这个病人，因为我们不知道该怎么帮他。这位美国的专家去了，坐在病床旁边就和病人聊：“你有什么爱好？”病人说：“我喜欢滑冰，但现在滑不了了。”美国专家说：“没关系，你现在虽然滑不了，但你肯定有滑冰的照片吧，可以看看以前的照片啊！”就这样两人闲聊着，病人的话越来越多了，第二天，病人果然让家人把照片带来，和大家一起欣赏，心情马上就不一样了。

我门诊曾遇到一位老人，孩子也是提前进来和我打招呼，说一会儿千万别让老太太知道病情，怕她受不了。老人进来后，一言不发，我问她：“您哪儿不舒服呢？”她不吭声。我又问：“您来看中医，想解决什么问题呢？”她还是不吭声。最后我只好说：“您肯定有不舒服的地方，要不然您就不会到医院来，不会到我这个诊室来了。这样，我先给您号号脉，然后咱们再看看是不是这些地方不舒服。”老人和年轻人不一样，老人就是老小孩，得哄着她，我一边号脉，一边说："不管您得什么病，最重要的是自己要有信心。其实医生只是帮您一把，最终能不能康复还是要靠您自己的主观能动性。"我刚说完，老太太蹦出第一句话："信心怎么建立？都治不好了，我还来看病干什么？"我说："您知道您得的什么病吗？"她说："我都看见了，报告单上的结果我看见了，回家以后他们骗我说不是癌，是良性的。病发生在我身上，家人却不告诉我，我和他们就说不上了，想的完全不一样，那我就什么也不说了。"我看老人开了口，就和她聊起来她关心的问题。

很多时候，家属以为瞒着病人是保护他们，殊不知这样也把沟通的路堵死了，双方无法讨论、商量事情，患者也会因无法被人理解而可能封闭自己。老太太离开诊室后，她的子女说："这是老太太说话最多的一次，比在家里和我们说的话多多了。"

还有一位老人，是北大中文系的一位老教授。有一天，我和往常一样下班之前 6 点多去病房转一圈，看完病人，我正在洗手的时候，这位老教授来找我，当时他有七八十岁。他是出差的时候腿疼，然后查出来是肺癌晚期，已经骨转移了，但他自己不知道，家人都瞒着他。他的夫人曾叮嘱我千万别对他说病情，因为他有严重的抑郁症，多年失眠，如果再知道得了癌症肯定受不了。他走进来说："李大夫，我能耽误您点时间吗？"我说："可以，您有什么事？"他说："我现在非常茫然，天天关在医院里，我有那么多的事要做，但我什么也做不了，我也不知道到底要住多长时间。"这位老教授有很多的国内国际会议要参加，还在带博士研究生。当时他站在我面前，说完这些话，像个孩子一样特别单纯渴望地看着我，这样的眼神谁也不忍拒绝。我当时就决定违背他家人的叮嘱，和他本人好好谈谈，于是问他："您对自己得了什么病了解吗？"他说不知道。我说："如果我告诉您实话，您会有负担吗？"他说："您说，我没有什么负担，我都这么大年岁了。"我说："您得的是肿瘤，恶性肿瘤。但是恶性肿瘤不表示马上会死亡，也不是没有办法治。"我对坏消息的严重程度还是有所保留，没告诉他已经转移的程度，然后接着说："您现在住院，首先是缓解身体的痛苦，然后进行系统的治疗，在这个过程中，只要您配合治疗，您不需要一直住在医院里，治疗完就可以回家，不会耽误您带学生和工作。参加国内的会议应该是问题不大，但国外的会议建议您取消，因为您的身体可能受不了旅途的奔波。"他听完后很平静地就接受了现实，说："我明白了，我听您的。"

第二天早上，我刚到病房，他夫人就在等着我了，说："李大夫，我得谢谢您。我们家老楚昨晚睡得特别好，是这几个月来睡的第一个好觉。"我很奇怪，说："您不是也刚来吗？怎么知道老楚睡得好？"她说："我很早就来了，老楚跟我说他昨天晚上睡得很好。"我知道她已经知道我把实情告诉病人了，就说："对不起，我没有遵您的叮嘱，我告诉他病情了。"她说："他能睡个好觉，就说明他能接受这个坏消息，而且他自己心里也踏实，知道下一步应该怎么安排自己的工作、生活了。"

其实人面对未知的病才会焦虑，真正知道情况了反而就坦然了，尤其是知识分子，能处理好这些事情。经过一件件这样的事，我觉得和病人沟通非常重要，沟通得好，不仅不会使病人增加焦虑、失去信心，反而会更坦然、更无畏。医生有责任帮助患者释放对疾病的恐惧，帮助他去面对，去解决难题、建立信心。

中国古代有扁鹊救虢国太子的故事，太子生病后医生认为没法医治，已经放弃了，扁鹊去了问：“我能不能看看他？”国君说人已经去世了，扁鹊说：“他可能并没有死。”于是给太子施针，太子果然醒了过来。后来大家都称扁鹊是神医，扁鹊却说：“越人非能生死人也，此自当生者，越人能使之起耳。”意思是我不能使死去的人复生，那是他还能活，我只是扶了他一把罢了。

扁鹊是中国历史上著名的中医，他不仅医术精湛，谦虚谨慎的治学态度亦值得我们反省自己如何做一个好医生。

人自身有很大的潜在修复能力，医生需要帮助病人恢复这种能力。医生不能总盯着病，盯着那些临床指标，而是要帮助一个生命去恢复他潜在的修复功能。

我曾遇到过一个从台湾来的小细胞肺癌患者，他坐着轮椅进了我的诊室，对我说：“人家说我活不过3个月了，我想看看您有没有什么办法来帮助我。”我看了他带来的病历资料，他是刚刚诊断出肺癌骨转移，因局部骨破坏而影响站立行走。我对他说：“我们想想办法，请有关科室专家给你会诊，也许可以帮助你试试。”他说自己很爱骑马，所以坐轮椅不能行走的最大痛苦就是生活乐趣没有了。收他住院后，我们请放疗科会诊，做了放疗，并用中西医结合的方法给他调治，当他能站起来时，他特别高兴，说：“我以后又可以去骑马了。”我赶紧劝住他说：“骑马的事以后再说，现在你站起来了，是我们走好下一步的开始。”

建立自我修复能力首先是帮助他们建立信心，跟医生一块儿去面对疾病，因为病在病人身上，病人的痛苦、感觉才是最准确的。有一个患肺癌的老太太说："只要我能吃、能喝、能睡，我就不害怕，我就能活。"这也是中医讲的"胃者五脏之本也"，必须保住脾胃之气，特别是对晚期病人而言，保住元气，才能维护好病人的生命。很多病人一来就说自己什么指标高，每次复查都会焦虑不安，甚至前一晚睡不好觉，我都会劝他："不要总盯着那些指标，指标是医生看的，你只需要告诉我你的感觉，哪里不舒服，有什么痛苦的地方。你要相信自己的感觉，如果能吃、能睡、能排便，你还恐惧什么？"

作为医生，应该引导病人正确面对疾病，感知自己，厘清自己的需求。

我想，不仅病人，其实我们每一个人都需要这样——感知自己，明确自己需要什么。

李燕：女人一生最重要的东西是什么？

李燕 临床工作30余年，现为北京大学肿瘤医院消化肿瘤内科主任医师、知名专家，主要从事胃癌、结直肠癌、食管癌、肝癌、胆癌、胰腺癌的化疗，其他肿瘤的内科综合治疗，以及胃镜下的诊断及治疗。现为中国临床肿瘤学会会员，北京中西医结合学会消化内科专业委员会委员，中国抗癌协会肿瘤心理学专业委员会委员，在消化系统肿瘤领域有扎实的理论和实践功底，能根据患者的具体情况提供个体化的治疗模式和方案。多年来负责及参与多项国内、国际多中心临床研究，多次参加国际学术会议，并作大会发言，经常参与北京及全国多学科会诊和远程会诊。

我一直觉得自己是一个好命的女人，年纪快奔 60 的人了，但感觉却是在一生中最好的时候。

没有人会一辈子岁月静好，无论经历什么都是一种体验，最终都能云淡风轻地回忆这些过往。

女人最重要的东西是什么？每个人都会从自己的经历中得出自己的结论。

人的生命里总会有几个很重要的人，他们可能影响你的人生格局甚至命运。

1

对我来说，第一重要的人当然是父母。我是湖南常德人，“60后”，我家是那个年代典型的“革命家庭”，父亲在解放前参加了解放军，母亲是新中国成立后最早的大学生，是特别聪明能干的女人，我受她的影响很大。

父亲出身桃园农村，家里穷、孩子多，一出生就被抱养给了亲戚，1949 年 18 岁时解放军来招兵，就毫不犹豫地报名入伍了。因为上过几年私塾，在部队担任文化教员，后参加过湘西剿匪、抗美援朝等战争，经历无数生死考验，终于是活了下来。1963 年转业回到了家乡担任基层领导。之后又经历过写检讨、挂黑牌、挨批斗，生死考验一样不少，要不是善良群众的暗中保护，差一点就丢了性命。闹得最厉害的时候我们姐弟三人被送到农村老家避难，虽然生活很艰苦，倒也觉得快乐无忧。而父母必须共同去面对和承受那些混乱痛苦的场面，共患难，同生死。

妈妈也来自桃园农村，家里穷，重男轻女思想严重，但妈妈从小就很聪明，她的爷爷很喜欢她，坚持供她读书。上中学时爷爷供不起了，却因为她学习十分优秀，学校的班主任和同学就承接了资助学费的任务，让她继续念书，高中毕业后考入免费学习的师范院校，毕业后成了一名数学老师。

我初入学时学习氛围不浓，但妈妈对我们子女的教育一点也不放松。那时大人们一周七天，白天、晚上都要上班或集中学习，可每周三是规定的“教育子女时间”，每到这一天，我们姐弟都提心吊胆，尽量表现好，因为妈妈要检查作业。她曾经是数学老师，查作业非常在行，她总能发现我们的问题，只要错 1 道数学题就要加做 10 道，语文作业错 1 个字就要重抄 1 页。每到开学报名之际我们姐弟更是刻苦写作业，可还是因为完成不了 10 倍于学校布置的作业的任务而不能按时去学校报到，经常是最后时刻求老师才报上名，真的很尴尬。我是学校宣传队的主要成员，各种表演节目都是站 C 位（中心位）的女主角，但妈妈很反对，原因是会占用很多时间，可能影响学习。中学时，有一次临到要演出了妈妈还不让我出门，校长和班主任都急了，只好亲自上门替我求情，妈妈才松口，但条件是下不为例，以后不许再参加文艺活动。

爸爸转业退伍到地方后担任基层领导，妈妈就转到了政府行政部门。在那个年代我们的父母算是高工资了，但我们姐弟几个却比其他孩子穿得更破旧，一件衣服真的是缝缝补补很多年还在穿，父母的教育理念是从小培养艰苦朴素的作风，不能滋生爱臭美的小资产阶级思想。我的衣服好多都是外婆穿后妈妈穿，然后姐姐穿，最后再我穿，一件衣服至少穿三代，直到上大学后，我才穿上第一件新的的确良白衬衫。

从小学到中学，我各门功课的成绩都名列前茅，用现在的话说是绝对的“学霸”，一直是家长会上老师表扬的学生，但是回到家里却很少得到父母的表扬，他们经常教育我的话是“虚心使人进步，骄傲使人落后”，“自立自强，不要依靠任何人”，“靠山山倒，靠水水淹”。这些理念一直影响着我并将影响一生。

也许是因为父母都是苦出身，对那些年国家的变化有深刻的体会，所以对党和国家有更强烈的信任感，即使后来人生经历过无数次生死考验，他们也从没动摇过这份信念。在父母的言传身教下，爱国自强、洁身自好一直都是我家的家风和传统。

另外重要的人是小学、中学的各任老师。我算是聪明好学的学生，幼儿园时就能熟练地背诵毛主席的“老三篇”，一直都是老师眼中的好学生。我不光学习好，玩起来也很在行，女生喜欢的跳皮筋、踢毽子、跳房子、手抓子儿等样样在行，所以在同学当中威信也很高。除了学习以外，音乐、舞蹈、朗诵等都得到老师的大力培养，参加各种文体活动和演出很多，每每代表学校参加比赛都能拔得头筹。由于我“品学兼优”，深得同学信任、老师喜欢，被选为学生里的“大干部”，大照片挂在学校的墙上被当作学习榜样。那时候学校所有的辅导训练都是无偿的，老师清晨陪我们练功压腿，下课后甚至晚上还要给我们编排节目，任劳任怨地和同学们在一起学习生活，那时候留下的童子功至今让我受益匪浅，现在回想起来真的非常感谢各位老师的培养教育，让我在各方面都打下了坚实的基础，综合素质明显提升，自信心也由此建立起来。

其实学医非我所愿，当年内心深处更愿意从文，当个记者、作家或者教师什么的。中学时代我的文科很出色，作文每每被老师拿出来当范文读给同学们听，但是那时候流行的观念是“学好数理化，走遍天下都不怕”，只有成绩不好的人才去学文科混日子，我这种尖子生是不屑与文科生为伍的。妈妈是家里的绝对权威，职业规划上她不要我从政、从文，觉得还是学理科单纯一些，女人当医生是不错的选择，再说人都会生病，医生永远不可或缺，利己又利人。那时我对从医一无所知，虽不情愿，可无力反对，也就从了，报考的第一志愿是湖南医学院，高考中榜毫无悬念（尽管 1978 年的高考录取率只有 6.9%），从此踏上医者的道路。

上大学后成绩优秀的同学太多，我很难再像小学、中学那样出类拔萃，开始时心理落差很大，自信心遭受重创，但随着时间的推移，慢慢也接受了自己成绩平平的现实，不再争强好胜、誓夺第一。学医很辛苦也很枯燥，虽然考试成绩不拔尖，但还是要努力学习，不敢懈怠。那时候除了吃饭、睡觉就是学习，偶尔出去看场电影也深感内疚，回校后一定要把学习的时间补回来。77 级到 79 级的医学院校毕业考试是全国统考，我们学校连续 3 年第一，深感骄傲，这其中也有我的努力和成绩。在大学期间我逐渐跟自己和解，承认自己只是普通一族，不再喜欢抛头露面，心理预期不再“高大上”，反而觉得这样很舒坦。

一路走来，我对自己的认知越来越清晰，平凡、普通才是最真实的自我。

2

1983年大学毕业后，我回到老家常德市第一人民医院，成为一名内科医生，在这里结婚生子，工作了10年。

1988年医院成立肿瘤科。那个年代肿瘤还没有有效的治疗手段，这样的科室谁都不愿意去。由于我婚后两地分居，医院领导觉得我肯定是“飞鸽”牌，迟早是要离开的，就把我安排到这个新成立的科室。就这样我被动地进入了肿瘤领域。三十年河东，三十年河西，当年那个最冷门的专业现在却成了最热门的专业之一。

另一位重要的贵人就是北大肿瘤医院的金懋林教授。我真是一个命好的人，就像瞌睡时总是有人送上枕头一样，一切都是不早不晚，刚刚好。当年我高中毕业，停了10年的高考正好恢复，我直接就上了大学，不必上山下乡了；1993年我调入北京大学校医院工作，1996年要重新找工作时，又正好赶上北大肿瘤医院新院建成，我的简历经朋友呈给金懋林教授后很快就被召来面谈，不久就调入就职了，这之前我跟金教授素不相识，在北京也无亲无故无背景，既没送礼也没拉关系，凭一份简历就顺利快速地调动了工作。当然面谈也就是面试很重要，如果我表现不佳，肯定也不可能有这个机会。就这样，我很荣幸地加入了金教授的团队，成为北大肿瘤医院消化科的大夫。金教授是典型的中国知识分子的优秀代表，学术上他是中国胃癌领域的开拓者和领军人物，工作严谨仔细。几十年前没有电脑，没有数据统计，他就自己收集整理资料，给每一个他诊治的患者都建一张卡片，上面都是他自己手写记录的患者的基本情况、治疗过程和转归，日积月累就成为日后学术论文的宝贵资料。生活上，他是和蔼可亲的长者，和老伴儿杨老师（也是我的老师和前辈）几十年工作、生活在一起，恩爱有加，羡煞旁人。金教授对我们年轻大夫耐心指导，手把手教我各种临床操作方法，让我受益匪浅。他还是个绅士，从不训人发脾气，但不怒自威，我们年轻大夫都很怕他，努力工作也是唯恐辜负了他的谆谆教诲。在这里工作了 20 多年，我的人生也发生了很大变化，我很庆幸遇到了贵人，让我加入优秀的团队，使我变得更好。

3

说到子女教育，我有点体会。从小我就很注意培养儿子的自理能力，从上学起我就让他独自完成作业，我不会特意关闭电视机一心一意地陪他学习，通常的状态是我俩各自在自己的房间里读书学习，或者我边看电视边做家务，当然我会适当地督促检查。我不逼他去上兴趣班或补习班，让他明白学习是他自己的事情，我只是辅助、帮助他完成。儿子也很争气，读书考试从没让我操过心，中考、高考成绩都很优秀，被心仪的学校录取。

习惯成自然，随着他长大成人，无论学习还是就业都是他自己做决定，自己去努力实现，常常是事情已经完成了才知会我，我觉得正确就支持或给予意见。儿子现在是公务员，一切都是自己搞定，完全没有依赖我。对儿子我也没有“望子成龙”的想法，只希望他能自食其力，对国家有贡献，健康快乐就好。

我想另外说一点日本的教育方式。

2000年我去日本筑波大学基础医学部肿瘤分子生物学研究室做访问学者，带着儿子一起在日本工作、生活了两年。

我们去日本时，儿子是小学六年级，在日本念了两年书。记得刚去一个多月时，我问他有没有当班干部，他说班里没有班干部，平时打扫卫生做值日、收作业之类的事情，都是学生自己举手自愿做。日本学校对传统文化特别重视，一入学，就告诉家长要准备毛笔、算盘，他们每周都有毛笔字课和珠算课。家长会都是一对一，先是一大堆表扬的话，然后“但是……”指出孩子的不足，要改正的地方。不像中国，全班家长一起开会，公开表扬或批评某个学生。还有一个特别有意思的场景，学校开运动会没有个人的竞技类项目，只有以班级为单位的集体比赛，比如绑腿跑、搭人梯等，还邀请家长们观看，给孩子们鼓励加油。从这一点可以看出，日本学校不提倡孩子个人拔尖，而是特别强调团队协作。我也觉得在小学、中学期间这种教育理念很好，毕竟大部分学生都是普通人，需要团结协作，融于集体比出类拔萃更重要。

4

我这个人比较简单，没心没肺，生活不累，对名利不争不抢，无论到哪里都属于无害一族，所以我跟同学、同事、朋友都相处得很好。

小时候被父母管得太严，任何事都不能自己做主；结婚后又要以家庭利益为重，不能随心所欲。现在就自在了，有得心应手的工作，有温馨的同事和朋友，儿子也长大成人了，没有了生活压力，而且身体健康。我很享受现在这种状态，这恐怕是人生最好的阶段了。

女人这一生最重要的是什么？我的体会是自立，包括经济和人格上的独立，正是这种自立，造就了我现在的从容。

我这样的人，说得好听一点是相信水到渠成，其实就是不愿意太难为自己。北大肿瘤医院这样的临床教学医院，拿课题、做科研、发SCI论文是非常重要的，但是我不喜欢做这些，我更愿意踏踏实实把医生当好，把病人管理好，他们能够恢复健康，我会很有成就感。也许像我这样的人，运气都不会太差，我加入了一个非常好的集体，同事团结协作、亲密融洽，晋升晋级也很顺利。

实际上，要当个好医生并不是一件轻松的事，临床工作最重要的是责任心，很多事情很琐碎，需要花大量的时间尽心尽力地去做。我的家庭生活比较简单，可以把大部分的精力投入临床工作中。

从日本学习肿瘤分子生物学回来后，我又参加了北京大学的研究生课程，继续深造，参与国内、国际多中心临床研究，通过多年的积累和学习，自己在专业上逐步有了提升，逐步晋升为副主任医师、主任医师，成为消化系统肿瘤专业的知名专家。

病房是一个小社会，泡在这里的时间多了，能看到人间百态。

记得我刚来肿瘤医院时，科里来了一个很帅气的30多岁的男患者，肠癌。他和我们这些同龄的年轻大夫相处得很好，成了朋友。但很遗憾，他手术后没多久就复发了，前前后后在我们这里治疗了近两年，临终前的最后一个月一直住在病房里，当他离世的时候，大夫们都很伤心难过，心情沮丧。

后来当医生久了，经历的事情多了，就越会收敛自己的情感，不会轻易让自己陷进去。

曾经有一个乳腺癌患者，是位大学老师，和我年龄相当。患者知书达理，丈夫也温文尔雅，尽心尽力照顾妻子，看得出来两人感情很好。时间长了，患者和我更熟悉了之后，有一天，她流着泪告诉我，自己生病没多久，丈夫就在外面有了其他女人……

曾经有一个患者，是个小工厂的老板，病情已经到了很晚期，家属一直很精心地照护他。有一天，病房里突然发生争吵，进而动起手来。我们赶过去才知道，原来患者法律上的妻子另有其人，但他生病住院后，从未在病房露过面。这次为了争财产，“正室”带着儿子冲进病房，与“小三”和私生子直接“开战”，患者最后的日子，可以说是一地鸡毛，给我们的工作也带来很大的麻烦，因为患者住院的所有医疗文件上的家属签字都是陪在患者身边的这个“小三”签的，这让我们很无奈。

还有一个女性胃癌患者，丈夫对她的照顾无微不至，和医生护士相处得也很好。我们所有人都觉得，她虽然患病很不幸，但能拥有这样的丈夫，也是很有福气的人了。患者去世的时候，男人哭得一塌糊涂，我们看着都很动容。过了大半年，科里几个女医生甚至很八卦地想给这个男人介绍对象，毕竟能对妻子这么好的男人不多见，但是，一打听才知道，妻子去世不到半年，他就再婚了，我们瞬间惊掉了下巴。

这样的故事很多，很现实。癌症考验的不仅是生命、健康，还有婚姻、家庭，以及人性。

在病房里，我们看到更多的情况是，丈夫生病后，大部分的妻子都不离不弃，精心地照顾；而妻子生病后，能精心照顾的丈夫却不多，所以，在癌症面前，真实的婚姻一目了然。

日本作家东野圭吾说："世界上有两件东西不能直视，一是太阳，二是人心。在人性面前，人们总是渺小的存在。"在癌症面前，人性也常常是不堪一击，我们能做的，只有尽可能不对别人有过高期待，才不会遭遇更多的失望，也会活得更有幸福感。

5

我一直认为自己是一个很幸福的人，在我年过半百的时候，还能父母双全，直到 2016 年春节前，妈妈突然心梗发作，来不及抢救，去世了，享年 79 岁。

妈妈一辈子好强，能文能武。她文能舞文弄墨，钢笔字、毛笔字都写得极好（可惜没有遗传给我），多年在组织部门工作，担任领导秘书，在没有电脑的时代，所有大字报、小文章都是手书完成，没有功底绝对干不了这活儿；她武能做各种家务活儿，做饭、腌菜、浆洗、缝补、编织、裁剪制衣样样拿手，我也是在妈妈的熏陶下从小学习，学会了好多生活技能，但还是差得很多。最让我佩服的还是她的数学头脑，70 多岁了还去银行开通网银，银行工作人员惊讶地说："您是我见过年纪最大的网银用户。"上网、微信、淘宝她都玩得很溜，退休后一直炒股，每天研究股市行情，我炒股都离不开她指导，告诉我买什么股，多少价位买入，多少价位卖出，这些我都记不住的数字她是张嘴就来。

虽然从小妈妈对我们要求极为严格，但是在我们成年后，她却界限感很强，从不给我们子女添麻烦。不干扰任何一个子女的家庭和生活，小夫妻吵架闹别扭，她总是批评自己的子女，偏袒“外人”，说得最多的就是鼓励我们努力工作，学术进步。我一直希望父母来我身边一起住，毕竟北京的医疗条件更好，我又是医生，能更好地照顾他们，但他们怕麻烦我，只来过北京三次，每次也就短暂地住一个月左右就坚持要走。两人一直在常德老家生活，妈妈一个人任劳任怨地照顾患帕金森病的父亲。她这一辈子给我们树立了自立自强的典范。

妈妈患冠心病多年，2016 年春节前，她觉得胸口痛，坚持不肯上医院，只说是感冒了心绞痛。我弟媳回去看她，她还是觉得自己没事，而且不让弟媳告诉我，怕耽误我工作，弟媳只好偷偷给我打电话。听完她的描述，我催他们赶紧把妈妈送去医院，但为时已晚，送到医院时，妈妈的心肌梗死已经很严重，我马上赶回家，总算见到了她最后一面。她最后拼尽全力对我爸说的一句话竟然是：“老头子，我先走了，你不能麻烦他们啊！”

大家都以为家里有个医生，能把家人照顾得很好。但实际上，我的父母并没有从我这里得到多少照顾。在我爸眼里，我只是他的女儿，没把我当医生看。他患有多种慢性病，我告诉他应该怎么吃药和饮食，他不太听，他宁愿听信周围老头老太太的传言，后来我只能改变策略，把方法告诉我弟弟，让他转告我爸说，这是北大的教授给他的医嘱，他才听一点。

经常有病人问我，如果是你的家人你会怎么治疗？我会说，如果是我的亲人，我会去找其他医生处理，因为医生碰到自己亲人患病，也容易感情用事，我现在能跟你冷静地谈病情，就是因为我只是你的医生，我能理智地帮你分析病情，给你比较客观的治疗建议。

大部分医生的生活都很紧张、单调，除了工作没有什么业余爱好，但我的爱好很多，唱歌、跳舞、朗诵都喜欢。年轻时我妈就教会我裁剪制衣、织毛衣等等。以前生活拮据，想臭美穿得漂亮、独特一点，就自己琢磨，参考图片自己缝制，穿上得到别人赞扬心里也是美滋滋的。父母送的嫁妆里就有一台缝纫机，这是我家迄今最老的物件，而且一直在使用。我想等我退休后，我会把这些爱好都捡回来玩一玩，有时间也去游山玩水，享受快乐晚年。

我一直都认为不管怎么样，人这一辈子应该丰富一点，什么事都可以去试一试，没结过婚怎么体味婚姻的滋味呢？离婚也不是什么大不了的事，怀孕生子也应该是女人的一种经历。人生应该去体验各种不同的事情，尽量去尝试，人活一辈子才没有什么遗憾。而最重要的是女人要有随时能自立的能力，哪怕全职在家带孩子，也不要放弃自己保持经济独立的能力，这很重要，能让我们保持从容。

沈琳：在肿瘤面前，每一个人都是真实的自己

沈琳 主任医师、教授、博士生导师。现任北京大学肿瘤医院副院长、北京市肿瘤防治研究所副所长、消化肿瘤内科主任、I期临床试验病房主任。担任中国抗癌协会肿瘤药物临床研究专业委员会首届主任委员、中国抗癌协会胃癌专业委员会秘书长、中国临床肿瘤学会临床研究专家委员会主任委员、中国女医师协会临床肿瘤专业委员会主任委员等多个学术职务。享受国务院政府特殊津贴。获国家科技进步二等奖、教育部科技进步一等奖、华夏医学科技奖一等奖及二等奖、中国抗癌协会科技奖一等奖等多项奖项。2016年被评为全国优秀科技工作者，获评2019年北京学者。担任科技部国家重点研发计划“胃癌靶向治疗新技术研究”项目首席专家，承担国家或省部级课题近10项。以第一作者或通讯作者的身份发表SCI论文160余篇。

生命是很脆弱的，每一位我们救治的患者死去后，他们就像是变成一道又一道刻在我们身上的伤痕，这些痕迹不会消失，然后成就了现在的我。

女儿从像小猫一样依赖妈妈，到一天一天强大起来，而妈妈一天天虚弱，然后对女儿越来越依赖。生命能量从妈妈身上转移到了女儿身上。

她虽然有老公，有儿子，但在她身边你看不到温暖的亲情，看到的都是单位领导和朋友来来往往，我就觉得她很孤独。

在癌症面前，当每个人都回归本来的样子时，你就可以看到社会上有两种人，一种是真圣人，还有一种是社会培养的假圣人。所谓“假圣人”，其实并不是说他品质不好，而是他本人其实并不具备当圣人的品质，却硬被社会塑造成圣人，结果一遇上癌症，就被打回原形。

病人家属在钻牛角尖的时候，是需要一个排解出口的，需要有人能和他们沟通。但是在我们国家的医疗系统里，并没有配套这方面的心理医生，中国人也没有求助心理医生的习惯。

人生，本来就不会事事如意。这些你做不到的事，就是命运给你的缺憾。

谁也不愿意生病，但生了病就要认命，因为不认命也改变不了事实，认命反而会觉得舒服一点，然后在自己能承受的范围内去努力治疗。

1

1995年到1996年，我30多岁，遇到两名患者，和我是同龄人。

一个男孩，胃癌，一米八几的个头，一表人才。他在我们病房待了将近两年，从术后的辅助治疗到复发、转移，都在我们这里就医，反反复复入院出院，住了几十次。

那时候的病房不像现在有那么多的病人，病床没那么紧张，病人可以很从容地在病房住上一两周甚至几个月，不像现在都是快节奏，住两天三天就出院了。医生也没有现在这么大压力，现在的医生天天在电脑跟前，而那时候医生的很多时间都是在病房度过，和病人走得比较近，经常一起聊聊家常。

那时候我还是年轻大夫，经常值班，大部分时间都是泡在病房里。同龄人之间总是很聊得来，我值班的时候，他没事就来办公室找我们医生、护士聊天，开开玩笑，大家慢慢就熟悉起来。

他的家人也都知道，这是一个预后很不好的病，但他外表看起来就是一个很健康的人。

我记得他做完胃癌手术后，人特别瘦，但他每次见到我们总是一握拳一弯肘，鼓着肱二头肌说："看我的胳膊。"隔着宽大的病号服，也看不到，我就会顺势捏一下他的胳膊。这是我们的一个习惯，因为这个部位能看出病人脂肪储备、肌肉力量等各方面的情况，可以评估他的全身状况。每次我捏完，他会很得意地说："我，男子汉。"

记得有一次，我同学过来看我，晚上在我的办公室聊得比较晚。同学回家时，我和他开玩笑说："史明（化名），你得做护花使者，送我同学回去。”他一拍胸脯说：“没问题，保证完成任务。”晚上 10 点多，他真的帮我把同学送回家了。

将近 20 年前的事了，我清楚地记得每一个细节，他看起来和健康人一样一样的。

随着病情的发展，他出现了转移，先是腹腔转移，然后肝门淋巴结转移，还出现黄疸，而且对很多化疗药物都不敏感，治疗没有什么效果——那时候也没有现在那么多的治疗方法。

我心里也越来越难受，甚至害怕见他，因为不知道该说什么才能给他希望，我给不了他希望。但我是他的主管医生，必须去面对他、去鼓励他，告诉他我们正在想办法。但我已经不像刚开始的时候那么自然、自信了，每次见完他，自己就会受到打击，就像自己家人生了病一样。一旦见到他情况不好了，我又束手无策，接下来几天都会非常难过。

每次和他家人谈话时，看着他的父母，那种老年人即将失去孩子的压抑哭泣，都会对我造成一种特别大的冲击。他的孩子还很小，妻子每次来，在我面前说着说着就哭了，我几乎都是陪着一起流泪。后来我就很怕和他们交流，但我又必须去交流。

在他不可避免要走向死亡的那几天，我已经不敢到他病床旁边去了。但作为他的主管医生，我不去谁去？硬着头皮，挤出笑容去面对他，其他时候能躲就躲。连路过他的病房，我都是快步走过去，但因为太熟悉了，只要我的脚步声一靠近，即使他本来是半躺着的，也会一下子坐起来，眼睛盯着门口。我不敢正眼看，但又忍不住用余光去看他，然后就会看到他那满眼的期盼。

这种目光，刻在我心里很久很久。我很长一段时间走不出来，觉得自己很无能，这么阳光的年轻人，自己的同龄人，我却救不了他，只剩下深深的挫败感。

他是在医院走的。他走的时候，我其实就在病房的办公室里，但我不敢到他跟前去。在交班时，其他医生说，他走了。

作为医生，我们悲痛时不会像别人那样痛哭，但是对心理的影响会非常久。直到现在，过去近 20 年了，我仍然记得他高高的个子，还有他最后的眼神，那时他的黄疸严重到连眼睛都是黄的，黄色的绝望和期盼，我永远都不会忘记。

几乎是在同时期，还有一个女病人，现在回忆起来她患的是间质瘤，但那时候我们不认识那个病。

这病生存期很长，发展到后来也没有太好的办法。现在有特效药了，但在 20 世纪 90 年代，没有什么特效药，治疗效果也不好，实在没办法的时候就去开刀，但切了又会长。她患病好几年，肚子像拉链一样开了 7 次刀，尽管如此，她的一般状况还是挺好的。

她也和我同龄，长得漂亮清秀。尤其让我产生共鸣的是，她的孩子和我的孩子一样大，也是个女儿，7 岁，上小学。

她住院时，家人不怎么管她，老公没来过，有时候是朋友来照顾她，还有就是这个孩子，一放学就来陪妈妈。女儿经常在妈妈床头，趴在边上写作业，字写得歪歪扭扭的。

震撼我的是，有一天，我在病房走廊里走着，碰到了她的小女儿，瘦瘦小小的，因为心疼妈妈身体不舒服，正在给妈妈倒尿壶，颤巍巍地端着尿壶倒到厕所。我看到以后，心底不由得泛起母爱，就像看到了自己的女儿一样，这么小的孩子，端着一个尿壶，小心翼翼地走着。

从此，瘦瘦小小的小女孩端着尿壶的样子，刻在了我的脑子里。

这个女病人也是反反复复入院出院，也住了很长时间。生活中的不如意，她有时候也会跟我说说，但也是点到为止。

到后来肿瘤长得很大很大，我透过皮肤都能看见。

这么长时间，我们医生护士都很照顾她。有一次，她哥哥来了，一来就质疑我们，说话特别不好听，说："你们怎么治的！"言外之意就是，医生对病人的治疗有问题，关照不够之类的。

当时我特别生气，也很不客气地说了他一通。我说："她可是在这儿住了不短的时间了，我怎么从来没见过你？你到哪儿去了？你不是亲哥哥吗？我怎么从来没见过你来照顾她？现在病情重了，你觉得不好了，就跑来质问医生，你知道之前这么多年谁陪她度过的吗？是我们一直陪着她，你还真没有资格来跟我说这样的话。你是亲哥哥，却连最普通的亲戚应该做的事都没有做到。她的情况你了解吗？"

他说："不了解。"

我说："你不了解你来说什么呀？你如果是关心她，想好好了解，我们可以好好谈，她总体情况确实不好。但如果你是现在这样的态度，我连理都懒得理你，现在就离开。"

他赶紧道歉。

然后我和他说了很多事情，又问他："这些事你了解吗？你了解哪一点？"

他说："我不了解，平时工作忙。"

听我说完他一直道歉，之后来得也勤快一些了。所以，那时候也会有纠纷，会有家属不理解的时候，但我们理直气壮。

不久，她胸腔出血了。那个肿瘤特别容易出血，破溃到胸腔里，一旦出血根本止不住。

她被送到急诊时，我正好在病房。急诊的同事来找我，让我赶快下去。她家里人都认识我，我下去一看就知道没有救了。

我进急诊快到她跟前时，她胸腔内大出血把肺都压扁了，憋气憋得眼睛都睁不开。但一听到我的脚步声和说话声，她立马睁开了眼睛，马上觉得自己有希望了，她觉得我在这里，她就还和以前那几次一样能挺过来，充满了对生的期盼。

又是那种我永远都忘不了眼神。

以前她经历过腹腔出血、肠梗阻，我们每一次都能帮她化险为夷，让她还能活一段时间，而且活得挺好。所以，她对我产生了很强的依赖，也抱有很大的希望。

但这次在急诊室里，我真的是一点办法都没有了。如果是现在，可以试试介入来封堵止血，但那时候没有任何办法。

她的胸腔里满是血，我束手无策地站在那里，眼睁睁看着她一个人躺在那里，耳边只有她憋得急促的喘息。而她，见到自己信任、托付多年的医生时，那种求救的本能，我懂，在她眼里，我就是她的救星，就是她的上帝啊！

可是，我却一点办法都没有，只能眼睁睁看着她走。抢救不到两小时，她走了。

医生的悲痛与普通人不一样，知道他们去世，我没有痛哭，但这种死亡对心理的影响会非常久，作为医生的无力感、挫败感更是几年都摆脱不了。

从那以后我就告诫自己，永远不能和病人走得太近。但是我身边的年轻医生，都还会经历这样的过程，这是每一个年轻医生的必经之路，不知不觉就扎了进去，共鸣、痛苦、惋惜，渐渐学会掩饰，然后内心强大到看起来有些“冷酷”。其实，我们只是把自己装进一个“壳”里，既是自我保护，也是让自己尽量保持客观理性，最大限度做出正确的医疗决策。

就像一位医生说的那样：“这种事件会不断吞噬你，生命是很脆弱的，每一位我们救治的患者死去后，他们就像是变成一道又一道刻在我们身上的伤痕，这些痕迹不会消失，然后成就了现在的我。”

医学发展到今天，肿瘤成了一种慢性病，我们会和病人并肩战斗不短的时间，也有越来越多的肿瘤患者可以被治愈。本来可能因为疾病而大大缩短的生命，因为我们的努力得以延长，病人甚至能够回归家庭、回归社会，这种“生命”的回报，正是支撑我和所有同行全力以赴的动力。

2

生命极其复杂，我们肿瘤科医生所遇到的人生百态，是任何编剧都编不出来的。我们遇到病人，自然而然会去比较，尤其是遇到情况相似的两个人时，那就像在进行人生的对照研究。

在我 50 岁左右时，同时接诊了两个女患者，也都是五十出头。

A 是一位公司老总，精明能干，肠癌，刚开始治疗效果还不错，熬了不到 6 年盆腔转移了，然后各种治疗，特别折腾，但她很坚强。我记得她的女儿在英国读书，和我女儿差不多大，孩子一回来，妈妈就高兴得不得了。后来转移范围很大了，我一看到她女儿，就心疼这个孩子，有时候和她谈话都觉得残忍，尤其是患者病情不好的时候。刚开始的时候，她妈妈还比较强势，小姑娘陪在妈妈身边，像小猫一样。几年的治疗过程中，我就看着这个孩子从像小猫一样依赖妈妈到一天一天坚强起来，反过来妈妈对她越来越依赖，生命的强弱就发生反转了，两个人的角色都变了，孩子一天天长大，妈妈一天天虚弱。在疾病面前，再坚强的人都变得特别脆弱。6 年来，我亲眼看到这个女儿从原来还是一个完全依附于妈妈的小女生，一天天长大，最后成了虚弱的妈妈的依恋，那是对生命的依恋，我能感觉到她有很多的不舍。

这就像生命能量的一种转移，从妈妈身上转移到了女儿身上。这种转移可能天天陪在身边的家人看不到，但我们作为医生是两三个月见一次面，在她妈妈病情发生变化的每个节点看到她们，这种变化就十分明显：妈妈一点点衰弱下去，女儿一点点坚强起来。

另外一个病人 B，也是肠癌，转移路径和 A 不一样，但活的时间比 A 短很多。她依从性比较差，虽然有老公，有儿子，但老公没什么主意，儿子粗线条。所以，在她身边你看不到那种温暖的亲情，看到的都是单位领导、朋友来来往往，我就觉得她很孤独。

这两个患者几乎在同一时期来我这里就医，这种反差让我很感慨。A 有丈夫、孩子，还有一个姐姐陪伴，这些家人都在帮她想办法做决策；而 B 只有她自己，身边来来往往的都是单位领导、同事，治疗费用都是单位领导在出面解决。我和她丈夫谈过一次话，几乎起不了任何作用，可以感觉到他并不关心她，平时我也很少见到她的丈夫和孩子。

要知道，医疗上很多治疗决策，医生是很难和病人直接谈的，一般都是和家人谈。所以在治疗时，A 的治疗沟通很顺畅，而对 B 我们常常特别纠结，又要让她完全清楚需要做什么治疗，又不能讲得太详细，因为担心她丧失信心。所以治疗过程中常常遇到这样的纠结，医生对她把话说轻了，她就真的以为自己病情很轻，然后说不需要这些治疗；话说重了，她又吓坏了。就在这个过程中，看着她的病情一路恶化，也就活了 3 年左右。

其实 A 和 B 的情况差不多，而且从肠癌的类型上说，B 实际上比 A 还好治一点。但是 B 的依从性特别差，做着做着治疗她就跑了，跑去吃偏方之类的。所以，我就觉得没有一个真正关心她的家人在身边，没有人帮她做决策是很大的原因。比如，最后两人都脑转移时，我说应该做手术把转移灶拿掉，A 的家人很支持，做了微创手术；而 B 就不愿意做手术，只好做放疗。发展到最后，B 特别痛苦，头痛欲裂，痛得眼球都凸出来了，生不如死，但是我又给不了她什么帮助，只好躲着不见她，我受不了看她这么痛苦。后来，她转到另一个离家近一点的医院去了，我经常去会诊，直到她最后离开。

所以，从 A 和 B 两个病人的经历，我最大的感悟就是，生命最后最重要的东西是什么？其实还是亲情。人需要亲人，单位的领导、同事、朋友再好，都不能替代家人帮病人承担责任和义务，不能帮自己做决策。

3

相同人生路，人生态度却大相径庭。

患者C和D都是大学教授，而且都在国内颇有建树，学术成就不分伯仲，但是他们对待生命、学生、家庭、亲情却完全不一样。

我常常说，在疾病面前，你不需对这个人的经历有多了解，就能知道他是个什么样的人。有的人给予你的全是正能量，你会在他身上看到人格魅力，一种生命的张力，你会敬重他，然后不由自主、不遗余力地去帮助他。

C来的时候已经是胃癌晚期了，后来我们才知道，他的家庭是非常有底蕴的，书香门第，家学渊源。但C从来不说这些，不愿意麻烦别人，也从来不向医院提要求，连VIP病房都不愿意去住。他说，他只是普通人。

每次医生查房时问他感觉怎么样，他都是说挺好的，要知道胃癌晚期时吃不下东西是很痛苦的。他还在带着学生改论文，也不跟人套近乎，从来都是安安静静、从从容容的。他的人格魅力感染了我们所有人，大大小小的医生护士都喜欢他。他完全信任我们，每次我们帮他做点什么，他都说谢谢谢谢、挺好挺好；我们说要做什么治疗，他都说都听医生的。如果他感觉有什么不好，他会说“前一段时间还挺好的，就最近有点不好，可能是我吃东西不注意”，其实跟他一点关系都没有，但他总是在自己身上找原因，特别考虑别人的感受。

他就是这样一个人，我们医生特别愿意去帮助他，想尽一切办法给他治疗。他的治疗效果还算不错，但实在是发现得太晚，来我们这儿的时候就已经有大量腹水，最后只活了1年多。到快走时，已经气短了，他还跟我说："沈大夫，我终于把学生的论文改好了。"大约1周之后他就走了。

D也是大学教授，肝癌，来的时候就找了很多人打招呼，把他的头衔、背景、身份全部摆出来让我们知道。

每个人在疾病面前都是最真实的样子，一旦得了癌症，所有的伪装就全部撕下来了，回归他本来的样子，有些人会骂人甚至打人，毫不掩饰，也毫无顾忌。这样的事，在D身上都发生了，你能很清楚地看到他每天都在纠结挣扎，甚至把对命运的怨恨撒到别人身上，永远无法坦然地面对死亡。

所以在癌症面前，当每个人都回归到本来的样子时，你就可以看到社会上有两种人，C这样的是真圣人，还有一种是社会培养的假圣人。所谓"假圣人"，其实并不是说他品质不好，而是他本人其实并不具备当圣人的品质，却硬被社会塑造成圣人，结果一遇上癌症，就被打回原形。

人与人的区别就在人性上。

两个人可以接受同样的教育，可以是在同样的工作岗位，甚至可以是在同样的社会环境里。后天的教育和社会环境，会让我们有很多的伪装，因为我们作为一个社会人存在，就需要扮演好自己的社会角色，需要伪装。没有发生极端的事情时，我们是看不出人性的原本面目的，而真正能试探出人性的往往是一生中只有一次的考验，比如患癌症。无论你是企业家还是小职员，有钱人还是穷人、乞丐，在疾病面前，面临恐惧、痛苦、死亡时，都会原形毕露。

当走到生命尽头的时候，人往往就没有任何顾忌了，想做什么就会做什么，平时刻意隐瞒的，或者被称为“修养”的东西都会剥离，真正暴露出本性。所以在医生面前，显露的都是真实的善和真实的恶。我们大多数时候看到的还是善，对生命留恋的时候更多表现出善。C 是真正的善，对身边的每一个人都有极强的感染力。

我经常在想，一个人的原生家庭太重要，是一个人生命里天生会注入的东西。再就是良好的后天教育要早，因为每个人的一举一动、一言一行，都是从小就形成的，根深蒂固。但是现在的很多教育其实是在教我们如何去扮演社会角色，这种“扮演”非一个人的本性，本人也很不舒服，但往往必须这样，所以人也就强迫自己这样去做了，从而扭曲了本性。这样的教育就像女人化妆，化妆没什么不好，但浓妆艳抹，就不是她本来的面目了。

所以我们当肿瘤科医生的往往能看到人的本真，一个人在生命即将走到尽头的时候，几乎就像一个五六岁的孩子，他不再掩饰自己。别的人，或者患者家属，可能只会遇上一个这样的人，常常会很痛苦、很不理解，会奇怪“人怎么会这样啊”，但我们会见到很多这样的人，所以无论遇到什么样的患者，缠人的、通情达理的，我们都觉得很正常，这是医生这个职业最独特的视角。

4

俗话说，“没有穿过人家的鞋子走二里地，就不要认为自己理解别人”。身为医生，旁观别人的时候，和面对自己的事情是不一样的。

如果自己处于癌症晚期，你会怎么想？我觉得谁也不敢预测，没有真正面对过这种情况，谁也说不准自己会怎么样。

前段时间我肺里发现一个小结节，其实3年前就查出有了，只是这3年一直没变化，现在发现它长了半厘米，从以前的七八毫米长到了12毫米，所以就必须得切了。不过还不知道性质，要等切下来做完病理才知道。同事们都很紧张，说先不要告诉别人，我说："为什么不要告诉人家？生病又不丢人，有什么不能告诉人家的，但我就一个条件，你们别来看我，别来骚扰我，我要去做手术，这是我自己的事情。"

我一边等着医生给出手术方案，一边继续正常的工作和生活，上班、开会、出差一点没耽误。我周日从新疆出差回来，周二住院，周三早上做手术。手术前一天晚上我呼呼大睡，比平时睡得都好，从晚上11点一直睡到第二天早上7点被人叫醒，说要进手术室了。

当然，这也许是人遇到重大打击的时候，会有的一种本能的自我保护。在做手术以前，我什么都没想，也没担心过，我没想过如果是肺癌怎么办，是好是坏做完再说，不就是个结节吗，切了就没事了。

就像任何一个病人刚查出来问题时，他也首先想到可能是良性的，如果真是恶性的，家人瞒着他时，他就真信了，也许不是真信，而是一种本能的心理保护，认为"我没事"，人总是愿意相信自己能够接受的那个说法。

我做手术前真的认为自己没事，后来开了刀病理结果出来，他们说"是结核，你高兴吧"，我也没觉得有多高兴，就觉得这是理所当然的结果，没什么特别的感觉。让我很烦躁的是我要吃半年抗痨药（抗结核药），好麻烦。

生病这件事，我能接受现实，但我知道我母亲肯定承受不了，所以我瞒着她。去住院时，告诉她我要出差，然后拿着东西就走了，女儿陪我住在医院里。等我出院回家的时候，我发现瞒不住，因为伤口疼，一动就疼，所以先住在同学家，让妹妹把母亲接走我再回去。人啊，越老越像孩子，母亲突然被接走，心里很不愿意，觉得我不要她了。我等病理结果出来之后，确认没事，才给她打电话，说："妈，我做了个小手术，但是您现在不用担心，我已经康复了，没事了。所以这段时间我在家里休息休息，您先在妹妹家待一段时间，等我身体恢复得差不多了再接您回来。"

所以，我们每个人在自己的家庭里，都不能不考虑别人的感受，母亲已经 86 岁了，她承受不了女儿生病的事，孩子就是她的天，如果告诉她，除了增加她的负担，还会把她的负担又转化成我的负担，所以我觉得这样处理是对她最好的，也是对我最好的方式。

所以，当这件事发生在我身上时，我也并没有体会到我的患者的那种"如临大敌"的感觉，说我心大也好，傻也罢，反正我确实一天也没担心过。

这个经历给我的最大收获就是，在疾病面前，有时候就是要认命。"知足常乐"的人就是认命，必须面对时，就要去接受，强迫自己去接受。谁也不愿意生病，但生了病就要认命，因为不认命也改变不了事实，认命反而会觉得舒服一点，然后在自己能承受的范围内去治疗就好。

5

都说时间能医治一切伤痛，但我觉得未必。

2000年，我38岁，正准备去美国留学。当时我父亲才七十出头，身体很健康，在北京给我带孩子。

父亲是一个凡事很想得开、很豁达又意志坚强的人，但不知为什么我走的时候，他特别伤感，以前从来没这样过。他说："你这一走去那么远（的地方），也不知道还能不能（再）见到。"我当时也没有多想，还和他开玩笑说："爸，您说啥呢，以前去美国要坐三个半月的船，现在飞机一天就回来了。再说，我一年就回来了，我不喜欢待在美国。就算不回来，我也一定带着您一起走，也让您出去转转。"

我走的时候是2000年6月，按计划2001年7月回来，但由于课题还没做完，需要办延期，正在办理的过程中，父亲病了。但事先谁也不知道，"五一"节时，我给家里打电话，父亲耳朵不太好，平时打电话都是母亲接。母亲说父亲记忆力明显下降，现在回过头去想，其实是因为他病了。母亲说："你爸想跟你说几句。"然后把电话交给了父亲，父亲拿着电话，哽咽得说不出话来。我心里特别难受，但远在美国，只能在电话里安慰他说："您别难过，我很快就回去了，马上就能见到我了。"他还是拿着电话一句话也说不出来，母亲见状就接过电话说："还是我来说吧，你爸肯定又胡思乱想了。"

父亲并不是一个细腻的人，平时也不是多愁善感的。他之所以这样，现在回过头去想，我觉得当时他一定是有预感，但又不好对家人诉说，包括我去美国之前他的情绪异常。后来母亲告诉我，老家有一种“七十三、八十四是一关”的说法，我爷爷、大伯都是在73岁时去世，所以父亲对这个时间点有很大的心理负担。我去美国的时候，父亲正好72岁，所以在我走时他表现得这么异常。一语成谶，父亲走的那年也是73岁，所以，有时候我不得不相信，也许这就是宿命。

“五一”这通电话，父亲一句话也说不出来，我心里很难过，却故作轻松地跟他说笑。后来母亲也安慰我说：“没事没事，你爸挺好的，最近可能有点多愁善感。”然而，没过几天，父亲就脑出血，紧急做了手术，做完手术我哥才给我打电话。他说，出了120毫升血，我一听就蒙了，脑出血120毫升很少能抢救过来。但他马上告诉我，现在生命体征平稳，应该是缓过来了。我说我抓紧把美国的事处理完尽快回来。

从那天开始，我拼命赶课题、写论文，交接、处理美国的工作和生活，我还带着女儿，还得安排好女儿的学习。

父亲是5月6日病倒的，在ICU（重症监护室）待了56天。在ICU的时候他没有意识，我每次打电话回来都无法和父亲交流，母亲在电话里就是一个劲儿地哭，我哥为了让我安心，就一直说“爸爸挺好的”。

我拼命抓紧时间往回赶，我哥也觉得父亲能等到我回来，父亲也是在拼命撑啊撑啊等着我。

终于在6月29日我回国了。

我是6月29日下午回的北京，那个时候不像现在交通那么便利，没有那么多高铁、动车、航班随时可以回去，只有夕发朝至的火车。

我回到北京已身无分文，回医院向主任借了 2 万块钱后直奔火车站回徐州，路上需要 14 个小时，第二天早上 7 点多才能到家。

但是，就在我快到家的时候，我先生告诉我，父亲走了，凌晨 2 点多。

就差 5 个小时，他终究没等到我。

我哭了两天两夜，根本无法接受这个事实。不仅是父亲的离世让我悲伤，还有深深的自责、内疚、后悔，各种感情全部涌上来。

自从我学医，我一直很自信我能照顾好父亲，能照顾好家人。父亲突然离开之后，我一直陷在"要是我在的话，如果我不出国的话，父亲可能就不会走"，或者"即使我不能完全逆转或阻止病情的发展，但是至少他还能有清醒着和家人道别的机会"这种自责之中。那种自责啊，一辈子都缓不过来。尽管家人都在安慰我说，就算我早一点回来，也改变不了什么。

父亲其实是梗死后出血——他先是突发脑梗死，然后在医院紧急做溶栓时发生了脑出血。我们都知道，血管堵塞其实是一种保护性的反应，因为血管坏掉了，所以堵住了，如果强行通血管，是存在出血的风险的。

父亲的后事办完后，我还是接受不了这个结果，觉得当地医院的治疗决策有问题，我心里很不平衡，去找医院的领导。

实际上这是我嫂子工作的医院，她是护士，院长和我们家人都熟悉，他们已经尽力去抢救我父亲了，只是他们在当初决策的时候也许有那么一点点问题。现在我冷静下来想，当时出现决策上的偏差也是难免的。但那个时候我想不通，我就觉得他们如果再仔细一点、判断准确一点，也许我父亲就不会走，或者至少能等到我回来。

所以我有的时候挺理解我的患者家属，当陷入这种心境当中的时候，真的是无法排解的。

我找了院长，但没有吵。耐心地等我说完，院长只对我说了几句话，他说："你现在来找了？你爸爸病了又不是一天两天，那段时间我们都在抢救室，你在哪儿呢？你现在来质疑我们了，你有什么资格质疑我们？"

院长这些话，和后来我经常对患者家属说的话是一样的：病人还在世时，你作为家人没有尽心尽力，回过头来还找医院、医生的麻烦，你有什么资格？

听完后，我什么也没说，我很羞愧，虽然院长的话挺残忍的，但我觉得他说得很对。我知道，院长是因为和我们家比较熟才这么说的。他说得对，确实在父亲最需要我的时候，我不在身边，我没有帮上一点忙，我应该先回来照顾爸爸的身体，大不了再回美国补做课题。虽然从我的角度来说，没有第一时间回来有各种所谓的合理理由，比如如果是刚去美国不久，我一定会先回来，但事情正好发生在我准备回来那个节点上，我以为我抓紧时间结束工作还来得及；如果我知道是这样的结果，我一定会不顾一切地扔掉所有的事赶回来。

但世间所有发生的事，都是没有"如果"的。

之所以没有这么做，最主要的原因还是，当这件事发生在自己家人身上的时候，我们常常不会往坏处想，所以虽然我觉得父亲可能病得很重，但我从来没有想到他会离开我。这是人类一种自我安慰的本能，我就觉得父亲病情稳定，他不会走的，再加上家人报喜不报忧，一直告诉我病情挺稳定，因为从他们的角度来说，告诉我没用，我离得那么远，什么也帮不上。

家人一直在安慰我，说父亲的去世跟我在不在身边没什么关系，我也不是这个专业的医生，大家都已经尽最大努力，也找到了当地最好的医疗资源，我在不在都无法改变这个结果。

当你最擅长的事情，你最强的技能，却不能为家人服务，不能为家人做贡献，不能为自己最亲的人尽一点点责任时，这种伤痛会贯穿你的一生，无法排解。

人家说时间能冲淡一切，胡扯，有些伤痛是时间冲淡不了的，反正现在十几年过去了，就算已见惯生死，还是冲淡不了。它永远在你心里那个隐秘的角落，无论什么时候去碰触，都会心痛。

我母亲也是医生，我从小就见过很多车祸、疾病致死致残后，导致的家庭的崩塌。在母亲的言传身教下，我对这样的病人一直都是比较心疼的，只是有时候对病人家属不太能够理解。经历过我父亲的事以后，我常常会想，病人家属钻牛角尖没地方排解的时候，是需要一个排解出口的，需要有人能和他们沟通。但是在我们国家的医疗系统里，并没有配套这方面的心理医生，中国人也没有求助心理医生的习惯。

我觉得这就是人生的缺憾，无法重来，一旦错过就是永远错过了。我常常安慰自己：这就是人生，本来就不会事事如意。这些我做不到的事，就是命运给我的枷锁，必须承受，要让我的人生有缺憾。

父亲去世后的那几年，也是我一生当中最艰难的日子。母亲患上了抑郁症，我将她接到北京带在身边；孩子跟着我从美国回来，上初中入学的事不顺利；我自己的工作也一直不顺。

但也是我真正成长起来的时候，作为家庭的顶梁柱成长起来。以前父亲是家里的顶梁柱，我的孩子也扔给他带，家里有任何事情，他都说你不用管，他是顶天立地的父亲。他一走，所有的重担都压到了我身上，当我从那几年的艰难中走出来以后，我一下子就豁达了。

经历了这些事以后，我就觉得再没有比这些事更难的了，这世界上的事太小了，还有哪一件事比至亲离开大？哪还有什么事情比得上你孩子的成长和她的未来重要？

生扛过来之后，我真正成熟了，那时候差不多40岁，我又恢复到以前那种做什么事情都自己决定的自信中。

这是父亲给我的力量。父亲所给予我的财富，是任何人都无法比拟的。从小，父亲对人、对事、对工作、对家庭、对子女的无私奉献，是我的榜样和财富，甚至他最后离开，都要让我得到东西。他用离开告诉我，人生是不可能处处都随心所欲的，他让我经历生命中一个永远不会磨灭的烙印，然后我才能长大成熟。虽然这个过程很痛苦，但如果没有这样的烙印，我可能永远不会长大。

每个人的一生都会经历这样的蜕变，只是可能我经历得稍微早一点。所以，尽孝是一件很幸福的事，现在我照顾起母亲、婆婆来都毫无怨言，她们一生病，一定是我来照顾，这是我应该尽的责任和义务。尽孝，不等于天天给他们多少钱，买多少东西，有的时候就是关键时刻你能够全力以赴尽那份责任，这个关键时刻一旦错失了，便会后悔终生。

亲人的离开，我们每个人都要经历。我们从出生的那一天起，就是在向死而生，但我们永远想不到亲人会在什么时候离开，有些人见不到就是见不到了，你所见到的他，就是当你离开时，他在家门口的样子；当你上车的时候，他在后面挥着手跟着你的车，或者连挥手都没有，就在后面默默地跟着你、看着你的样子。

你可能想不到，这就是告别，因为这样的情景，你从来不把它当作一种离别。尤其像我这种16岁就离开家上学的人，天天都是在外面，总是认为我还要回去的，总认为我还能见着的，只要回去，父亲就在那里等我。

面对亲人的离开，医生会比普通人多一种遗憾，就是觉得自己有能力救他但又没有使上劲儿，这是特别痛苦的。

对病人的去世，医生也会有很多的遗憾，这种遗憾更多的是你想做却做不到的遗憾，医学的局限，会让医生有无力和无能感。无论自己曾帮患者延续了多长时间的生命，当患者走的时候，医生都会感到遗憾，甚至几乎会把自己之前获得的所有满足感都抹杀掉，所有努力就相当于没付出一样，所有的承诺都没有达成。这个时候，作为医生，我会逃避一些东西，比如，不愿意参加葬礼，不愿意再见患者家属，等等。

6

我从母亲身上看到很多东西。

她是医生，在我小时候，日子很困难，她总是小心翼翼地工作和生活，等后来日子好了，她又矫枉过正，喜欢直来直去，总是与同事们话不投机就发生争吵，从一个极端走到了另一个极端。

但是，这样闹闹腾腾的一辈子，也没妨碍他们退休以后好得跟一个人一样，一说起来就是你王叔叔、熊叔叔、曹叔叔、张阿姨，简直比亲人还亲。他们之间这种感情是真的好，不是虚情假意的好，比如来找我看病，总是要说“这是你王叔叔家的事，你必须得管”，我还心想，当初他们一天到晚欺负我们。但我后来一想，这就是他们的青春啊！那些吵吵闹闹、争名夺利，在当时可能恨得咬牙切齿，但等过去之后，真的就是过眼云烟。人这一辈子，越走到后面，留下的美好的东西就越多。

看懂母亲之后，我对同事之间发生的事都释然了。我常常和同事们说，我们在一起的时间比和自己的丈夫、妻子、孩子在一起的时间还长，人生啊就是要看远一点。当我们离开工作岗位，彼此之间不再是工作关系的时候，我们就像是亲人，因为都是对方生命当中特别重要的人，几十年的职业生涯是生命里最重要的一段时光，同事都是彼此的见证者，这很重要。

张小田：越珍惜身边的小确幸，幸福感越强

张小田 北京大学肿瘤医院消化肿瘤内科主任医师、教授、博士生导师，兼任北京大学肿瘤医院国际合作交流部副主任，内科教研室副主任。致力于胃癌、食管癌、结直肠癌、胰腺癌等消化道恶性肿瘤的个体化药物治疗与综合治疗，特别是进展期胃癌的综合治疗和恶性肿瘤的营养支持治疗。目前担任中国临床肿瘤学会青年专家委员会主任委员、中国抗癌协会胃癌专业委员会青年委员会主任委员、中国抗癌协会肿瘤支持治疗委员会秘书长、中国研究型医院学会精准医学与肿瘤MDT专业委员会副主任委员、北京癌症防治学会胃癌防治专业委员会主任委员等。

人生经历的每一件事，都像沙滩上的一个个贝壳，思考的过程都会沉淀为成长的痕迹。

患者往往会教会我们在面临压力和困难的时候，如何同家人相处。

对于人性的复杂，年龄是一本很好的答案书，年轻时觉得不可理喻的事情，随着年龄的增长，慢慢也都理解了。

都说除生死外无大事，再后来想想，其实生死也就是这么回事。

相处不好的婚姻，会让双方都把自己的劣根性暴露得越来越多；相处好的婚姻，会让你不由自主地收敛自己的劣根性，把自己好的一面展现得更多，这是一个相互影响的过程。

我们肿瘤科医生见过太多太悲惨的人生，所以很容易珍惜自己身边的小确幸，幸福阈值低，而且幸福感更多是来自自身，不太依赖外界。

1

我是山东青岛人，祖上两辈几乎全都是医生，但到了我这一辈，只有两个人学医。

爷爷日本留学回国后当了儿科医生，姥爷是中医科医生，姥姥在南京大屠杀的时候在南京一个教会医院当护士长，如果他们都还在世的话，就该超过 100 岁了。父母这一辈，爸爸是泌尿外科医生，妈妈是内科医生，他们各自的兄弟姐妹，除了一个姨妈学生物之外，其他也都是医生。

对我影响最大的是我的父母。爸爸 1943 年出生，参加两次高考成绩都很好，却因为爷爷曾留学日本，家庭成分不好，没被录取，他又坚持考了第三次，最终上了青岛医学院。

妈妈更神奇，她是一个很聪明的人，高一那一年，被选中参加国家滑翔队，成为新中国第一代滑翔机运动员。但 5 年后，这个运动队解散了，当时摆在她面前的选择有两个：接受组织安排去菜站卖菜，或者回到学校读书。在那个年代，在菜站工作可是一个又稳定、收入又好的“铁饭碗”，但是，妈妈选择了重返校园。妈妈从小就特别贪玩，文艺和体育都很突出，但从运动队回来后像变了一个人，学习非常刻苦，因为她比同班同学大 5 岁，所以觉得自己每一分钟时间都是偷来的，最终也考上了青岛医学院。她说，当时学校本来不想要她，因为年龄太大，但她是那一年的第一名，学校还是把她录取了。直到现在，医学上的很多问题和知识，我都不敢去挑战我妈，因为她们那一代人对知识的掌握是非常牢固、非常扎实的。

医生家庭的子女的成长过程都是相似的。父母上班很忙，不可能留在家里照顾我，我只好跟着爸爸一起值夜班。那个时候医院的管理不像现在这么严格，当我闹着找爸爸的时候，护士阿姨会把我抱到手术室外，隔着门上的小玻璃窗看一眼，说：“爸爸在里面做手术呢。”我记得那种场景，血糊糊的，但不知为何，一点也不害怕，所以长大以后学医，对解剖从没觉得陌生和害怕。

我是 1992 年参加高考的，当时最热的专业是经济类，但我还是决定学医。我成绩还不错，但要考北医的热门专业有点悬，父母正好不舍得让我跑远，于是选了当时还是卫生部部属十大院校之一的山东医科大学（以下简称“山医”）。

山医要从这届新生中挑总分高、英语好的孩子再测试一次，选40人进入英语班。一直顺风顺水的我，在这时遭遇了人生的第一个小挫折：我高考总分不够英语班的标准。好在我的英语成绩的确很突出，最终我还是得到了面试机会。

不知道是不是为了磨炼我，当时的班主任说我没被英语班录取，所以我的整个军训过程都是灰色的，天天听郑智化的《水手》，安慰自己“风雨中这点痛算什么”，没想到军训一结束却接到了录取通知。

很多过来人常说，苦难是珍贵的财富，因为只有身处逆境才会有更多思考。军训时虽然很苦闷，但的确对自己的未来思考了很多。人生经历的每一件事，都像沙滩上的一个个贝壳，思考的过程都会沉淀为成长的痕迹。

我考入山医后，自身的优势很快凸显了出来。我高中就读于青岛二中，这里的学生都是信心满满、觉得自己很厉害的那种，哪怕是高考前，学校都从来没有强制早、晚自习，都是学生自觉学习，老师也抓得很紧，但是不会像其他的学校那样每一分全都是刷题刷出来的。所以上大学后，在其他很多同学都还沉浸于高考解放后的轻松生活中时，我还是延续着高中时的惯性学习，第一学期就考了全班第一名。这对当时的我是很大的鼓励，要知道我原本连去英语班都是很勉强的，优秀的成绩一直保持到毕业，并可以保送协和做研究生。

保送的是协和生理专业，为此我专程来了一趟北京，来到协和的技术楼，心里凉了半截。楼道阴暗狭窄，堆着的各种东西也是随时都要塌掉的样子，难道将来就要在这样的地方学习？实在不喜欢这样的环境，加之不愿意做基础研究天天对着仪器，所以我最终没有选择保送。

我想去的是中国医学科学院肿瘤医院的免疫专业。我们学校保送的一共有5人，医科院肿瘤医院的免疫专业挑了我们中的一个男生，当时我心里很不平衡，觉得就因为自己是女生对方才不要，现在想来，也是当时太幼稚了。其实那个男生也很优秀。

保送的专业我不想去，想去的又不要我，心高气傲的我决定自己考研，考北大肿瘤医院。那一年，我的总分第一，但是专科差0.5分，北医录取很严格，最终我被调剂到江西医科大学。但我不接受调剂，最后参加了青岛医学院的面试，留在了青医。

考研算我人生中真正遭遇的第一次打击，心理落差很大，读研的三年很不甘心，所以第一年在准备出国，第二年在北京做课题，第三年才回青医做临床和答辩。为了摆脱考研失利的阴影，我硕士第一年就报考GRE、托福，结果准备得太仓促，GRE成绩不理想，郁闷、苦恼、挫败之后，全力准备了托福，只考一次就几乎满分，小小证明了一下自己，开始尝试理性地认识自己。

随着年龄的增长，回头看自己的年少轻狂，也证明后来自我认知上的很多感觉是对的。我觉得自己是有能力的，有些方面也聪明，但小聪明并不是好事，我无论是考研还是考GRE都是自我评估不准确，急于求成的心态有很大的问题。

现在知道了，决定一个人的不是聪明，而是心态。考研失利后，自己一直处于愤怒中，急于用一个成功来证明自己，心浮气躁中又遭遇另一场失败。到后来考托福的时候，除了客观上考试本身的确比 GRE 简单一些外，最重要的还是自己已经冷静下来了。无论怎样，这都是成长的过程。

在读研究生期间，本来急着出国也因为拿到的 offer（录取通知）质量不太高，而放弃了出国。不过，命运很有意思。在考研后，有一个小插曲在我决定将来走向的过程中起到了重要作用。

知道自己没考上北医，我又去了一趟北京，去北京医院老年医学研究所面见一位老师，这位老师对我很满意，想录取我，带着我去找协和的招生办。招办老师认出了我，说："这个学生当初拒绝了我们，现在怎么又来了？"我当时觉得很丢脸。虽然最终因为各种原因，我还是没能成为这位老师的研究生，但协和教授对我的欣赏也给了我信心，并且后来有幸在他的团队中进行了硕士课题，也对我未来的工作选择产生了影响。

在北京做课题的这一年，让我坚定决心想在北京这个大平台追求跟待在父母身边不一样的生活和未来，所以我参加了北大肿瘤医院消化科的面试。那是我第一次见到沈琳老师，后来，她成了我职业生涯中最重要的领导和老师。在沈老师的支持下，我顺利通过面试，当我 2000 年 7 月到医院报到时，她已经去美国学习了。

我就这样正式走入临床，成为一名肿瘤内科医生。

2

人生就是不断成长的过程。

从 1992 年考入山东医科大学开始，我在医学之路上已经走了 20

多年，一路走来，有几位让我记忆很深刻的老师。

第一位是山东医科大学的解剖学老师，一位神经内科老师。我们英语班所有医学解剖部位都要用英文背，很枯燥。但有一次，这位老师的脸突然一下就贴到我面前，指着手里的头颅模型说，这就是 black substance（黑物质）！ Red nuclear（红核）！——他用极为夸张的语调和丰富的表情戏剧般地念着这两个词组，生生地把它们刻进了我的脑子里，从此我再也没有忘过。而更震动我心灵的，是他的激情和感染力，就像在跟你讲这是宇宙里一个最神秘的东西，也像讲大片中最激情的情节，让你的情绪不由自主地就跟着他走了。后来慢慢感受到，工作、生活中做一件事你有没有激情，带给别人的感染力真的是不同的。

第二位是我的硕士研究生导师，特别慈祥的老教授，总是笑眯眯的，也是一个很有生活能力的人。他本来是一位妇产科的外科医生，因为各种原因改道肿瘤科，我是他退休前的最后一名学生。对我这种还处于逆反期的学生，他从来没有责备，而是说“每个人都有自己的闪光点”。若干年之后，我一直记着这句话，也一直去寻找自己的闪光点。

第三位就是沈琳老师。当年我来面试时，科里需要的是一位临床经验丰富的成熟医生，因为沈老师即将出国学习，管病房的李洁大夫马上要休产假，人手非常紧张。但是沈老师考虑到科室的未来发展，很想给科里留一个年轻人慢慢培养，尤其我的英语非常好。两难之间，沈老师还是决定把我留下来。

我非常感激这个机会，因为面试时沈老师特别打动我，她讲话时透出的激情，让人对这个医院、科室和专业的未来都充满期待。实际上，2000 年时，我们医院搬到新院址仅仅 5 年，医院所在的地方在当时还属于偏远郊区，但毕竟是北京大学肿瘤医院。

转眼 20 年过去了，到现在我还记得我报到的时间是 2000 年 7 月 19 日，从来没特意记过，但这一天就是印在了脑子里。

每个职业到一定阶段都会有倦怠期，医生的职业倦怠感可能会更严重一些，尤其中国的医生，我们医院也曾做过一次职业倦怠感的调查。

30 多岁的主治医生阶段，可能是职业倦怠感最强的时候。这个阶段对工作已经失去了刚入行时的好奇、新鲜感和强烈的求知欲，而且这个年龄，已经组建了家庭，有了孩子和各种经济方面的负担等。临床工作外各种课题论文，再加上家庭里一堆琐事，各种焦头烂额，就会让人想逃离，我真的考虑过改行。但熬过那一个阶段之后，也就坚持下来了。

在现在的医患环境下，我们经常互相调侃的一句话就是"高高兴兴上班去，平平安安回家来"。前两天，有一次面试一个学生，当问他"为什么要选择我们肿瘤科"时，他说："我觉得这里的医患关系比较简单，来的人也没打算医治好，可能工作压力不会那么大，医患关系不会那么紧张。"这样的考虑既现实又令人深思。

医生这个群体很有意思，吐槽很多，很多人都有过跳槽、改行的念头，外面也会有一些机会和诱惑，但大部分人还是没有离开医生这个岗位。有人说："你抱怨那么多，却又始终没有走，一定是因为这个地方其实有更吸引你留下的东西。"

我认真思考过这个问题，到底是什么东西支撑我这么多年没有离开？想来想去，觉得就是说出来有点矫情的那两个字——激情。在经历了工作生活的各种纷繁复杂后，留在记忆中的，还是这个职业最初一次次触动我心灵的东西，那就是前辈们对事业的激情，这永远是我们做事情最初的动力。

3

其实我选择肿瘤专业时，我们家人是反对的。

妈妈觉得，肿瘤医生每天看到的都是治不好的人，每天接收的都是坏消息，而且要把坏消息告诉别人，每天做的事情看起来好无用，长此以往，人容易抑郁。

我姐姐是学美术的，我们两姐妹，一个每天接触的都是最美的东西，另一个每天却要接触这么严重的疾病。

但真正成为肿瘤科医生后，我发现我们这个群体不但一点儿都不悲观，甚至相对来说还比较乐观，因为我们见过太多患者的疾苦，所以我们更懂健康生活的意义。当你把对外界的期待值降得足够低的时候，更容易收获幸福感。

刚开始工作的那些年，工作和感情很难分开，一不小心就陷进患者的遭遇里。2003 年我 28 岁，我负责的一个病人去世了，我竟然哭得比她家人还厉害。患者是一位很有修养的阿姨，食管癌，女儿在国外，我当时是住院总医师，每天陪着她。食管癌最后是很痛苦的，吃不下东西，人非常瘦，她离开的时候，我特别接受不了，付出了那么多，却还是没办法给她更好一点的结果。随着年龄的增长，慢慢学会控制自己，把感情埋藏在心里，患者和家属多数时候最需要你冷静地给他们合理的医学建议，太多的感情流露于医疗工作于事无补。

我们肿瘤内科医生，尤其是我们消化科，遇到的最麻烦的事情就是消化道肿瘤发生并发症，此时内科医生无能为力，而外科医生也有顾虑，一刀开下去到底能够给病人带来什么。这种时候往往需要有一个人拍板，而做决定的这个人压力是很大的，因为选择如果对了还好，如果错了，虽然不是医疗事故，但也会有很多麻烦。沈老师常常就是这个拍板的人，这是我最佩服的，这种决断力、魄力，都是一个医生很需要的。

我们有一名 32 岁左右的女患者，肠癌肝转移。按照治疗规划，先要给她进行化疗控制肿瘤进展，争取手术机会，后面的手术需要分两次，第一次切除肠道里的病灶，第二次手术切除肝脏的转移灶。然而，她第一阶段的化疗就进行得非常艰难，药物选择也特别艰难，因为她对各种药物都不敏感。但神奇的是，几个月后，她竟然达到了做第一次手术的指征，把肠道里的病灶切除了。这一阶段性的胜利，对患者和家属是非常大的鼓励，他们求生欲望很强，对治疗特别积极，决定做第二次手术搏一下，把肝里的转移灶切除。第二次手术本身很成功，但没想到的是，术后一个月就复发了，而且癌细胞处于一种完全疯狂的分裂状态，医生束手无策，只隔了一个月患者就去世了。

而在她之前，大约 5 年前有一个与她的病情十分类似的病例，也是一个年轻女孩，肠癌，肝上转移得一塌糊涂。她的药物治疗效果很好，所以医生一直在讨论要不要做手术切除病灶，但是很长时间都无法达成一致。经过了不知道多少次的 MDT（多学科诊疗），最终决定把手术做了。没想到，手术做完后，患者一直存活到现在。

正是 5 年前的这一个病例，鼓励了我们在面对后来这位患者时有了更积极的态度。但很遗憾的是，奇迹没有第二次出现。所以，医学就是这样，成功的例子和失败的例子都摆在你面前，仔细去分析对比这两个看起来很相似的患者，最终学会在面对下一个病人的时候，该怎么去做出选择，这个过程就是最朴素的科学研究吧。

4

患者是医生的老师。

在我看来，这种“老师”，不仅仅帮助我们精进医术，更是教会我们在面临压力和困难的时候，如何同家人相处。

在医生眼里，医院是最简单的地方，只需要维持医护和患者的关系；但医院也是最复杂的地方，是最考验人性的地方，每天都在上演各种悲欢离合。对于人性的复杂，年龄是一本很好的答案书，年轻时觉得不可理喻的事情，随着年龄的增长，慢慢也都理解了。

在我现在这个年龄，对婚姻、家庭、亲人、子女的问题思考得比较多，从治疗的沟通过程中，我们就可以看出每个患者家庭成员之间的状况，尤其是夫妻之间的关系，可以说每对夫妻的婚姻都不相同。

比如生病的是妻子，一辈子都没做过饭的丈夫，突然没人给做饭了，而且需要他去照顾病人吃饭，这时候什么样的表现都有：有的人的态度是，我不会，也不想学，我只能做替你看个输液之类的事；有的人，从现在开始学，照着网上的菜谱学；有的人订外卖，方便省事，还能订你喜欢吃的。总之什么样的情况都有，只是做饭这样一件简单的小事，也能看出他的心力和能力。

我们医生护士面对有亲情的家庭时，也会更愿意去帮助他们。曾经有一个患者是大字不识的农村妇女，胃癌脑转移。在还没有发现癌细胞已经侵入大脑时，她开始出现一些精神症状，会突然抓住你傻笑，后来一检查果然是脑转移，住进了我们病房。我们每次查房的时候，都能看到一个年轻的小伙子陪在她身边，手里抱着一本书看，这是她儿子，正在念大学。而让我很感动的是，妈妈变得那么傻，儿子也从没有嫌弃过，甚至看着妈妈的目光里有一种宠爱，妈妈对儿子也特别依赖。他们家的经济状况并不太好，但他们母子之间的这种感情，让大家非常感动，医生和护士都很愿意帮助和照顾他们。

曾经有一个女患者，50岁上下，在找家属谈话，交代治疗方案、大致需要的费用以及可能的结果时，患者的弟弟和丈夫都来了，听完后表示要回去商议。我记得特别清楚，患者丈夫走时告诉我说："这是我自己的媳妇，钱我花，决定我做，后果我承担。我会跟她的弟弟们商量，但是最后我来做主。"我们医生，最愿意与这样的家庭打交道，因为这能使我们之间的交流很有效率。这个患者的家庭支持确实很到位，丈夫有担当，做了很多的决定；娘家人把她照顾得很妥帖；她只负责当病人配合治疗，整个家庭非常和谐。在她最后那段时间里，所有人都很理智，也很平和。

很巧的是，在同一个时间段内，包括这个家庭在内，我一共接触到了三个状况类似的家庭：都是高级知识分子，社会资源、家庭背景都很好，患者都是50岁左右，孩子都在国外念书。但是，这三个家庭对孩子的方式是完全不一样的。

前面说到的那个家庭，爸爸对儿子说："你妈妈病了，可能只有一年的时间，你自己决定，是要继续在美国读书，定期回来看看妈妈，还是做其他选择。"他儿子最后是休学一年回国陪妈妈，患者最后这一年半的时间，全家人都在一起度过。

第二个家庭患病的是父亲，查出胃癌后，做手术、化疗，病情挣扎了一年半的时间，却始终没有对在国外上学的女儿透露一个字。幸运的是，他恢复得很不错，治疗效果很好。不知后来这对父母是否把实情告诉女儿，而我也想象不出，当妈妈在给爸爸的手术签字，爸爸挣扎在死亡线上时，女儿一无所知地在发朋友圈，晒美食、晒电影，而当她知道这一切时，将是怎样的心情。

第三个家庭，患者是母亲，胃癌。夫妇俩对孩子透露了一部分病情，但对于要不要做手术，要不要做化疗，等等，所有治疗的选择和过程，没有让儿子参与，都是父母自己在做决定，我也从来没有见过他们的儿子来医院陪伴。

这三个家庭对我触动很大，我回家后问女儿："如果我们的家庭遇到这样的问题，你希望怎么样？"她说："我会选择第一个家庭那样的做法。"我说："如果是我也会选第一种。"因为早一年毕业，晚一年毕业，对人生的影响，可能都没有我们在一起经历这一年这么大。这种经历，并不仅仅是陪伴最后的日子，而是我们一起面对困难，一起解决问题，一起努力，这样的过程对家庭中的任何一员来说都是最珍贵的。

对那些能够走得更远的患者而言，非常重要的就是家庭的支持。肿瘤医院的病房里，每天都有太多的人间冷暖，人性的美和丑。当然，每一个家庭都有自己的选择，站在外人的角度，无法评判对错。不过，在旁观这些患者与家人的相处时，我们自然也会有很多的思考，进而改变自己对待家人的方式。

这天上午的门诊直到下午 1 点半才看完，并不是因为病人格外多，而是因为第一个病人耽误的时间太久了。这位 76 岁的阿姨，是我的老患者，当天只是来开一个 CT 检查单，在我给她写病例的时候，她滔滔不绝地说起她和女儿的事，我不忍心打断她，于是她说了很长时间。

她曾是一位中学老师，肠癌淋巴结转移，经过很长时间治疗之后争取到了手术机会。她还是一个特别乐观的老太太，术后仅一周，她就精神抖擞地参加社区活动去了。她说：我的女儿在国外定居已经 27 年了，我们母女两人的三观已经完全不同了，我理解她，但我不能接受她的生活方式，所以我做手术没有告诉她。实际上，在老太太住院期间，我曾接到一个短信，说："张大夫特别感谢你给我妈妈治疗那么长时间，我给您快递了一个礼物。"我一共收到过两次这样的礼物，我也没问对方是谁，但我想应该就是她国外的女儿寄来的。

其实，这位阿姨面临的难题，我们未来同样可能躲不掉。

我们这一代人恐怕都不会在子女成家后与之共同居住，甚至可能分居两地、两国，如果我有一天发现我和孩子的三观完全不同、无法交流，我想我也会很失落。如果大家还相爱、互相关心，只是不在同一个地方而已，这还好；如果有一天，当你发现大家对爱的定义差别很大，也就是说你所期待的爱和认为的爱，和子女认为的不一样时，我可能也会像这位阿姨一样，能接受，但心里会很不舒服。

其实，现在的中国有越来越多的空巢老人，尤其在医院里会映射出来很多复杂的社会问题。

那天，我不忍心打断这位阿姨，是因为觉得她需要倾诉，这也是一种释放，还因为，我妈妈也有过和她一样的感受。究竟和子女保持多远的距离是合适的？这位阿姨和女儿远到已经没有了沟通的通道，那老人与子女同住这种近距离的相处，是不是就更好呢？

我妈妈曾是医生，现在活得特别洒脱，但她也经历过这样的过程，所有的老人在最后都会经历孤单和寂寞的挣扎，正如我妈说："我也是第一次当老人，我也不知道该怎么度过我的老年生活。"她会担心自己生病了怎么办，走不动了怎么办，孤独了怎么办。正因为我的妈妈有这些担心，所以我很关注这个年龄的老人。衰老是全人类都没有解决的难题，我们每个人都要面临这一天。

都说生死之外无大事，再后来想想，其实生死也就是这么回事。

在我们还算年轻的时候就应该去考虑自己的晚年生活，没有爱好和特长的话，老年生活可能会很枯燥、无聊、无趣，但是我们这些临床医生，很多人都没有自己的爱好，尤其是女医生，因为临床工作和科研需要耗费大量时间，还要面对家庭方方面面的压力，的确是很难再有时间和精力去寻找自己的爱好了。

医生这个行业，面临生死会多一点，所以更懂人生无常。

很早的时候我就写过遗嘱，我不希望如果出现什么突发状况，留下一些不清不楚来考验亲情。后来又想，万一我活不到女儿成年怎么办？所以在女儿 6 岁的时候，我开始为她写日记，记录她成长的点滴和我想对她说的一些心里话；她 12 岁时，我把日记做成一本书送给她当作生日礼物。

女儿成长中一个质的变化是在小升初，六年级的时候还是一个小小孩的感觉，一进入初一就是青春期了，她的思想、言谈让人瞬间觉得她长大了，以至于我发现我已经没有什么可以教给她的了，无论是知识，还是人生阅历。我能继续给她的只有无条件的爱和信任，但愿这会转换为她自己的勇气，人生路上勇打怪兽。

5

在 40 岁前后，是一个人承担的家庭角色、社会角色最多的时期。相对于男性，女性天然要面对更多的传统上对“妈妈”“妻子”“儿媳”“女儿”这些家庭角色的约定俗成。而随着时代发展，很多女人也有自己的社会角色，需要独自去承担外部的责任，这就不可避免会带来精力和时间上的冲突。

有人问我，作为一个拥有自己事业的女性，我怎么去平衡我的家庭和工作。其实我也不知道，我觉得家庭和工作并无所谓的“平衡”。首先什么是“平衡”？是不是说你的家庭特别完美，你的任何工作先生都支持，工作上也表现得特别优秀，就是很平衡？但是一个人的精力和时间毕竟是有限的，工作和家庭，是三七分，还是五五分？我觉得这里没有标准答案。

我曾经跟我先生讨论过，是事业影响了家庭，还是家庭造就了事业。有些单身女性是因为没有家庭的负担，才能把事业做得风生水起，还是因为在事业上投入得太多而失去了家庭呢？又是一个鸡生蛋还是蛋生鸡的问题。

我也和女儿聊过这个话题，我问她："你告诉我一下，你觉得家庭和工作应该怎么平衡。"她想了一下，说："这个问题对我好难，我既没有工作，也没有事业，还没有自己的家庭。"童言童语令人忍俊不禁，我真是"病急乱投医"。

这让我想起曾经遇到的一个患者，她在确诊肿瘤晚期时，突然觉得很亏欠儿子，因为她发现自己以前的时间都用来工作了，没有更多的时间陪伴孩子，现在患了这么严重的疾病，未来也许也没有太多时间能继续陪伴了。这对她来说是一个很痛苦的过程，除了自己生命即将结束的痛苦，还有对家人的愧疚。我觉得关于在事业和家庭之间究竟如何分配自己的时间和精力，她肯定会比我们有更多的感触。

在工作上你付出更多的时间和精力，可能换来的是你的社会地位、知识、眼界的提高，但对家庭来说，女主人提高了自身的修养，可能会让整个家庭受益。毕竟现在女性在家庭中起的作用还是非常核心的，因为随着社会的发展，女性越来越强，一个家庭的整体氛围，很多时候也是女人在主导，所以有人会说，好的妈妈，胜过好的老师。

在女儿读小学五六年级的时候，我曾问她将来想成为什么样的人，她说："跟妈妈一样的人。"还有一次，她突然对我说："妈妈，我觉得你好能干，你的英语和汉语一样溜。"那是她看了我跟一位老外专家对话的视频之后的感慨。一两年后，我第二次问她这个问题时，她说："我将来至少要跟你一样好，但我希望我比你更好，你会英语和日语，所以将来我也要学第二外语。"后来，她上初中的时候，我再问这个问题，她说："不，我不想跟你比较，我也不可能会变成你，我就是我自己。"所以，认识世界最后还是要回归认识自己。

工作中的妈妈需要不停地学习、去解决各种问题，这对孩子是一种很好的"身教"。我经常会和女儿一起写作业，一起去图书馆，一起打羽毛球，一起吐槽作业又没有写完。有一次，她说："我有一张数学卷，我有两张语文卷，我有三篇英文作文。"我说："我有一个国自然（国家自然科学基金课题），我有两个PPT，我有三个审稿。"然后我们俩就跟打擂台一样，几个回合之后，她也就不会在学习上有那么多抱怨了。

有人说，让职场女性疲惫不堪的，可能不是里里外外像陀螺一样停不下来的生活，而是得不到家人的理解。

我也希望被别人理解。希望得到理解是人的本能，但这种理解可能是双向的，一方面是家人理解我们的工作；另一方面，我们也要理解他的不理解。在我们理解了他的不理解之后，你就会觉得他已经用尽他的努力在理解和包容你了，但每个人都有局限，再强求也无济于事。说服自己接受现实的局限性是需要一个过程的，而这个过程有时比较痛苦，往往伴随着对己对人的失望。所以大家都尽力，尽力了就好。

对于女儿的未来，我也是希望她独立，有成就感，能帮助别人，但同时也希望她有一个休息的港湾，当她回到自己的家里时，能放松下来。

在我研究生毕业，确定在北京工作的时候，我回青岛后见到导师，他问我："小田，你觉得家庭重要，还是工作重要？"我犹豫了半天，最后磨磨叽叽说了一句："都重要。"我能感觉到，导师不是很满意，大概是对我没有第一时间回答"工作第一"有点失望。前几年，我们业界的一位前辈也曾对我说："小田，像你这样的能力，你不应该只服务于小家庭，而应该为社会做更多事情，这是你的责任。"每个人在不同人的眼中有不同的价值。

都说四十不惑，年过四十之后，我明白了一件事，事业总会有结束，即便我们活到100岁，最后留在身边也不是工作，而是家人。总之，这个问题比较大，工作和家庭谁排第一，每个人心中都会有一个答案，每个人按自己的答案去分配自己的时间和精力就好了。

我们肿瘤科医生，治疗中会很清晰地以目标为导向，就像我们给患者治疗有效无效的一个重要评估指标就是肿瘤是否缩小，而这个过程是要付出代价的，比如可能造成的不良反应、并发症等。生活也一样，我们在实现目标时，也是会有代价的，只是需要自己去评估，这个代价自己能不能承受。

不过，肿瘤科医生可能相对来说更容易反思。因为遇到的挫折和打击比较多，必须经常回过头去思考以前的做法有什么不对的地方。临床上，每一个病人都是个体化的，哪怕基础情况几乎一样的两个病人，用同样的治疗方案，最后结果却可能完全不一样，所以我们随时要思考各种为什么。其实生活、婚姻也是一样，都是个体化的。

如果我不从事肿瘤治疗这个专业，可能没有那么多直接关乎生死的抉择，也就不会给我自己的人生带来这么多的思考。再通过身边其他朋友的一些事，我慢慢感悟到，相处得不好的婚姻，会让双方都把自己的劣根性暴露得越来越多；而相处得好的婚姻，会让你不由自主地收敛自己的劣根性，把自己好的一面展现得更多，这是一个相互影响的过程。

有一句话说，每对夫妻一辈子都有101次想离婚的念头。这些念头可能大部分都集中在中年时期，因为中年人的普遍状态是，回家就要洗衣做饭，要送孩子上各种课外班，要陪孩子写作业，这个阶段家庭运转的速度和模式是以孩子为中心。等孩子长大了，就要去建立他们自己的家庭，那个时候我们又回归两个人的状态，如何找到两个人相处的平衡状态又变得非常重要。当在一起相处多年的夫妻因为生活的琐碎而疲惫不堪时，最重要的是想办法把两人这么多年来彼此伤害的东西去掉，一起回归当初互相选择时美好的状态。

人生就是这样，怎么过，都会过去。每个人的生活，外人都没有资格去评判。我不知道别人怎么样，可能我们肿瘤科医生见过太多太悲惨的人生，所以很容易珍惜自己身边的小确幸，幸福阈值低，而且幸福感更多是来自自身，不太依赖外界。

张艳桥：没有赢在起跑线，没有抄近道，我很知足

张艳桥 哈尔滨医科大学附属肿瘤医院副院长，黑龙江省癌症中心副主任，黑龙江省消化道肿瘤诊疗中心主任，二级教授，博士生导师，享受省政府特殊津贴，是黑龙江省消化系统肿瘤多学科会诊首席专家，首届龙江名医。担任中国抗癌协会肿瘤大数据与真实世界研究专业委员会主任委员，中国临床肿瘤学会胃癌专家委员会、结直肠癌专家委员会副主任委员。参与编写胃癌、肠癌、消化系统肿瘤合理用药等治疗指南或共识。主要从事胃癌、肠癌、肝胆胰肿瘤、食管癌等恶性肿瘤的药物治疗、分子靶向治疗和免疫治疗，多次获得省政府科技进步一等奖、二等奖。

现在的人总在说中年危机，对我来说，哪有什么中年危机，我40岁时才刚刚起步。

我的成长经历说复杂也复杂，说简单也简单。我只想说，我这样一个地地道道的农村家庭出来的孩子，完全靠自己读书改变了命运——没有赢在起跑线，也没有近道可抄，能走到现在，我非常知足。

我在北大荒的农场开始读书上学，那时候我的世界里只有满眼的田地，能想到的最有技术含量的事，就是有一天我能坐在房子里按一个电钮，机器就把庄稼都收割完了。从没想过我会成为一名医生，能去美国、欧洲，能走南闯北满世界跑，我现在获得的一切，已经远远超出我的期待。

知足者常乐，我就是如此。

1

我1965年出生在一个地地道道的东北农村家庭，家里兄弟姐妹六个，三男三女，我排行老六，是家里唯一的大学生。

我和哥哥姐姐们年龄相差很多，大姐如果现在还在世已经80多岁了；大哥是老二，1948年出生，比我大了17岁；三哥是老五，比我大9岁。我父母都不识字，母亲只会写自己的名字，但很有远见，因为她吃够了没文化的苦，所以一定要让孩子们爬出山沟。

20世纪50年代到60年代，农村的孩子要“跳出农门”并不容易，男孩子可以读书，也可以当兵，女孩子就只能通过读书改变命运了。我家三个男孩两个参了军，三个女孩都在家里读书。大姐是从新中国刚刚成立时开始念书，成绩很好，但由于家里实在太穷了，她后来上了不收学费的师范学校。

我两岁时，"文化大革命"爆发了，但我没什么印象，后来听哥哥姐姐说，父亲因为成分不太好挨过打，因为我家曾有过一块地，还雇了两三个人种地，结果就把我家划为中农了。大姐当时上中专有文化，人聪明，口才又好，跑去和人家讲理，竟然真的把成分改过来了。

我大哥赶上新中国历史上声势浩大的"百万官兵开垦北大荒"的时代，在部队里响应号召，1971 年从部队转业直接奔赴"北大荒"，被分配在"建三江创业农场八连"。都以为"北大荒"是荒蛮之地，可他一到那里就发现，这里的生活竟然比我们农村还好，不仅能吃饱，而且都是白面馒头，这在我们农村根本是奢望。于是大哥把父母从农村接过来，带着只有 8 岁的我和大我 9 岁的三哥。

搬到农场后，我开始上学。小学是连队自己办的，连队十几户人家的孩子集中在一起。全校只有一间教室，一年级到五年级一共只有十四五个孩子，全部在一起上课，只有一位老师，从一年级到五年级、从数学到语文都是她一个人教。我这个年级只有两个孩子，另一个是老师的孩子。初中读的是农场的学校，这里集中了附近连队的孩子，有好几百人了，离我们家较远，我开始住校。我初中才开始学英语，没学过音标，不懂自然拼读，所以直到现在我的拼读也不太好，发音不标准，也不像人家看到陌生单词就能读得很标准。当时农场的重点高中还没有建好，我们初中毕业后在家里等了半年多，来年 2 月才有教室上课，我是我们管局建三江一中的第一届高中毕业生。

我母亲虽然不识字，但在学习方面对我们要求特别高，我也挺争气的，学习成绩一直很好，而且学起来很轻松。中考时，我考了全农场第四名。在家等着高中建好时，母亲觉得我荒废时间，让我随便找个高中先上着，等农场高中建好了再回来上。我在家里待了两个月后，11 月找到一所学校去旁听，才去了不到半个月，赶上期中考试。成绩发下来那天，物理老师很高兴，说："咱班有位同学考得特别好。"然后点了我的名字，满分 120 分，我考了 104 分。"这个同学你站起来我认识认识。"我站了起来，就有同学说："她不是我们班的。"寒假过后，我们农场自己的高中建好了，我就回来了。

我为什么会学医？

1983 年高考，我们是学校第一届毕业生，老师们对高考、填报志愿完全没有经验，哪像我女儿高考的时候，老师教孩子们估分特别精准，所以填报志愿也很准确。我自己懵懵懂懂，对选大学、选专业没有一点概念，父母也没文化，家里亲戚也没人上过大学，没人能指导我。最后我二哥从部队给我写了一封信，觉得我是女孩子，要么当老师，要么就当医生。其实他也就知道这两个工作是文化人儿干的，对其他的职业一点也不了解。我二哥是我的偶像，我听他的，但我不喜欢老师这个职业，所以就选择了医生，家人也都觉得挺好。但是，我还是认为大学毕业以后肯定要分配回农场的，所以要学一个回来能当技术员的专业，就不用辛苦干农活儿了。最后我第一志愿填报了哈尔滨科学技术大学（现在叫哈尔滨理工大学）的自动化专业，第二志愿才是医学院校。我的想法很简单，学这个专业，未来有一天能坐在屋子里一按电钮，农场万亩大地的庄稼就全部收割好了。

我高考考得很不错，本来是达到了第一志愿的分数线，但是这个专业可能不收女生，最终我被第二志愿的哈尔滨医科大学医疗系录取了。

我学医可能是命中注定的。早在初中毕业时，我大姐劝我考卫校，别上高中了，因为女孩子根本考不上大学。我听姐姐的话去考了卫校，考上了，可收到录取通知书后去做入学体检，结果因为脸上长满大疱被认为有皮肤病而没通过。其实脸上的大疱是被太阳晒的，那年整个暑假我都在农场里参加劳动挣工分，在毒太阳下干一天农活儿能挣 1 元钱。被卫校拒绝之后，我特别沮丧，只好上了高中。回头来看，我当医生是跑不掉的，考上了卫校想当护士，卫校不收我；考上理工大学想当技术员，大学也不收我；最后只能进医学院走医生的路了。

1988 年大学毕业，我被分配到哈尔滨医科大学二附院影像科。工作两年后，结了婚，备孕期间申请换岗，因为当时影像科的防护不如现在好，长期接触射线会影响胎儿，于是医院把我临时调到医务部工作 1 年。1 年以后，工作再次调整，去了医院的干部病房，也就是老年病科，但我并不喜欢，于是继续读书，找机会出国留学。1999 年哈医大硕士研究生毕业，2001 年又考上了哈医大的博士。这时我已经 36 岁了，好像才刚刚开始读书。

我似乎很擅长读书，擅长考试，从来没有失败过，而且学起来不累，从不起早贪黑。比如上医学院都是非常辛苦的，可我不会，大学时经常逃课，考试前两周把书一看，同级 400 人我从没出过前 20 名。

班里同学对我十分佩服，又觉得我特别气人，不好好上课，考试还总考第一。考上博士这一年，医院举行了公派出国留学人员选拔考试，我也报名了。我同学是当时的教务处主任，成绩出来以后他给我打电话，说："祝贺你老同学，你考了第一名。"我不相信，说："你别瞎扯了。"我知道和我一起考试的那些年轻人有多厉害，但事实的确如此，我又考了第一名。就这样，2002 年，我去了美国匹兹堡大学做博士后研究，2004 年年末回国后，又作为高级访问学者在北京肿瘤医院访学一年。

父母苦了一辈子，一定要让我们兄弟姐妹六人跳出农村过上好日子，我也是六个子女中唯一靠读书彻底改变了命运的孩子，但父母一天都没有享受到我的孝心。我大学二年级时，母亲去世了；大学毕业一个月，父亲去世了。于是，我从步入社会起就没了父母，这么多年自己一个人在外闯荡，有什么事都自己扛下来，很少对哥哥姐姐们讲，他们年龄都大了，身体也都越来越不好了，不想给他们添堵。

也正是如此，2005 年，我从北京回到哈尔滨，命运从此改变了，那一年我 40 岁。

2

出国之前，在影像科、老年病科工作，又是读硕士，又是读博士，我一直没找到自己喜欢干的事。

2002 年，我来到美国匹兹堡大学，在实验室做基础研究，爱上了肿瘤这一行，从此一发不可收拾地喜欢上了这个专业，决定回国以后一定要搞肿瘤专业。

到了美国，语言是我最大的障碍。

读了这么多年书，英语是我唯一需要费力气学却仍然学得不够好的，也是我这辈子的一大遗憾。在农村上学，英语起步晚，基础差，上大学时在哈工大、黑龙江省大学报名参加各种英语学习班，天天去上课，后来恋爱、结婚、生孩子，也一直就没断过英语学习班。这样努力学习英语，应付考试没问题，但真正在美国生活和工作难度是极大的。由于我没学过音标，所以我的拼读能力很差，发音不标准，别人听不太懂我说的英语。我的老板是美国人，我每两个星期就要向老板汇报一次实验进展，每次汇报前整宿都睡不着觉，要把第二天汇报的内容写下来，还得想办法表达清楚。老外的习惯可不是光坐在那里听你讲，他会随时举手提问，所以我不仅得表达清楚，还要集中注意力听懂他在问什么并回答，前半年，每次见老板都如身处炼狱一般。幸好实验室里的一位技术员对我很照顾，每次我和老板交流时她在边上，等老板走后，她会问我有没有听懂，然后用很慢的语速给我重复一遍，这样我才能完全理解老板交代的任务。为了提高语言能力，我天天塞着耳机练英语，半年之后，我突然觉得像打通了任督二脉一样，老板说什么我都能听懂了。后来我们院领导来匹兹堡大学访问，我全程给她做翻译。可惜回国之后，没有了语言环境，英语忘的速度也特别快，这些年我也无数次下决心要把英语捡起来，每年的美国临床肿瘤学会年会（ASCO）后，我都让人把所有音频、视频下载给我，我每天听一听，可惜也一直坚持不下来，就这样荒废了，这是后话。

在美国的两年我一次也没回国，爱人和孩子也一次都没去过，我全身心投入肿瘤的学习和工作中，我终于找到了我的热爱，心情大不一样。当时我才 37 岁，头发真的是在那两年白了许多。

然而当我满怀期待向医院领导提出回来后要转肿瘤专业时，院长一口拒绝了，后来又提了一次，还是被拒绝。在别无选择的情况下，2004 年从美国回来后，我直接去了北京肿瘤医院，以高级访问学者的身份学习一年，内心还是期待着一个转机。

以前做大内科医生，到北京之后，我开始接触肿瘤临床，在肿瘤专业上，我是零起步。那时我已经 39 岁了，职称是副教授，但要作为住院医师和研究生们一起写病历、汇报病史。当时北京肿瘤医院的李健医生是总住院医师，那时候总是求着他“多给我分几个病人”，特别急迫地想要多学习，特别珍惜这个抛家舍业的机会，当时的科主任沈琳教授对我非常用心，言传身教。我们年龄差不多，很谈得来，也因此成了好朋友，后来她成了北京肿瘤医院的副院长，也是我国消化道肿瘤的学科带头人。

当一个人执着追求一个理想时，我真的相信命运会眷顾这个人。

就在我还在北京肿瘤医院埋头学习时，我们的老院长给我打电话了：“艳桥，你不是想搞肿瘤吗？上咱们肿瘤医院来吧。”原来，当年坚决不让我改肿瘤专业的老院长，从哈医大二院调到了哈医大肿瘤医院当院长了，她调任后的第一件事就是给我打这个电话，因为她知道我的想法，她了解我是一个努力奋斗、追求梦想的人。我对自己当时的回答记得特别清楚：“我不去，肿瘤医院太破了。”我和老院长直来直去惯了，她不生气，也不放弃，拿出“三顾茅庐”的劲头，不停地给我打电话，来北京出差开会都要请我吃饭，所有表达的意思都是："你来医院看看再说。"她很笃定我肯定会去，因为我是坚定要搞肿瘤的，当时我都想好了，如果哈医大二院不给我机会，我就留在北京寻找实现我梦想的新平台。

如她所料，我最终决定去哈医大肿瘤医院了。2005 年 10 月，我提前结束在北京的访学回到哈尔滨。从原单位离职经历了一些坎坷，毕竟我是医院培养的博士，又是公派留学，哈医大二院不放我走我理解，好在我没有离开哈医大，最终经过多次磨合、表达意愿，交了一笔培养费才算了结，同意我离开。

对于这个决定，我身边所有亲人、朋友几乎没有一个支持的，都认为我太冒险，毕竟已经 40 岁了，重新开始一个新专业不是那么容易的事情，哈医大二院的好朋友更是劝我别往火坑里跳。

但我决心已定，谁也拉不住。

我当然知道，前面等着我的是什么样的挑战，但我性格里的"虎"劲儿上来了，什么都不怕。这次转专业，也是我人生的一次大考，我从小就没怕过考试，这次有什么可怕的呢？

到了新的平台，我组建了一个科室，可是前面已经有七个很成熟的肿瘤内科了，我去之后要创建第八个，先不说在全国的同行中如何闯出一片天地来，能在本院内部活下来就异常艰难了。在我离开北京之前，沈琳老师送了我推心置腹的一番话，是我永远需要感谢并且终生难忘的，她说："你回去以后，记住，第一要规范，第二要用疗效好的药，疗效证明你的价值与水平。"这是她成功的法宝，如今她毫无保留地送给了我，可见她对我的期待和信任，这两个"锦囊"对我的顺利起步起到了关键作用。

我一个人带着两个学生，创建了第八个肿瘤内科病房。其他肿瘤内科病房都分别有七八十张床，我的病房只有 12 张床，而且是在老门诊楼六楼划了一个区域当病房，一到大雨天还会漏雨。刚开始我的科里没什么病人，门诊好不容易收了病人住院，病人来了一看，说："这什么科室啊，病人都没有，医生水平肯定不行。"马上要求办出院，换科室。病人的不信任不是最大的苦恼，我有时间来证明我自己，最大的问题是同事会在背后说，"她哪里会看什么肿瘤，以前也不是搞肿瘤的"。

"一穷二白"开始创业，和我"一穷二白"的人生起点很像，我这种穷孩子长大，最不怕的就是穷和苦。记得高中住校，60 多个人住一个屋，上下铺；我只有一个洗脸盆，喝水、洗脸都是它。上大学之后我就不再向家里要钱了，每月学校有 17 块助学金，我用 15 块钱来吃饭，留 2 块钱零花。寒暑假在农场干活儿，夏天收割小麦，冬天去雪地里捡拾收割机洒落的黄豆，背回家拿去卖。大学 5 年，只有一双鞋，鞋跟压塌了也没钱买新的，走起道来像腿瘸了似的，一脚深一脚浅。没钱买雨伞，下雨天就披着一块塑料布。刚工作时，我一个月工资是 50 多块钱，结婚时，没房没存款，租了一间房办了人生大事。孩子 5 岁左右我爱人的单位分了一套小房子，我们没钱装修，借了 6000 块钱简单收拾了一下，一个朋友送了地板块，一个朋友给了暖气片，才算是把小家安置好了。我就是在这种环境下一步步走过来的，不懂什么叫苦，永远觉得日子一天比一天好，所以每天乐呵呵的。

我严格按照沈琳教授叮嘱的两点，用规范和疗效来获得患者信任。我们医院主要面对的是黑龙江省的肿瘤病人。东北人看病一定都要找熟人，这就特别要求口碑了，治疗效果好才能被病人认可，而且对病人还得态度好，得有耐心，为病人着想。同时，我寻找发展新技术的方向，做差异化治疗，其他肿瘤内科什么肿瘤病人都收，没有侧重也就没有特色，而我则以治疗胃癌和肠癌为主，做到术业有专攻。慢慢地，我得到了病人、朋友的信任，病人越来越多，12 张床不够，就在走廊加床。后来医院盖了新楼，我搬进了新楼，病房条件才大大改善。

刚开始的几年，我的团队小，医生年轻没经验，我请了一位退休的老专家坐镇，自己则是 24 小时电话值班，只要有年轻医生处理不了的情况，一个电话我就马上赶回去。用我爱人的话说，经常半夜醒来发现旁边缺个人，这种随叫随到的情况，连我发烧到 39 摄氏度、40 摄氏度也没有改变。我最初创业时带的是两个男学生，现在我还在开玩笑念叨他们说，早知道收两个女学生，我在那儿发烧病得够呛，他们完全不懂得照顾，都不知道给我倒杯水。

我们科要开展氩氦刀冷冻频融术研究，需要 CT 下引导，我找到 CT 室主任说："我要用你的机器做。"他说："不行，我的机器做 CT 都做不完。"我说："没关系，我不占用你的工作时间，你们白天做，我晚上做。"这位主任非常帮忙，每天 CT 室下班，都给我留一位技术员，配合我们开展新技术研究，经常忙到半夜十一二点。

就这样埋头苦干，科里病人越来越多，团队也越来越成熟。仅过了七八年，我的科室医、教、研都在全院名列前茅了。到现在 15 年过去了，我的科室成了黑龙江省消化道肿瘤诊疗中心，无论是规范性，还是学术地位，都得到了全国同行的认可。我个人也成为黑龙江省消化肿瘤内科学术带头人，2010年成为黑龙江省肿瘤研究所副所长，2012年开始担任哈医大肿瘤医院医疗副院长。

我这个人没什么家庭的底蕴，不是医学世家，也不是书香门第出身，完全是靠着直觉和后天的努力一个人跌跌撞撞走到现在。这样的家庭出身也有一个好处，就是没有那么多条条框框，敢想敢干，不会畏首畏尾。我半路出家搞肿瘤专业，又是在黑龙江这个中国最北端的省份，要把团队推到全国的大平台上，是要比别人多付出几倍的努力的。我必须主动走出来，因为只有我走出来了，我的团队才能出来，只有团队被认可了，才能引来人才，临床和科研才能发展，学科才能发展。这都是环环相扣、缺一不可的。

两年前我给团队引进了一位搞分子生物学的博士，这个年轻人很踏实，我特别欣赏，她能把我团队的科研带起来，但是她不是医生，她未来的发展空间就在科研，她需要锤炼，所以我就不惜代价送她出国，去学习、去培训，让她找到她的未来。我想，无论男人还是女人都一样，要想做成一件事，首先要心胸宽广，要多站在别人的角度去考虑问题，不能自私。对我来说，我所有的平台都是为了给年轻人创造成长的机会，让他们有更好的前景而建立的。

3

回忆这些事，我真的特别知足。

我一个农村孩子，能去美国做博士后，能当一个比较受人尊重的专家，这已经远远超出我对人生的预期了。

很多医生的孩子都不愿意学医，因为国内医疗环境不好，当医生也非常累，但我女儿愿意当医生，她2018年从复旦医学院八年制临床博士毕业，如今在广州中山大学附属肿瘤医院放疗科当医生。我相信，我对待职业的态度对女儿的影响是正面的，因为在她面前我从没喊苦喊累，没有不愉快、委屈，她见我每天都乐呵呵地工作，所以觉得当医生还不错。记得她高中的时候写了一篇作文，家长会时老师给我看了，作文题目是“梦中的妈妈”，写的是她半夜上厕所的时候，发现妈妈还在电脑前写东西，她好像在梦中看到一样。当时老师在全班同学面前念了这篇作文。

我女儿是1992年出生的，她四年级时，我去了美国；等我从美国回来又去北京，再回来她已经上初中了；再接着是我创业初期的不着家，所以我这么多年，根本没管过女儿的学习，都是她爸爸在操心。我对女儿的贡献只有半年，就是她2010年高考前半年时间，我是全程陪着她的，让她缓解焦躁，给她带来心理安慰。

不能说最好，但我确实有自己的一套学习方法。那半年，我把她做错的题全部剪下来贴在一个本子上，让她重做一遍，那段时间家里满地都是她的练习本。她累得不行了，本来脾气很好，也变得经常发脾气说不学了。但无论她发多大脾气我都不生气，她发脾气撂挑子躺在床上，我就耐心地坐在边上给她念，她也被我折腾得没了脾气，只能跟着我继续走。高考分数常常是在半夜放出来，分数出来那天，我和她爸爸整晚都守在电脑前，女儿自己一点也不紧张，呼呼大睡。分数出来了，她考了669分，我们很激动，赶紧叫她起来，她还怪我们打扰她睡觉，说："就不能明天早上再说吗？"其实，之前她自己估分在665到670之间，但我有点拿不准，说："你是不是估得有点高了？"她说："我最低也能考个660分。"我就说："那就按665分填报志愿吧。"结果最后成绩出来，真的很准，那个时候，我佩服女儿，同时敬佩老师，估分原来可以这么准啊。

和我当年两眼一抹黑地盲报相比，女儿填报志愿时，我是做了很多功课的。她当时本来想学金融，我对这个专业不了解，于是专门飞到北京去考察了北大、人大、对外经贸大学等，每个大学找一位老师了解学校、专业的情况，认真调研了一番。

为什么后来女儿还是上了医学院呢？也是一次偶然。高考后，各个大学都去学校招生，想抢优秀生源，我们都会时不时去学校看看信息。有一天，我在女儿的学校偶然碰到学校的教导主任，也是她的化学老师，她随口问我女儿志愿报得怎样了，我说还没想好。她说："复旦大学来招生了，你要不去看看？现场签约还能降分录取。"结果我去找复旦负责招生的老师一谈，感觉很好，老师把复旦描述得特别美，并说："你把孩子送到复旦来，在上海我保你孩子是安全的，特别是女孩子，在复旦校园里，后半夜两三点回宿舍都很安全。"这个老师很厉害，一下子就抓住了我的心，母亲嘛，总是担心孩子不安全。复旦那一年的录取分数线在665分左右，正好是我们估计的分数，我有点犹豫，万一差几分怎么办？招生老师一听，说："你如果现在签约，只要孩子上了660分，我们就录取。"我回家和孩子一商量，她也愿意学医，全家都同意签约复旦。那一年，复旦医学院八年制在黑龙江全省总共就招两人，其实对女儿来说还是有点冒险的。我专门跑到北京考察金融专业，最后女儿还是学了医，这也算是命中注定吧。

女儿从小就很独立，习惯了没有妈妈在身边的日子，不过，因为都学医，女儿和我特别亲近，也愿意听我的建议。本来我建议她选肿瘤内科，后来她觉得太累了，八年制内科博士毕业后，她改行做了放疗，现在已经工作了两年，觉得在放疗科工作挺开心的。

4

很多女人在 40 岁之后会有所谓的“中年危机”，但我没有，因为我 40 岁才改行，一切才刚刚开始。

很多同行也觉得我每天那么开心，走路带风，精力特别充沛，很难得。我想，也许是因为我的人生起点太低了，小时候过的苦日子和现在的日子比起来，简直是天壤之别，所以我特别满足。

一般来说在一个大家庭中，都是老大管着下面的弟弟妹妹，我家是反过来，我要照顾我的哥哥姐姐，因为他们年龄比我大好多，尤其现在，好几个都是 70 多岁了。不过，我是一个心很大的人，家里这些事也不觉得愁，遇到问题去解决就好。

我一参加工作就没了父母，结婚后公公婆婆一直跟我一起住，我把他们当亲生父母一样孝敬，整个家都让他们说了算。很多婆媳之争，就是家庭主权之争。我是直接放弃家庭主权。婆婆也去世得很早，之后我们家都是我公公说了算，他买菜，他做饭，他愿意吃啥我们就跟着吃啥。我有个同学笑话我，说看你在外面这样，还以为你在家多说了算呢，原来在家说啥都不算。我公公特别支持我的工作，对我特别好，直到现在还逢人就说："儿媳妇比姑娘要好。"老人家80多岁了，我出差回来半夜12点到家，他都会起床，问："吃没吃饭？要不给你做点饭？"你说有这样的老人替你操持着一个家，你还有什么可争的？

我爱人是老师，他的工作比较轻松。年轻的时候，我又是出国又是去北京，后来到哈医大肿瘤医院更是忙得整天不着家，周末也都在出差，他有时候也不开心，和我吵架。后来慢慢地习惯成自然了，也觉得我挺累、挺不容易的，所以也任由我在家不买菜、不做饭、不刷碗，油瓶倒了都不扶，什么家务都不干。其实我是挺会做饭的一个人。大学毕业的时候，小大夫还不那么忙，我会织毛衣、做饭，我女儿小时候的连衣裙、棉袄、棉裤都是我做的。我其实特别热爱生活，而且好客，如果有时间，有时候我让我的学生来我家吃饭，亲戚来了也在家吃饭，都是我做饭，能做一桌子菜。

如果说我还有什么遗憾，也许就是我不太会生活，我觉得女人最重要的是生活，但我没有。

第一，我不会生活。第二，我不会美。其他女医生都把自己弄得美美的，我好像什么也不会。我出生在农村，和哥哥们一起长大，父母也没教过怎么美，怎样有个女孩儿样儿。第三，我没有业余爱好。不过我喜欢交朋友，喜欢种种花、种种草，所以生活过得也是很快乐的。

如果现在让我重新过生活的话，我也应该把自己打扮得美美的，多读点非医学书。我也向往人家天天喝杯咖啡、红酒之类的“小资情调”，但又总觉得有点浪费时间。有时候回到家和家人一起看一会儿电视，看的时候很高兴，一回到房间就觉得浪费了这么多时间，有种罪恶感。我以前只是搞食管癌、胃癌、肠癌、胰腺癌、肝癌等的临床诊治，现在对临床转化研究很感兴趣，所以带着一个团队天天搞研究，挺有乐趣的。

我现在还是喜欢农村的生活，所以在郊区租了一个农家院，自己种菜，很享受这个过程。前几天我出差不在家，我爱人给我发微信说：“玉米已经成熟了，可惜你也吃不着了，掰了几穗回家，给你煮熟了冻到冰箱里了，你回来能吃上。”

再有几年我就退休了，但是感觉还是有好多事要干。我现在总想，退休以后干吗，女儿说：“妈妈，就你这性格，你退休以后能待得住吗？”我说：“我种地。”她说：“你夏天能种地，你冬天干吗？”我张口就说：“冬天我上广州找个地方种地。”实在没什么业余爱好，不像很多人期望退休后满世界游玩，我对这些从来没有期待，可能主要是因为非医学类的书我读得太少了，没到这个层次，出去玩也看不出什么道道来。我向往着退休后练练字，因为从小没练过童子功，长大后字就像我的性格一样，急躁，风风火火，什么都要快快快，没耐心一笔一画好好写。我现在写的字有时候自己都不认识，还好我的秘书不错，我自己认不出来的字，她都认得。

记得当初女儿刚走上工作岗位时，我就对她说：“女儿，你上班了，挣钱不是你这个年龄需要的，够吃够喝就行了。发展事业，充实自己，是你最重要的事。”我希望她能让自己更丰满、更充实，至少给自己找一个业余爱好。

很多农村出来的孩子会自卑，尤其我们医生这一行，很多同行是出身名门望族的，但我好像从来也没自卑过，可能是因为我从小就学习好，求学路上几乎没打过败仗，所以很自信，也从没害怕过。至于其他，外表、穿着等方面，我从来没有概念，也就没有追求过，这一块似乎一直是空白的。

没有赢在起跑线，也没有拼爹拼妈的近道可抄，没有天生长着翅膀，完全靠自己的大脑、双手、双腿建造的人生，总让人感到踏实和自信，从来不担心有一天会被人拿走。

走到现在，我很知足。

张晓东：在天堂门口的守护

张晓东 北京大学肿瘤医院VIP-Ⅱ病区主任、北京大学肿瘤医院胸部肿瘤中心副主任、北京大学国际部京西肿瘤医院早癌筛查中心主任，主任医师。主要从事消化系统恶性肿瘤化学治疗，在胃癌、食管癌、结直肠癌等内科综合治疗方面有较深的造诣，牵头进行国内和单中心多项临床研究、基础研究。现任北京抗癌协会食管癌专业委员会主任委员、中国抗癌协会肿瘤防治科普专业委员会副主任委员、北京抗癌协会早癌筛查专业委员会副主任委员。

我曾经是个“逃兵”，从生生死死的急诊科“逃”出来，又一头扎进了肿瘤科，守在天堂的门口，给晚期癌症患者最后的关怀。

成为肿瘤科医生后，更明白“偶尔去治愈，时时去帮助，总是去安慰”的真谛，因为当癌症进程到达晚期时，身体会有各种各样的痛苦，而医学常常无能为力。

每个人一出生都是向死而生，只是时间长短不同、结束方式不同而已。死亡，是一块“试金石”，每一个人都会显露人性最真实的一面，不加掩饰。

1

在 2014 年的国产电视剧《大丈夫》里，女主角的妈妈脑出血送到医院抢救无效，当医生宣布脑死亡时，女主角张嘴就骂“放屁”“你们治不好是你们无能，是你们医术有问题”。这样的剧情，编剧信手拈来，剧组、审片谁也没发现这样不对，说明整个社会对打骂医生、不尊重医生已经习以为常了。当时，在我们医院内部的微信群里，同事们都非常愤怒，我当天也忍不住在微博里怒怼剧组，要求他们向医护界道歉，不希望社会宣扬暴力，因为对暴力习惯的现象太可怕了。

虽然剧组很快道歉了，但因死亡而对医护人员实施的暴力，在现实中却是我们无力改变的，这也是我当年从急诊科“出逃”的主要原因。

1984 年从首都医科大学毕业后，我被分配到了北京市急救中心，成了一名急诊科医生。这里的病人全部是需要急救的，早上起来上班还好好的，急性心梗（急性心肌梗死）一头栽地上，送到急救中心就不行了，家属接受不了这样突然的打击，会把情绪毫无收敛地发泄在参与抢救的医护人员身上，大吵大闹，“我们刚才还好好的，怎么送到你们这儿就死了呢”，以至于现在形成了一种特别奇葩的现象：亲人死了如果不骂医生、不和医院打架就是不孝的表现。急救中心的病人家属，至少一半是这样的。

急诊科的医护人员长期在这种抑郁的气氛里工作，对我们来说不光是考验脑力，更考验体力，因为除了要应对紧急的急救工作，还要和家属斗智斗勇。这么多年我的感受是，30% 的力气是用在看病上，70% 的力气是用在应对“打架”上。

到 1992 年时，我对这样的工作极其厌倦，厌倦到每天早晨睁眼都是痛苦，不想去上班。那时候，工作的压力和焦虑使我的腰椎间盘突出频频发作。这是我做乒乓球运动员时落下的旧伤，严重压迫神经，一旦发作起来，一条腿完全不能动。

在内因、外因共同作用下，我身心俱疲，实在撑不下去了。我不怕累，但是真的怕受委屈，怕不被理解。无论是自己还是同事，只要谁不幸遇上闹事的家属，整个科室的空气都会压抑得令人窒息，很长时间缓不过来。

在这样的低气压下工作久了，一点温暖就能让我们幸福。有一次，我们抢救一个病人一直忙到半夜 12 点了，一位老阿姨突然问我们是不是都还没吃饭，然后就走了，很快又回来了，手里端了一个饭盒，里面是刚出锅的大菜团子。原来她家就在附近，老伴因急性心梗被送到急救中心，她在照顾老伴时，看到我们一直不停地在抢救其他患者顾不上吃饭，就回家和了棒子面放上菜，蒸了几个大菜团子给我们送来。

这几个热气腾腾的大菜团子，能量之大，又让我扛了两年。

终究，还是扛不下去，在急救中心工作了11年之后，我决定离开。

其实，抛开现实因素，我觉得自己真的很适合干急诊，因为我具备了一个急诊科医生最重要的天性——情况越危急我越冷静。这是一种天赋，只要一遇上抢救，我脑子就异常清醒，能够清晰、准确地给护士们下达指令，使抢救工作有条不紊地进行，所以护士们都特别愿意跟我一起值班。工作11年，在我面前发生猝死的患者均抢救成功，这种成就感支撑了我11年的急诊医生工作。

离开的时候，院长很惋惜，说我是做“一个优秀的急诊科医生的料，再好好考虑一下”，但我去意已决。

那年我35岁，想过改行去医药公司，也想过去某大学的校医室。后来听说北京市肿瘤防治研究所要搬出北京大学第一附属医院，在北京的西四环附近独立建院，叫北京肿瘤医院，医院新址就在我家附近。

于是我去找当时的张梅颖院长，想调去肿瘤医院内科或心电图室。

张院长说话直来直去，她说，我们ICU缺医生，你来只能干ICU。我说话也直，我说，我在这边是干CCU（冠心病重症监护室），刚出“狼窝”又进“虎口”，我不干。她说“你想来我们医院找清闲可不行”。我也坚决不去ICU，调动的事就没谈成。

这是 1995 年年初的事。

到了那一年的 9 月前后，北京肿瘤医院在试运行时发现，如果遇上患者有合并心脏病或其他急症，找不到人会诊，不像以前在北大医院院内时，打一个电话心内科医生就来了。这样的状况，真要有急症怎么办？这时候，张院长想起了我，主动联系我，说："你的条件我们同意，去心电图室，但我有个条件，你得兼顾全院急诊会诊。"我想，反正肿瘤医院的急诊不会天天有，就答应了。

1995 年 10 月，我正式调入北大肿瘤医院心电图室。1 年后，1996 年年底，医院要申报三甲，按规定没有急诊室一票否决，医院又把我拉出来干急诊科。我说我不干，我好不容易逃出来了，又让我干急诊。院领导说，你干也得干，不干也得干，我答应你，评审完就让你回心电图室。

就这样，我重操旧业，在肿瘤医院干起了急诊科。在我的训练下，3 个月临时组建的急诊科团队以满分通过评审。在急诊科我又工作到 2000 年，然后调入消化内科。

2

死亡是一门功课，考验亲人，也考验自己。

有一次，病房楼道里有三个女人撕扯打成一团，吵吵闹闹，混乱不堪。我们赶紧跑出去劝架，却一时奈何不了三人，我只好大喝一声："住手！都给我出去，谁给患者出钱治疗谁说话。"她们终于停战了，放开了互相揪着别人头发的手，一个稍年轻些的女人说："我出钱。”她是患者的现任妻子，另两个，一个是前妻，一个是前前妻。后来慢慢地知道，三个女人之所以抢着来照顾这个肝癌晚期的病人，是为了分遗产，而他的遗产实际也就是一套小小的两居室。

“战争”背后的原因，让我们唏嘘不已。

与急诊中突然死亡不同的是，癌症患者的生命是慢慢地消耗殆尽的，这对患者本人是更大的考验。每个人在自己临终时心里其实挺明白的，明白自己身体越来越不好。我相信大部分人都会恐惧死亡，但每个人表达的方式是不一样的。

有一天，一个50多岁的男家属在楼道里哭，我过去询问他怎么了。他告诉我：“我们以前很恩爱，她病了以后，我放下所有工作精心照顾她。可是昨天她竟然扇了我一耳光，仅仅因为粥太烫了。”他想不明白，以前温柔体贴的妻子现在怎么就变成这样一个人？

她患的是胃癌，一发现就已经很晚了，住院时，我们能看到她丈夫对她的无微不至。而她像“变了一个人”，我也特别理解，因为身患重病的人，对死亡都会绝望和恐惧，性情可能会完全颠覆，以前对家人温和、体贴、通情达理，现在可能会经常发脾气、挑剔，变得不可理喻。这种情况，就是老北京说的“不留念想”，也就是人到最后要离开时，用折磨人的方式让亲人割舍，所谓“久病床前无孝子”，从某种程度上说也是这个意思。

我把这些告诉了他，并给他讲了我曾经遇到过的一对夫妻。

一个男患者，胃癌，找到我们时已经是复发转移了，才40多岁。整个治疗过程，我们目睹他对爱人的各种好，安排妻子今后的生活、各种叮嘱。直到最后离开，还在嘱咐妻子好好照顾自己。结果他走了以后，妻子 10 年走不出来，每年他去世的那一天，他妻子都会给我打电话，诉说丈夫离世之后她的痛苦，她把我当成了倾诉对象，一聊就是 1 小时。他去世时正好是春节，所以，每年春节我都被她的电话拉成负能量。

我是负责她丈夫生命最后一年的医生，我知道除了找我，她的情绪没有出口。我鼓励她去看心理医生，但好像也没起作用。直到 10 年后的一次电话，她很开心地告诉我自己重新谈恋爱了，人家给她介绍了一个对象，相处了几次觉得还不错。我鼓励她继续下去，并配合她帮对方做了健康查体。从此之后，她渐渐很少给我打电话了，我想她应该已经真正走出了过去，重新开始自己的新生活。

最亲近的人离开，无异于最珍贵的东西坍塌，要走出来重新适应新的生活需要时间，也需要机会。

我讲完这个故事，并对他说："她用这样的态度对待你，你未来早点走出来的可能性就更大。"

他对妻子的那一记耳光释然了，也理解了她生病之后性情的改变，之后的日子更加精心地照顾癌症晚期的妻子。

医生会经历各种各样的病人，迎来送往，有的诊疗十几年，有的几年、一两年甚至只有几个月，总会遇到刻骨铭心的病人让你很长时间走不出来。

一个 30 多岁的女人，北京大学博士毕业，孩子只有五六岁，她患了胰腺癌，手术后复发，一直在我这里治疗。整个治疗过程中，她抗癌信念很强，求生欲望也很强，顺从地配合医生护士的所有安排，通情达理，从不给别人添麻烦。

经历了化疗等一系列常规治疗，她复发后还生存了近 1 年，但谁也无法改变胰腺癌的凶险，她的生命最终还是走到尽头。那天，她的状态非常不好，我明白她已经进入了倒计时阶段。我本来下午 5 点多下班，但为了她，我一直留在医院。晚上 7 点多，我去看她，她已经连说话的力气都没有了，我将耳朵贴近她嘴边，她用极微弱的声音对我说："张大夫，你孩子还小，快回家吧，我这里不需要做什么了。"我握着她的手，又加重地握了两下，强忍着眼泪，挤出微笑对她点了点头。

我心里实在承受不了这种悲伤，交代值班大夫和护士，把她安排好，然后我离开了办公室。果然，当天晚上她就去世了。

她已经走了 10 多年了，到现在我都能记住她的样子，每次想起来都特别难过，这辈子都放不下她。

所以，遇到这样的患者，科里的同事们都会很感慨地说，还不如最后跟我们"打架"，不留念想，我们就不会这么难过。

3

死神面前，每个人都是最真实的自己。这种真实，往往与受教育程度无关，完全出于一个人的本性。

一个人的本性，取决于他的成长经历、原生家庭、教养等等。有的时候家长老说我们这孩子在学校学坏了，我觉得这事很扯，孩子的人品和今后是否能成才，是由家庭决定的，跟外人没什么关系，与受教育程度也无关。

我在二三十岁时也不同意这样的观点，后来慢慢越来越多地认可，尤其当了几十年医生之后，越来越同意，原生家庭决定了一个人的人生观、价值观和世界观。

记者经常问我，为什么中国的医生人文关怀不够？

是的，我承认美国等许多发达国家的医生，在这方面做得确实比我们好得多。但是，我也想说，人文关怀绝不是一个职业或行业所特有的，而是全社会应该有的，是一个全民认知和全民素质都需要普遍提高的问题，并不是医疗机构独有的问题。

每个人从出生开始，他的成长经历、家庭教育，就决定了他的品性、爱心。如果一个人在一个毫无人文关怀的环境里成长，到医院工作后就能突然爆发出人文关怀来，你觉得这事靠谱吗？

人都有两面，一面是非常有善心、有良心、有爱心，另一面是恶。就像电影《少年派的奇幻漂流》所讲的，每个人都心有猛虎，只不过有的人可以把这只猛虎关起来，而有的人却放出来伤人。

要把人性中的善发扬到极致，把恶关在笼子里，第一取决于你自己，第二则取决于法律。

美国等发达国家有强大的诚信体系。有一次，我在美国的迈阿密和朋友租了一艘快艇，开出 10 海里到深海去钓鱼。我刚一下竿就有鱼咬钩了，钓上来后，船老大把鱼放在渔船两侧比了比，这里标有鲜明的标尺，是用来丈量钓上来的鱼个头大小的，然后他说："不行，这条鱼没有超过 20 英寸（约 0.5 米）要放生。"原来，美国的渔业法对钓上来的鱼的大小是有规定的，比如红鼓鱼的最小长度不得小于 20 英寸，最长又不得大于 28 英寸（约 0.7 米）。对于不符合标准的鱼，即使差 1 毫米都要扔回海里。我钓的鱼只差了一点点，但船老大就是要一板一眼按法规执行。这里没有任何监控设备，岸上也没人检查，但每条船的船舷上都有一个固定的尺子。他们为什么如此自觉地去遵守法律，而且仅仅就为一条鱼？

这件小事真的让我很汗颜，只有诚信体系高度发达才能造就这样的公民素质。老说中国人“活泛”，结果把法律都“活泛”没了，犯罪成本极低，弹性空间太大。

医闹在中国之所以如此猖獗，就是这个原因。

前段时间，我和现在的同事、肝胆外科的郝纯毅主任聊天。我说，医闹是不是大约占全部诊疗的 1%？他说：“大姐，要是 1% 我们也没法儿活，我们医院日门诊量好几千人次，1% 就是每天 10 多个人跟我们‘打架’。”

所以，在肿瘤病人里，真正的医闹可能万分之一都不到，这就是肿瘤科和急诊科的不同之一。

在肿瘤科工作快 20 年了，在这里，无论患者还是家属，情绪都比较缓和，因为他们来医院时，就已经是抱着“必死之心”。但凡在治疗过程中，医护人员和患者有良性沟通，站在患者的角度多给他们一些安慰、帮助，他们都会很感激。

4

在肿瘤医院，真正意义上的抢救极少，因为对于临终的患者，本人和家属的抢救意愿都不强烈，因为到那时抢救意义不大，反而会增加和延长患者的痛苦。

大部分肿瘤患者接受的都是常规治疗，真正的疑难杂症只有不到20%，所以肿瘤科医生要把更多的精力放在沟通和安慰。

一个优秀的肿瘤科医生，必须是一个很好的心理医生，注重与病人和家属之间情感的交流。

一名患者家属来病房找我看诊断和片子，他的妻子刚刚确诊胃癌，已非常晚期。我们在走廊里说话时，病人并没有靠近，在10米外。按惯例，我们向家属交代病情会实话实说，但对病人就要顾及其承受能力。我一边压低声音向她爱人交代病情，一边习惯性地观察她。

我知道，她也在观察我，此时此刻她就像一只受到惊吓的兔子，全身的感官都在收集我的表情、动作透露出来的信息。我故意把表情调整得轻松，带着微笑，偶尔“无意”抬头远远看她一下，她一遇到我的眼神就马上把视线移开。在我们对视的一刹那，我读出她眼神里的复杂，她想知道我们在聊什么，又害怕知道，抱着一线希望又禁不住绝望，那是非常复杂的结合体。

我必须去安慰一下她，否则她可能撑不了多久。和她丈夫交流完之后，我走到她身边，对她说：“你的病情我已经很清楚了，诊断很明确，不过我们还有很多办法，你只要和我们好好配合，我个人觉得你还有希望，我们可以控制这个疾病，甚至还有机会根治。”说完，我下意识地拍了拍她肩膀，她的眼泪“唰”的一下淌下来。

第二天她丈夫再来找我的时候，告诉我：“自从她知道自己患这个病以后，没好好睡一天觉，没好好吃一顿饭，整整两个星期了，体重掉了四五斤。昨天您跟她说完那几句话，她回到家倒头就睡，叫都叫不醒。”她算是彻底把那个沉重的负担放下来了。

这件事之后，我就想，医学科学发展到现在，虽然我们医生还无法治愈癌症，但是我能在病人生命的最后阶段守护他们。我们是在天堂门口最后的一个守护者，哪怕他们未来一定会走进那扇大门，但我们给他们一个笑脸、一丝安慰，这也是很伟大的一件事。常常，我们控制不了疾病，但至少我总是能给患者一点希望。

前段时间在 Facebook（脸书）上看到一张照片，一张病床面朝大海，上面躺着一位老太太，病床旁是一位医护人员。这是澳大利亚的一个急救组织拍摄的，在运送这位临终的老人前往临终关怀医院的路上，老人突然开口说自己很想去看看沙滩，看看海。一番思考之后，急救员和同事决定改道，去了海滩。在海边，老太太整个人都特别欣喜，急救员还拿起一个呕吐袋装了些海水，放在老人的手边，让她伸手进去感受一下海水。老人还尝了尝海水，说："我觉得很平静，所有事情都不能再完美了。"救护员在 Facebook 上说："这也许是她最后一次在家附近出游了……她就快去世了。"

那张照片特别令人震撼，也让我受到了极大触动，对自己所从事的职业有了更多思考。生活中最感人的帮助常常是来自陌生人的，医生其实天天都在帮助陌生人。作为肿瘤科医生，尽可能让我的病人有尊严地离开，让孤单来到这个世界的人，在离开前的最后一刻是被温柔对待的。

当医生时间久了，你会越来越常感觉到，面对生命，医学能做的事太少。很多时候，疾病的进程，医生改变不了；死亡，医生阻止不了；甚至让生命延长，我们都做不到。

所以，也许我给不了他们太多，也许也无法使病情发生逆转，但我能让他们在迈进天堂大门之前的最后一段路上，感受到来自一个陌生人的人间温暖。

这是我作为医生能做到，也愿意去做的。

5

我至今 30 多年的医生生涯，可分为两个阶段，10 多年急诊科医生，10 多年肿瘤科医生。

1997 年我晋升副高，正常情况应该 5 年后就可以报正高，但我直到 2007 年才来晋升，那时我已经 47 岁了。当时职称晋升的主审是北大人民医院血液科的黄晓军教授，他直截了当地问我："你为什么将近 10 年才来提正高？"

这个问题很有挑战性，我之前没有任何的心理准备，人事处处长在边上紧张得直冒冷汗。但我很镇定，我回答说：我是从急救中心调入北大肿瘤医院的，一开始也是在急诊科，到 2000 年才正式进入消化科。理论上我应该在 2003 年前后提正高，但是，那时我自己都不认为我具有正高的水平，所以我又修炼了 4 年，今天我坐在这里，我认为我可以了。

我一说完，全场鸦雀无声，之后不再有人问问题，我顺利通过。

人生没有白走的路，每一步都算数。

虽然半路转专业，不是我有意而为，但现在回头看自己走过的路，十几年的急诊科生涯，对我后来成为一名优秀的消化道肿瘤专科医生发挥着重要的作用。甚至我认为，如果每一位内科专科医生都像我这样，干10年综合内科后再进专业，对疾病的认知水平将会大不一样，视野和思维都会非常宽广。

每一位医生都应该掌握一定的跨科知识，比如消化科医生，对呼吸、内分泌、神经内科都应该有一定的了解。但很遗憾，在现有的医生培养体系里，跨专业知识培训的时间太短，住院医师3年转科的规范化培训是远远不够的。这就导致年轻医生的知识面太窄，只懂自己本专业的知识，跨专业知识根本想不到，使得他们在临床中处理疾病时会出现很多问题。

有一个很晚期的癌症患者，要转移到隔壁病房去，刚撤掉监护设备，病人突然说想解大便。医生护士都想着很快就能把病房换完，就让病人稍微忍一会儿。没想到，刚把病人推到护士站，病人的呼吸心跳就停止了。由于是很晚期的病人，家人和医生都放弃了抢救，但最后家属还是上医务处去申诉了。

医院的死亡医疗质量委员会讨论这个病例，想了解医生在处理过程中是否失当。听当事医生报告完全过程后，我问他："你能告诉我，病人当时想解大便说明了什么吗？"他没有回答。

我说，只要转过大内科，有一定的经验的人都知道，病人当时想要解大便，实际上是他血压已经很低的表现。当血压降到一个很低的值时，病人身体的第一反应就是要解大便，因为肛门括约肌受影响了，这种情况是绝对不能搬动病人的。这么晚期的病人，搬动之前如果量一下血压，就能发现血压问题，即使不搬动也难以维持，但病人毕竟死在了转运过程中，医生就需要承担全部责任。

同样，十几年前有一个胸外科大夫，想给一名做完手术的病人拍个胸片，看看他肺的情况。结果，在推病人去放射科的路上，病人呼吸停止了，抢救过来后成了植物人，一个多月之后去世了。院长当时很生气，说这位大夫怎么这么不负责任，病人病情这么重还推下来拍胸片。我说："我不这么认为，如果告诉这个医生病人推下来就死，你打断他的腿他也不敢往下推。他把病人推下去拍胸片，也是为了病人好，所以发生这样的事，不是他的责任心不够，而是他缺乏这方面的知识，没有预估到病人可能存在的潜在风险。"

这就是医生缺乏跨专业知识导致的问题。

2003 年时，我们医院曾经举办演讲比赛，题目是"如何与患者沟通"，请我去当评委。前面四个人讲的都是我们要微笑，要安慰病人，等等，听完我就坐不住了，现场要求参加比赛。于是，他们给了我 10 分钟，即兴演讲。

我说，医生能够和病人保持良好沟通的前提是，修炼自己。病人来到医院，无非想知道诊断是什么，医生准备怎么治疗，可能的预后是什么。即使你不微笑，能把这三个问题跟他说清楚，他也会很满意；反之，如果说不到点子上，你再微笑，他也不满意。

演讲中我还举了一个例子。我在急救中心的时候，两班倒，急诊交班最忌讳给下一个班的同事留一个"烂摊子"，都会尽可能把自己收来的病人诊断清楚，该收治的收治，该转院的转院，该出院的出院。有一次，离我接班还差一刻钟，我到单位一看，还有七八个病人没有搞明白，就要求前班的大夫把病人处理好。等我换完衣服出来，就只留了一个病人，其他都出院了。第二天一早，有一个家属来告状，说昨天医生让病人回家，结果路上就死了。我们把病历调出来一看，是典型的心梗前表现，而我前班的那位医生没诊断出来。我相信她不是故意把病人放走的，而是水平不够没有诊断出来。这种情况，她怎么去和病人沟通呢？所以，和病人有很好的沟通的基础，必须是我们的医疗经验和医疗技术达到一定的水平。我们每一位医生都要修炼自己，让自己的核心技能得到提高。

这种成长的过程常常是需要付出代价的，尤其是医生的成长，代价往往是患者的生命。因此，我们需要更加用心，尽可能减少成长中的代价。

当年在急救中心工作时，我还是一个年轻大夫，但我有一个习惯，病人一送来，我一边指挥抢救，一边用手握住病人的手腕，留意脉搏。渐渐地，我只要一摸病人的脉搏，就能判断出准确的血压和心律。后来到了肿瘤医院，我甚至能通过病人的状态预测出病人还能坚持多久。在我们医院还有急诊室的时候，接诊过一个病人，我评估完就对家属说，快去让家人来见最后一面，他最多只有两小时了。七大姑八大姨都赶来见完后，病人去世了。当时，我身后有个家属悄悄地说：这大夫特别厉害，说几点死就几点死。我一看表，正好 1 小时 56 分。

实际上，这不是什么巧合，也不是我智商高，而是我遇上事就喜欢观察和琢磨。任何事情，只要你用心观察，今天一个，明天一个，后天一个，我相信当你琢磨够 100 个的时候，一定可以找出规律。

医生之间的差距，就在于谁用心谁不用心；人与人之间的差距，也在于谁用心谁不用心。

我儿子还小的时候，有一天，他对我说："妈妈，我不想学习了。"我问他："那你想干什么？"他说："我想去卖冰棍。"我说："你要是不好好学习，你连冰棍都卖不出去，因为你不知道去哪里卖，什么口味最畅销，等等，这都是需要用心琢磨的。"

6

近20年来，我日复一日地面对癌症晚期的病人，经历了很多患者的临终阶段。

30多年前，大学二年级时，我曾守候过这个世界上无条件爱我的那个人最后的日子——我的父亲被胃癌夺走生命，年仅58岁。

父亲没有癌家族史，我的叔叔和姑姑都很长寿，有的活到104岁，在这样一个有长寿基因的家族里，父亲却在58岁时患上胃癌，这与他早年受苦的生活分不开。

我是家中最小的女儿，也是他最放心不下的孩子。他躺在病床上时说，很遗憾不能看着我结婚生子，于是我把刚刚交往的男友（还不一定是结婚对象）带到了他的床旁，希望能让他得到一点安慰。

父亲也是一名医生，他对自己的病情非常清楚，尽管心存遗憾，但他不愿意我们为他太辛苦，不愿意进行激进的治疗，我们也不愿意看到他受苦。在生命的最后一个月里，他出现了各种症状，十分痛苦，也无法进食。我和同为医生的母亲除了陪伴之外，就是给他间断地使用止痛和镇静药物，因为不希望他在"清醒"中感受痛苦。

父亲走得很安详，这也是我至今心里最大的安慰！

虽然父亲英年早逝，没有看到我结婚生子，没有看到我成为他那样的好医生，但陪伴他临终的日子，我切身感受到至亲至爱之人在承受重疾的痛苦时，作为家人在一旁束手无策的痛苦。

当我成为一名真正的肿瘤科医生时，我更懂得了去抚慰患者和他们的家人——是的，父亲让我成为一名更好的医生。

同样，就像父亲也忽视了自己身体的信号一样，医生总对自己和家人关注不够，总觉得自己和家人的病都不是问题。

孩子的爸爸有一次回家后说自己不知为何浑身疼，总觉得累，我和他开玩笑说："你就是缺乏锻炼，擦地去。"他真的就去擦地了，但是擦完还是难受，早早就睡了，谁都没在意。第二天一早，他照常去上班。他是胸外科医生，上班的时候跟护士长说自己浑身疼，连膝盖也疼。护士长问："你是不是发烧了？"然后拿来体温计一量，38.8摄氏度。护士长就劝他赶快回家休息，还问要不要给张大夫（也就是我）打电话让她回来。他立刻说："别打，她一回来又要让我擦地。"等我下班回到家，看到他躺在床上，才知道人家发烧了，赶紧照顾。

医生家庭就是这样，总觉得都是小毛小病没什么大事，我母亲也是如此。我儿子更是散养长大的，我们实在没时间照顾他，他从小生活自理能力特别强，小学、中学的学习、考试，后来去美国、英国学习的签证、考试，全部是他自己操办的。

所以，医生对家人的关爱，无论是在身体上，还是在精神层面，都不如对病人那么小心翼翼，更别说还有什么心理的问题、人文的问题，医生对病人，都是职业化的习惯性关心。

当医生时间久了，我对死亡似乎也不再像过去那么恐惧。

出国的时候，我特别喜欢坐在咖啡店门口，喝着咖啡看着外面形形色色的人，走得匆匆忙忙。我想，哪天我离开了这个世界，除了我儿子会伤心两天，这个世界不会有任何改变。无论你是什么专家、教授，在浩瀚的宇宙、滚滚向前的历史长河中，每一个人都是微不足道的。一旦某个人觉得“我是专家，我很重要，这个工作离开我不行”，那么他就离“死”不远了。所以，随着年龄的增长，越来越把这些身外之物看淡，这也是一种成熟的必然。

有一次，“送走”了一名患者后十分感慨，回家后我对母亲说，人要是突发疾病瞬间死亡多好。母亲说，“那是修来的福气”。所以，我一直就在修炼，希望能得来这份福气。

我希望，在我退休后，能建造一个医养结合的养老院，这个想法来源于我在台湾的一次经历。当时去参观台湾的慈济医院，本来是去参观学习它的医疗流程管理和技术、设备，结果一进医院就看见有很多穿着深蓝色统一服装的人，推着病人，很悠闲轻松地晒着太阳聊着天。我就问，他们是护工吗？他们说，不是护工，而是志愿者。

这个场面深深地触动了我，整个医院的气氛如此平和，每一位志愿者都像患者的家人一样尽心尽力地照护，都是发自内心地愿意做这一切。

我当时就想，等我退休以后，也要建一个医养结合的养老院，向全社会征集志愿者，为老人们做一些力所能及的事。

因为我们每一个人，都会有老的那一天。

林洪生：做一个知进退、有分寸的女人

林洪生 中国中医科学院首席研究员，中国中医科学院肿瘤研究所副所长，中国中医科学院广安门医院肿瘤科主任，博士生导师，兼任国际中医药肿瘤联盟主席，长期从事肿瘤的中西医结合临床和基础研究，在肿瘤治疗方面建立以“固本清源”为理论指导的“五治五养”治疗康复体系并被推广应用。与美国国家癌症研究所共同搭建国际合作平台，将中医药治疗肿瘤推向国际。主持了国家“十五”“十一五”重大科技攻关项目，国家自然科学基金课题，国际合作课题等10余项，发表相关文章200多篇，编撰著作6部，获得专利5项。作为第一完成人，获得国家科技进步二等奖。

我喜欢写东西，以前常常在博客上写写自己遇到的人和事。我一直觉得，医生帮助患者，其实患者也同样在帮助医生丰富自己的人生，在从医的过程中，我从患者身上学到了很多很多，他们给了我成长的养分。

见过很多病人，不同的病种、不同的治疗、不同的心理、不同的对待产生了不同的结果。有让我感动的，有让我心痛的，有让我着急的，也有让我惋惜的……从医的经历让我看到了人们如何面对癌症与死亡。十几年前，当我和学生们讲述这些事情的时候，他们建议我开一个博客，可以随时记录零碎的感想，于是我开通了自己的博客，陆续写了些"门诊感悟"。写多了便觉得自己感情流露得太多，记得网上有这样一句话，"博客让人没有了隐私"，虽然我没有什么"不良行为"，但也不愿意让人把我看得"清澈透底"。这时有了微博，我决定把博客停下来写微博，然而，我浓缩文字的能力实在太差，写了几次都超出了当年 140 字的最高限，只好放弃。

回首我 40 余年的从医之路，儿时打下的文学底子，对我领悟中医之道起到了至关重要的作用，也让我在临床中面对患者时更懂得帮助、体恤、尊重的含义。这得益于我的父母，尤其是父亲，他教会了我看书，教会了我从书中领悟做人的道理，找到生活的乐趣，他让我快乐地活在人世间。

1

我的母亲是江苏人，父亲是河北邯郸人，我在北京出生、长大。

父亲非常爱读书，家国天下从小就根植于心，读高中的时候闹学潮，他是学生领袖，被学校开除，于是参加了革命。1934 年，他在延安上了抗日大学。父亲本来就是一个特别爱学习的人，参加革命随部队四处征战，一有空闲就读书。所以，我们兄弟姐妹四人受父亲的影响，从小就埋在书堆里。

父亲爱买书，什么书都买。在我小时候还不识字时，父亲就常带着我和姐姐逛书店，问我们想买什么书。姐姐要买一本《小朋友》，我自然什么都看不懂，要求买一个挂在墙上的布娃娃。随着跟爸爸逛书店的次数越来越多，我家墙上的各种娃娃也越来越多。在书店里我也总盯着爸爸，他慢慢地走、细细地翻，时而皱着眉头。我会拉着他的衣角悄悄地问："爸爸，你为什么不高兴了？"然后他放下手里的书，微笑地拍拍我的头并不回答。

父亲会根据我们的年龄为我们匹配不同的书，《小朋友》《儿童时代》《少年文艺》《知识就是力量》，还有各种国内外名著，他买回来后，盖上我们"家庭图书馆"的图章（我记得那是用篆字刻成的"东方红家庭图书馆"的字样，因为恰巧我们几个孩子的名字中分别有"东""方""红"三字的同音字），分门别类整齐地码在书架上。在我小学三年级以前，他让我看《响铃公主》《格林童话》《安徒生童话》《东周列国故事》等；在六年级之前，让我读完《三国演义》、《水浒传》和《西游记》，会让我们多看一些带注解的诗词和屠格涅夫、泰戈尔等国外作家的中短篇小说；《红楼梦》、《三言二拍》、莫泊桑的书要等高三再说…… 也许对现在的年轻人来说，这样的成长过程是不可思议的，但在那个年代，上了锁的书柜永远让我们期盼年龄的增长。就是这样，父亲让我们通过书看到了世界，了解了社会。

“文化大革命”期间，父母被批斗，造反派抄走了家里一部分书，主要是外国文学，他们认为那是黄色书籍，其他大部分都留下了。书成了“文化大革命”期间我们几个孩子的精神食粮。好在我父亲平反得比较早，我们家的生活没受太大影响。

父亲去世后，我们在他的日记中看到这句话：“工资用来充书架，留与儿女好读书。”父亲的好学是我所远远不能及的，每本他买来的书都有许多表达他自己阅读感受的眉批，十分“清秀”的草书待我高中时才能略略看懂。《史记》我至今也没有读完，父亲常常笑我，说学中医没有这个功底如何行?!我步入中医学院的第一天，父亲在我的桌子上放了一本《康熙字典》，说：“你学中医，必须学会经常地利用它。”入学的第一周他又给我出了一个难题，他说：“你的字一定要练习好，否则怎么当中医呢？”我在心里默默地说：“无论是钢笔字还是毛笔字，无论是行书还是草书，我如何赶得上你?!”当然，父亲也没有估计到时代的进步速度，没有预见到如今的中医已经全部用电脑打字开方了。

父亲对我们的教育很用心，姐姐学习很拔尖，我学习属于中上，但我看的书多，理解问题的能力也比较强。在初中时，我曾超越北大毕业的语文老师用四角号码查字典的速度，在解题方法上超越了几何老师。长大后，我当了医生更是受益于此，因为医生，尤其是中医，学习上很多是靠悟性，这就和早年教育打下的底子有很大关系。小时候看的书使我看到了大千世界，让我对人的了解提前了很多年。

母亲和父亲是性格完全不同的两种人，父亲学识渊博，为人谦和，更有学究般的风格；母亲出身贫寒，13 岁参加革命，14 岁入党，摸爬滚打过来，做事风风火火，后来成为当时北京市很有名的女厂长，管理的总厂有 11 个分工厂，并被连年评为“红旗厂”，母亲还有幸被邓颖超接见过。论工作能力，我比不上母亲；论文学造诣，我比不上父亲。

1966 年我上高一，经历了轰轰烈烈的“文化大革命”，学校停课了，复课后高中毕业，我被分去北京维尼纶厂，在机修车间学做钳工。刚去时我 19 岁，带我的师傅让我帮他找两个压板来，我问：“多大？”他用手一比画说：“这么大。”我又问：“长什么样？”答：“马蹄状。”问：“要几个？”答：“两个。”我问：“在哪儿？”他终于忍无可忍了，说：“姑奶奶，我要知道在哪儿，还要你去找干吗？”他说完大家都笑了，我自己也情不自禁地笑了。现在想来，什么都不懂的女孩子，当钳工一干就是 3 年，硬是把自己从一个柔弱天真的女孩子磨炼成为一个能应付生活中各种问题的人。

我当医生似乎是注定的。上高一时，母亲就曾说过我从小比较有爱心，爱帮助人，脾气不急，适合学医。但学校停课，大学停招，我的学医梦想似乎不可能实现了。1973 年，中国中医研究院（后来改名为“中国中医科学院”）要招一批工农兵学员，培养做科研人员以及当老师，招生对象是“文革”前的高中毕业生，当时周总理还专门有一个批示，要求挑一些尖子生去上大学，然后充实到外交部等各部委工作。实际上，“文革”前我才上高一，本来是不够资格的，但由于生源不够，最后招生标准降到了只要上了高中就可以，我很幸运地入选了。我们那一批是特殊的工农兵学员，相对来说文化素质高一些，叫“干训班”，即干部培养训练班，我们的学制是4年，而一般的工农兵学员是3年。

我读的是北京中医药大学，当时属于中医研究院，毕业之后被分配到了中国中医科学院广安门中医院。

我自己其实并不想学中医，那时觉得当中医的人要特别能说，什么都能说出个一二三来，而我这人性格内向，不爱讲话，肯定当不了一个好中医。我喜欢美的东西，喜欢构建美的环境，喜欢插花，喜欢舞文弄墨，那时候就想学室内装潢。但是在那个年代，没有选择的机会，命运摆在你面前，是什么就是什么，我还是当了医生。

这么多年下来，我发现原来我也是能当个不错的中医的。我自己总结：第一，中医让我有了施展自己能力的空间；第二，中医和文学有很多相通的地方，我喜欢文学，而中医的内涵比其他领域要多得多，小时候打下的文学底蕴让我在学习中医时，理解更深。

2

也许是从小受父亲的影响，我知道一个引路人对自己有多重要，所以大学毕业后选专业时，我也是在挑引路的老师。

1976年被分配到中国中医科学院广安门医院后，可以自己选科室，我最开始是想选眼科，但由于眼科不招人，我于是选了肿瘤科。在那个年代，肿瘤科是大家都不愿意去的科室，不像现在是最受医学生欢迎的科室之一，因为医学进展快，肿瘤的研究和治疗空间非常大，而在20世纪70年代，肿瘤治疗手段不多，基本就是临终关怀的科室。我选择肿瘤科，是因为当时有三位老主任都是全国顶尖的名医，再一个私心就是当时来看中医肿瘤科的患者基本都是抱着最后一试的心理，所以即便我们治不好病，也不太容易招惹医疗纠纷，而且这是一个发展中的科室，会有很多科研课题，只需要尽全力施展自己的能力就行。

我的老师余桂清教授是我国著名的中医肿瘤界泰斗，他是西医出身，1960 年参加卫生部举办的西医离职学习中医班，开始中西医结合治疗肿瘤，1963 年他创立了我们医院的肿瘤科。所以我们肿瘤科从建科开始，就是以中西医结合为特色。在我被分配过来的第二年，1977 年科室还配备了全国第一个中医、中西医结合肿瘤临床研究室。

余教授总告诉我们，中医药要让人信服，第一要有现代的检查手段来证明中医有效；第二要学习现代医学的基础理论，用现代医学的思维把中医的道理解释清楚。所以，当时我们分配来了 8 个人，都被送到西医医院进修，有人学病理，有人学生化，有人学放疗，我则学免疫。直到现在，我们医院的肿瘤科还是这样的培训方式。

我去的是北京肿瘤研究所（现北京大学肿瘤医院）进修 2 年，1 年学基础研究，1 年学临床。后来又到湖北医学院进修了半年，学病理，之后又间断着上了 1 年多的研究生课程。我读了 4 年中医学院，又进行了近 4 年的西医培训，所以我的中西医基础都比较扎实。

人这一辈子挺重要的就是在正确的时间遇到对的人。

在我还小的时候，父亲把我带进书的海洋；职业生涯起步的时候，又遇到了老主任余桂清教授给了我中西医的视角和格局，以及全面的知识技术培训。

我还算是一个比较努力的人，工作几年后，发现有几个件事是我必须去做的，就一直为之努力。第一件事是要想办法让西医相信中医，但不是用嘴，而是用临床数据来说服，所以我这些年做大量的多中心、大样本的中医肿瘤循证医学研究，用数据说话。第二件事是希望能让外国医生相信中医，但是我英语不好，这也是我人生的一大遗憾，不过让中医走向国际这件事还是要去做的。这十几年来，我陆续送了 15 个研究生去美国的实验室工作学习，也带教了来自外国的进修医生，都是为把中医药送出国门。

国家两次制定中药新药审评标准，中医肿瘤药物的内容都是我带团队写的。为中医的有效性找出证据，其实是一个非常难的工作，比如说，西药止吐就单止吐，升血小板就是单升血小板，都是单一功能，但是复方中药是补气、补血都可以，也就是又能止吐又能止血，西医认为这两方面是不可能混在一起的，但中医辨证是补气血、调脾胃。这样的情况下如何评价这个药是有效的？我们必须有科学的评价方法，但现在最大的问题在于药品评价都是遵循美国的标准、国际的标准，而中医拿出来的评价标准国际上不认可，也不被国内西医专家认可，所以我请国内西医专家、美国专家和中医专家坐在一起讨论出一个大家都认可的评价指标。这些年来，我们在反复推敲这些事情，开展了很多国际合作，邀约更多的西医专家和循证医学专家一起探讨，寻找中药的特点和评价方法，大家一起讨论了中药评价的可行性和公认性，我们希望有更多适合中医药的评价指标，用这些指标来审评中药新药的有效性，这些文章已经在美国的期刊上发表。

中医药走上国际目前仍在一步一步努力，而且得到了越来越多的国内西医专家和国外专家的认可，他们逐渐地接受中医了。

我自己很努力，也知道把握分寸，一不想当官，二不想发财，所以上天也比较眷顾我。

我 36 岁时担任妇科、肿瘤科的党支部书记，38 岁成为肿瘤科的副主任，之后担任主任。我们医院肿瘤科的实验室是在我手中建设起来的，我们一个科连医生、护士带技术员、技师一共 30 多人，120 张病床。在我的带领和同道们的努力下，肿瘤科逐渐发展，目前日门诊量将近 1000 人次。

我性格比较温和，在父亲的教育下知道做人应该宽容，后来当了医生，再当了科主任也是一样。管理这么大一个科室，对医院来说这么重要的科室，直到我退休，我都从来没发过脾气。我想作为管理者，除了业务能力之外，最重要的是心底无私，这么多年在科主任的位置上，我从不占用科里任何资源，没有私心，也就能服人。

在我看来，工作就是一个不断填充自己的过程。我们这一代经历了时代的大风大浪，在现在的年轻人眼里，似乎很坎坷，但我身处其中似乎没有这种感觉，也许是因为我的“顺应性”比较强，性格里没有太多对现实抵触或不满的东西，我认为这都是家庭、父母带给我的最宝贵的财富，让我能在生活和工作中充满热情，保持积极向上的心态。

3

文学能让我们更好地理解人性，医院又是集中显示各种人性的地方，所以小时候大量的阅读，让我在成为医生之后，在医学的理性之外，还保持着对生命、苦难的敏感。以下是我在从医过程中的一些感想。

之一

刚刚工作时，我经常会跟着患者一起伤心，随着年纪的增长，见过太多患者之后，学会了把感情深埋于心，更好地控制情绪，冷静地对待每一个患者。但在我年逾六十时，我差点忍不住失态了。那一天，一个很年轻的女孩来到我的门诊。

卉是一个患淋巴瘤的女孩，在我这儿就诊已经 7 年了，年复一年的诊疗让我们彼此熟悉。反复复发，不断治疗，她在无比艰辛中，从一个不满 19 岁的女孩成长为饱经身体与情感磨难的 26 岁的姑娘。她每次来，都微笑着与我探讨下一步治疗方法，我很喜欢这个快乐开朗的女孩子。

最后一次，她是坐着轮椅由妈妈推进来的，左锁骨上的巨大肿块造成左半身的活动不便和颈肩部的肿胀与疼痛，多部位的淋巴结侵犯导致身体极度虚弱，我无限同情地看着这个用尽所有治疗手段都无济于事的少女。

“卉，还好吗？”我也知道这是在明知故问。询问完她的症状后，我给她开了些中药，希望能够再为她缓解一些症状，这是我唯一能做的事情。她知道死亡已经离自己不远，这次来只是为了向我告别，因此也没再要求我给她预约下次就诊。“林医生，谢谢你这些年来给我的治疗和关照，是你让我活到了今天，我真的很感谢你……”她很虚弱，没有力气再说下去，但从她那深情的眼神中我感受到一切，泪水一下涌满我的眼眶，我几乎忍不住了。我很想抱着她大哭一场，想用我的身体再多给她一些安慰，但我不能，门诊的下一个病人还在等待，我要保持平静。我强忍着眼泪，握紧自己的手，目送卉坐在轮椅上离开，直到她的背影消失。

之二

面对癌症，每个人都有不同的态度。门诊里，有很多要求我配合对患者隐瞒病情的家属，我很理解他们，他们爱护自己的亲人，害怕患者因患肿瘤而恐惧，丧失对生活的信心。但几年前门诊遇到的一个患者，让我对这种做法的正确性产生了怀疑。

进来就诊的是一个男青年，一脸的稚气，跟在后面的是看起来比他还小一点的女孩。“医生，我父亲得了肺癌，他现在就坐在外面。我们怕他承受不了，没有告诉他病情，想请您给他开点中药，也希望您替我们继续保密。”我翻了翻病历，首页写的是50岁男性，高中文化程度，诊断是左上肺鳞癌，纵隔淋巴结转移，其他指标正常。

我让他们把患者请进来。患者中等身高，偏瘦，看起来气色不错，反应也很敏捷，拉开诊椅迅速坐下，一脸疑惑地说：“我只是肺部有点炎症，不知为什么孩子要把我带到北京来看。大夫，我这病严重吗？”我踌躇着还没来得及接话，两个孩子已经把他们的父亲推到了门外。

“你多大了？”我问那个男孩。

“今年 20 岁。”

“你呢？”我问他后面的女孩。不用问，一看那颇为相像的面孔我就知道是他的妹妹。

“17 岁。”女孩一边回答，一边去拽哥哥的衣角。

“你为什么不告诉父亲？告诉母亲了吗？接下来的治疗谁负责呢？”

“当然我负责。”男孩用那包揽一切责任的决心面对我，“我不能告诉爸爸，我怕他承受不了，因为医生已经告诉我他有转移了。我也不能告诉妈妈，她知道了只会哭。我想让我爸吃吃中药就可以了，这样不会痛苦……”孩子滔滔不绝地说着他的打算，真的难为他了，一个刚刚步入成年的孩子。

我详细地给他分析了病情，讲了化疗、放疗和中药治疗的正副作用，劝他采取中西医结合治疗，最后对他说：“孩子，你父亲还年轻，他有权利选择治疗方式，他也懂得如何在心理上接受疾病，父母比你们更有社会经验，更知道如何选择，把真实情况告诉他们吧！”男孩点点头出去了，我想或许他会听我的劝说。

孩子二十出头便包揽了治疗相关的所有责任，50 岁左右的父母因不知情而无法自己做选择。像这样的情况，在他之前我还遇到了另外两例，这种做法我不赞同。如果父母年过七十，身体不好，没有文化，也许可以考虑瞒着。但是每个人都有权利知道自己的疾病，也有选择治疗的权利，尤其是肿瘤已经被列入慢性疾病，随着有效治疗手段越来越多，肿瘤患者的生存期也越来越长，但这个前提就是患者能遇到适合自己的治疗方法。这些刚刚成年的孩子，敢承担这样的家庭重任值得肯定，但他们也更应该懂得尊重父母的选择和决定。父母是经过风雨磨炼的一代人，他们懂得如何处理自己的一切。

之三

患者是医生，是老师，不仅是因为医生技术的精进需要从大量的临床经验中积累，还因为从患者身上，我们懂得生死智慧，体会人生的真谛。

柯宜是我刚刚大学毕业、还是病房的住院医师时遇到的患者，她的言行举止告诉了我如何做女人，至今我都不曾忘却她。

她住在我管的病房，肺癌晚期，多发骨转移，严重贫血，疾病的迅速进展让她的生存时间屈指可数。在我们中医肿瘤科病房里，重病者居多，柯宜一下子就让我记住了，原因是她那永远微笑的面孔和一丝不苟且、得体的衣着，她是一位大学教授，已经 75 岁了。

“柯老，我是你的主管医生，我姓林。”我一进门就叫她“柯老”。“妮（她不管我愿意不愿意，一直这样称呼我），叫我阿婆吧，我足够做你祖母了。”她温柔却十分果断，略带命令的口气让我改变了我以后的所有称呼。

阿婆身体虽然虚弱，但她一直乐观，她每天细心地整理自己的着装，认真地化上淡妆，病号服里自己的花衬衣，给蓝白条的病号服增添了几分活力。“妮，你奇怪我为什么病入膏肓还化妆吧？”一天，在她化妆时我进来了，看到我疑惑的面孔便对我解释，“一个人应该在他活着的每一天都以良好的状态对待生活，尤其是一个女人，更要庄重美丽。上天多给了我们生存时间，我们要善待自己，善待上天给予我们的时间。你更爱看化妆后的我，不是吗？”在20世纪70年代末、80年代初，女人化妆真的罕见，但看到化妆之后的她，我真的觉得年过七旬的她风韵犹存，淡雅而高贵。

她充满了爱心，她关心和爱护周边的每一个患者。“妮，给21床一点儿睡觉药吧，她每天要翻到天明呢。”“阿婆，你管得还真宽，她会自己问我要的。”我觉得她不该干涉我的治疗，就略带不满地答复了她。后来我趁阿婆不在，问21床是否睡得不好，那是一个48岁的肝癌患者，她说自己不是睡眠不好，是肝区痛，又怕止痛药成瘾，干脆忍着。我安慰了她，调配了适当的止痛药，解除了疼痛的21床很感谢我。其实我知道这是阿婆帮助了我。

有一次看到阿婆从营养食堂的送饭车上费力地拿下一小锅包子，我问：“阿婆，你怎么买这么多的包子？”我知道她的病情很重，那几天她根本吃不下任何东西。她笑了笑告诉我：“老吴已经一个月没有舍得买包子了，拿去给他打打牙祭。”老吴是她同屋一个农村女患者的丈夫，他经常和大家开玩笑说有了包子就有了一切。他为妻子花光了所有钱，如今卖房子的钱都花光了，我们经常可以看到他午饭时躲在楼道里喝粥。看到端着包子的阿婆满足的笑容，我知道她正在想象老吴吃包子的快乐。也是在她去世后我们才知道她不止一次地给老吴的孩子寄钱。

她在空闲时间，经常是一边听音乐，一边织毛衣，头和身体还不停地随着现代音乐摇晃着，白白的毛线球也不时随之跳动，若从后面看，阿婆活脱脱一个快乐小女生。

孙子毛毛是阿婆一手带大的，那天我看到这个 19 岁的小伙子抹着泪走出了病房，他奶奶也在揉眼睛。“阿婆，不舒服吗？”我问。“没有，孙子该去美国读书，偏要为了照顾我延后 1 年，我说他不能太感情用事，刚才狠狠说了他一顿！让他要有勇气自己面对生活，要尽快地自立。”她虚弱地喘了一口气接着说，“一个男人要有抱负，不能总是儿女情长。”

有一天，阿婆把我偷偷叫到了一边，神秘地说：“你能帮我一个忙吗？”“当然可以！”我毫不犹豫地回答。她从枕头下面拿出一张照片，上面是一位看起来五六十岁的知识女性，和蔼而慈祥，眉眼间透着睿智与宽厚。“漂亮吗？”她像个孩子般地问我。“不错，高贵而有气质。谁呀？”“给你爷爷（她丈夫）找的后老伴。”

“那……你……”看我有点糊涂了，她轻轻地拉起我的手，很平静地说：“阿婆知道自己的病情，我的时间不长了，爷爷一生善待我，我也很爱他，我先走了，他会很伤心，而且他不会照顾自己。这是我们一起的朋友，孤身一人，我们叫她安妮，是在国外上学时认识的，她单身，我们很合得来，他们如果能在一起我就可以放心地走了。请你在我走之后把我的信和这张照片交给爷爷好吗？”泪水顺着她的眼角流了下来，我不由得为这样一份深深的爱所动容。那年，我刚三十出头，结了婚，但还无法体会女人的这种大爱，这种超脱自己的无私的爱。

不久之后的一天早上，我刚来到病区，值班的护士就告诉我阿婆早上 7 点走了。我赶紧跑进病房，年迈的爷爷正用脸贴在阿婆的面颊上做最后的告别。阿婆早早告诉医生并写了遗嘱不要抢救，她说希望在离去时保持她的原色，她不希望给任何人增加负担，死是自然，是每个人的必经之路，她为能活在这个世上感到满足和快乐。我没有打扰他们最后的告别，悄然离开病房，泪水夺眶而出，头脑里总是盘旋着和她有关的每一个画面、每一句话……

其实医者不但医病，也会在与各类患者的朝夕相处中，被病人和家属医治。当年阿婆用她的美丽、她的智慧、她的宽容、她的爱心感动了我，教育了我，告诉了我女人要爱自己，更要付出爱……她也是我的医者。

如今，我也即将步入阿婆当时的年纪，她教给我的这些影响了我几十年的人生。

之四

每一个人都会面临死亡，如何对待死亡，以什么样的状态离开这个世界，是每一个人最后的功课。医生是帮助者，也是观察者，尤其肿瘤科医生，往往会看到患者在人生最后这门功课交出的最真实的答卷。

那天我门诊快结束时，一个熟悉的面孔闪现在门后，那是一张慈祥、安静的面孔，略带悲伤。我认出了她，是吴老的爱人，于是赶紧将她请进来。她递给我一封信，说："林主任，老吴已经走了，他临终前让我一定要把这封信交给你。"她话没说完已泪流满面。

门诊结束后，我回到办公室里，默默地打开这封信，叠得整整齐齐的信函，就像老吴的为人——为国家的航天事业一丝不苟地奉献自己全部的学者。

主任：

你好，当你看到这封信时，我已经离开人世，在这里我真心地感谢你们，感谢主管我的各位医生，感谢不辞辛苦的护士，尤其感谢你，感谢你的精心治疗与充满爱心的帮助。我了解自己的病情，三年前已经诊断为晚期癌症，我化疗过，放疗过，当然最多的还是接受中医药的治疗。我是一个科学工作者，我了解目前的肿瘤治疗状况，我很满足，没有你们的精心治疗我活不到今天！在我最迷茫的时候，在我无法抉择的时候，在我最痛苦的时候，都是你们帮助了我，任何语言都是无力的，我只能用这个办法来表示我的感谢之情。

倘若问我还有什么不满足的，我只想说，如果医生和家属都能更尊重患者的选择，我愿更早地离开人世，我想，只有你了解我的想法……但愿患者自主的那一天能早点到来。

无论如何，你都要接受我这个老人的深深谢意！

吴XX

吴老是右肺鳞癌，纵隔淋巴结转移，双肺转移，胸膜转移，骨转移。在他去世前 20 天，我查房，他刚刚抽过胸水（胸腔积液），不那么憋气了，但广泛骨转移的疼痛，上了止痛药也止不住。

“吴老，还好吗？”我习惯性地问。

见到我，他勉强笑了笑，说："主任，我知道你们尽力了，我也知道自己的情况，想问问可以让我早点离开吗……"

我不知如何回答，抬头看到他的夫人，满眼的泪水，一脸的愧疚，那是无法满足丈夫的愧疚。

几天后又一次查房，下级医生告诉我，吴老已经意识模糊，一天里很少有清醒的时候，我有点不敢去看他。正犹豫着，听到有人说话："主任，再看看老吴吧，他想见见你！"转过身去，是吴老的夫人，满脸的憔悴。我们来到病房，夫人凑到吴老耳边说："老吴，林主任来看你了。"吴老慢慢地睁开了眼睛。我强堆笑容，故作轻松地握着他的手，问："吴老，你好吗？肩背还疼吗？"

"主任，我不疼了，谢谢你这些年来的治疗与照顾，给你们添麻烦了。"边说，他还用力握了一下我的手，继续说，"只是拖累她了。"他的眼睛扫了一下疲惫的老伴。因为孩子都在国外，二老相依为命，这些年照顾吴老，他夫人承受了巨大的精神和身体上的压力。说完这些，吴老又失去了意识。3 天后，他离开了。

合上吴老的信，我想，也许吴老说得对，我们什么时候才能更加尊重患者的选择？中国的患者一般是在医院里去世，在最后的阶段，家属为了不让他们失去信心，也为了表达家人的尽心尽力，会做主积极治疗，甚至包括一些有创的措施。现在想来，这些做法是否真的对患者本人有利，值得深思。

医学有局限，不可能治疗好一切疾病。我认为，一个病人的正常状态应该是尽可能地接受有效的治疗，当没有更好的手段控制疾病发展的时候，重要的是尽量提高他们的生活质量，让他们在有限的生存时间中减少痛苦。

我是医生，也有一些同行患肿瘤后找到我，并提前和我打招呼："林，你一定要设法让我死得不痛苦，别抢救我。"他们一般明白到什么时间、什么程度应该做什么，希望有尊严地离开。但是很多没有医学背景的人，反而会过度依赖医疗，而忽略了医学的局限和患者的自我意愿。记得我曾看到国外的一张照片，是教育医师如何对待临终患者的：一位老人离世于家里的床上，阳光照在他的脸上，那是一张平和、安详的面孔，他的手还放在俯身睡在身边的大狗的头上。一切那么平静，那么自然，就像是一次普通的安睡。

我想，这样的场景应该就是吴老希望的吧。

同样，这也是我的愿望——活着的时间没有痛苦，离世的时候平和而不失尊严。

之五

人生七十古来稀，我已步入这个阶段，当了一辈子肿瘤医生，见过无数死亡，也见证过重生。我常想，如果人生可以重来，我应该还会选择当医生。

我常记起患者娴，她也给我留下了一封信。

她最后一次来我的门诊时，我对她说："你真的不用再来了，回去注意生活要有规律，还要经常检查。"看她还没有要走的意思，我以为还有什么问题，又看了一遍她的复查化验单。没有想到，当我抬起头的时候，看到的是一张挂满泪水的脸……

娴是一名肺癌患者，50 岁，3 年前做了手术，因为有淋巴结转移，又化疗了 4 个疗程，化疗中和化疗后都在我这儿吃中药，我见证了她由痛苦到抑郁再到快乐面对生活的全过程，她从来没有向我隐瞒过她的恐慌。

“我还可以来见你吗？没有你就没有我的今天。”我知道她的话是由衷的。我告诉她：“并不完全是我的功劳，最初为你做诊断的医生、你的手术医生和化疗医生都是最重要的，我的中药为你的恢复起到了一些作用。总之，祝贺你的胜利，但你真的不用再来了。”我再次重复这句话。由于后面还有很多病人等着，她也知道不能再占用太多门诊时间，于是递给我一封信，说：“主任，我知道你很忙，没有时间听我啰唆，所以给你写了这封信。”给我深深地鞠了一躬之后，她离开了。

主任：

你是我经历全程痛苦的见证人。我知道用你们的话讲，我是临床治愈了，我没有笑，我只想哭。

你看了太多太多的病人，你一定理解重新获得生命的快乐与痛苦。我（有）很多话无法向别人诉说，而对你我已经没有任何隐瞒了。

我是一个好强的人，小时候功课很好，这就造成了我不服输的性格。这些年来，我工作努力，认真地打理家庭，我希望我的丈夫比任何人都强，我希望我的孩子比任何人学习都好，我希望我自己的工作得到大家的认可。因此，没有白天黑夜，没有家里家外，我一味地努力，一味地想占上风，甚至我行我素，尽可能让别人接受我的思维和管理方法……孩子的美国硕士通知书拿到了，丈夫提到了副局，虽然同事不喜欢我的“强势”，但是还算认可我的业绩，就在此时我也拿到了我患肺癌的入院通知书……我心里接受不了，我没有为自己过过一个生日，我没有去过一次美容院，甚至所有旅游都是为了让老公和孩子快乐……我委屈，我想哭，却发现自己已经没有了泪水……

我记得我手术后一头雾水的时候，丈夫强迫我去你那儿就诊，你当时对我说：“你的手术切得很干净，好好接受化疗吧。”我化疗期间抑郁了，觉得自己就要死去，你告诉我“坚持就是胜利”！当我终于挺过了化疗这一关，就诊的时候你又告诉我：“你还没有学会养病，你要学会放慢节奏，调整脾气，享受生活。”

接到术后三年复查的化验单时，我知道上天给了我第二次生命，我没有去庆贺，我望着天空的星星整整坐了两小时，丈夫、孩子在我的左右，我搂着他们，我知道我又回到了人间。我没有了脾气，我不再急躁，我认真地对他们说：“我曾经对我自己说，如果我真的能够重新再活一回……老天真的给了我这个机会，我只想对你们说，我爱你们，我爱这个社会，我爱所有的人。我改变了，我不再急躁，我不再强势，我不再一味地命令，我会多一分宽容，多一分理解，我会尽心去做更多有益于大家的事情，新的生活真好。我愿大家和我一样幸福。”

主任，大姐，我第一次这样称呼你，人能活着真好，生命、健康真的是无法用金钱买到，有了它们，你就是富翁，你大可不必再奢求什么。

娴

泪水已经模糊了我的双眼，我无法再看下去……

恰巧读信的时候也在深夜，我走到阳台上，仰望着天空，夏日的夜晚，繁星点点，四周一片寂静，很多恢复健康、恢复正常生活的肿瘤患者在我的脑海中一个一个闪过，我不由得想，真的很多人都变了，他们变得善良，变得通达，变得宽容，变得更加热爱生活，他们已经不再抱怨生活所赋予他们的艰难与痛苦，他们把生存的时间留给热爱与享受。

其实我也是用他们的感想来填充自己，如果今天你能帮助一个人就不要拒绝，你的随手一扶，你的回眸一笑，都会给他人带来温暖。千万不要吝惜自己的爱，你真的会在爱他人的时候享受到更多的爱。也不要等到再活一回，为什么不从今天开始就快乐幸福地生活呢?!

4

我现在70岁了，这一生没有波澜壮阔。但我想，人生的每一步都不会浪费，有的只是在经历中修正和填充自己，尽量使自己变得完整。

没有时代的磨难，没有工作的辛苦，没有为家庭所付出的，就没有现在的我。有没有遗憾？其实，我一直觉得自己可以做一个非常好的家庭主妇，能把家布置得很漂亮，相夫教子。我还不满20岁时就已经开始管家了，而且一直陪着父母直到他们去世，家里大大小小的事都是我张罗，家里来客人，我能做一桌子菜。父亲去世前 5 年是植物人状态，一直居家照顾。1996 年年初，父亲肺部感染，母亲一着急突发心梗，当年 5 月去世了。之后，我和护理员一起照顾父亲，每天半夜 3 点我都要起来帮他翻身，父亲又坚持了大半年，于 1996 年 12 月 31 日去世。

女人经历过生活的磨难，承受能力会更强，也就更有信心活出自己的样子。经历过苦难，才能把很多事情看淡。每个人对幸福的认知程度不一样，有的人认为风光是幸福的，有的人认为舒服是幸福的。我对生活很满足，并经常问自己，我何德何能能拥有现在这么多？没有天赋异禀，也不是特别刻苦，但一切都有了。至于其他的名利、头衔都是身外之物，多了一个名头，反而多一分付出，为这些不重要的东西付出这么多时间和精力，还不如随性地生活。

到现在也有人不理解我，奇怪为什么很多东西我不去争，明明争取到就得到更多。我一直觉得，当太多名利放在你面前的时候，得学会退一步，不能把什么都占着，而要给别人留空间。也许正是因为如此，你才能获得更多。

做人要对生活有热情，知进退、有分寸——要对自己严格，要对别人宽容，这是很重要的智慧。

金晶：人生苦短，不愿意自己的余生将就

金晶 医学博士，北京协和医学院博士生导师，中国医学科学院肿瘤医院深圳医院院长助理、放疗科主任。中华医学会第十届放射肿瘤专业委员会常务委员兼秘书长、中国抗癌协会肿瘤放射治疗专业委员会副主任委员。在国内外肿瘤专业杂志以第一作者 / 通讯作者的身份发表近百篇论文，并在美国放射肿瘤学会、欧洲放射治疗与肿瘤学会、中华医学会放射肿瘤分会等国内外大型学术会议上发言与获奖。多项科技部“863”计划、国家自然科学基金项目负责人。主要研究方向为消化道肿瘤、乳腺癌、淋巴瘤、泌尿生殖肿瘤和骨与软组织肉瘤的放疗，以及调控肿瘤放疗敏感性的机制。

在孩子的培养上，我体会到父母的言传身教比什么都重要。所以，在孩子成长的过程中，最重要的是什么呢？我想，是独立思维和判断的能力，有了这些能力，无论做什么都没问题。

人生苦短，我不愿意让自己的余生将就。而且人生不可能完美，每个人这一辈子都是在不停地修炼自己。

1

我们这个年龄的人学医，基本是两种，第一是自己想学医，第二是“被学医”，我属于第一种。直到现在，我们小学、初中、高中同学聚会时，还在念叨：金晶，你这个学霸，眼里只有当医生。

父母从安徽调到北京，并在 1967 年生下我。我出生之后，父母从北京下放到河南，然后回安徽合肥老家，最后又调回北京。我也随着父母辗转各地，回到北京时已经念初二了。父母是一般的职工，我们三姐妹跟那个时代的人一样，都是靠自己读书谋求发展的。

我小时候比较外向，三姐妹中我排行老二，家里只有女儿的父母总需要有一个像男孩一样的孩子，我就承担了这样一个角色。我的小伙伴全都是男生，天天跟他们一起玩打仗的游戏，爬树、荡秋千、爬竿都是我的强项。那时候家离学校都很近，放学后，走路几分钟就到家，先集中精力把作业写完，然后出去玩。我玩得很疯，学习起来精力也很集中，效率非常高。

我们小时候不像现在的孩子有这么多好玩的东西，别说手机了，电视机都少见，而且只有一两部电视连续剧翻来覆去年年播。所以，我酷爱看书，哪怕扫地的时候地上有一片破报纸，都要先捡起来看完了再扫掉。寒暑假更是疯狂地看书，记得大约是初一的时候，我看了一本书，叫《林巧稚传》，被林巧稚大夫的人格魅力折服，觉得她太伟大了。从那时起，我开始了解医生这个职业总是在帮助别人，能缓解别人的痛苦，能给人力量和希望，从此以后就坚决要学医。我三姨是医生，我的邻居、我数学老师的爱人也是医生，他们都劝我说："医生太辛苦了，要学一辈子，很累的，你要考虑清楚。"但我不听劝，而且那时候对累完全没有概念，高考的时候，我的志愿全部是医学院，我高中同学现在还在笑话我："当年一说起学医两眼直冒光，目光可坚毅了。"

1986 年我如愿考上了湖南医学院。

我的大学同学里，很少有自己想学医的，基本都是父母做的选择。我是自己想学，所以学习很主动，也对学医的"累"开始有一点真实的体会了。记得那时候我们都是自己带着一种铝质饭盒去食堂打饭，由于没有把手，盛了饭菜之后很烫，我妈就用毛线给我钩了一个饭兜来装饭盒。我每天拎着饭兜找个空教室学一上午，中午拎着饭兜去食堂打饭，吃完回来接着学，晚饭又去打饭，吃完再接着学，常常学习到很晚才回宿舍睡觉。

我这种大学生活，和考上其他大学的同学比起来，简直就不是一个世界的，他们是花前月下、吉他弹唱、社团活动等，多姿多彩；而我们天天啃砖头厚的书，连谈恋爱都是坐在教室里一起学习。当时我也有一个男朋友，但他属于 60 分万岁的那种人，很多时间都在踢球、打麻将，享受大学生活。我怎么劝他都没用，恶果终于在毕业前显现，看到他天天焦虑，怕肄业拿不到毕业证，我突然觉得不再喜欢他了。

1991 年，我大学毕业被分到北京的中国医学科学院（简称医科院）肿瘤医院，再没换过地方。

2

我对自己的从医生涯是有过设计的。

我特别想去北京协和医院和阜外医院，当时想：如果能去阜外，就去心内科；如果能去协和，就去 ICU 或急诊科。

这都是受文学作品里理想化的浪漫主义描写的影响，觉得这三个科的共同点就是能瞬间把病人救活，这种起死回生的感觉简直太棒了。我在急诊科实习时遇到过医闹，但就像年轻人喜欢一个人的时候，对方身上所有的缺点都会被选择性忽略，眼里只有他的好一样，在急诊科实习时我眼里也只有它的好，医闹什么的根本没放在心上。老师告诉我："别光看好的，首先要知道从哪里跑。"我心里还很不服气，跑什么跑。现在回头看，幸亏这个理想后来没成为现实。

我在湖南株洲市人民医院骨科实习的时候，有一次白天刚下班，饭还没扒拉两口，就接到电话："有骨折的急诊，我们这儿值班的人不够，你们实习大夫谁有空马上过来。"我扔下碗筷就跑去了。刚刚晋升主治医师的师兄带着我们处理这个患者，多处骨折，手术做了一通宵，我们都困得不行了，麻醉医生甚至已经开始打盹了，师兄为了让我们打起精神就带着我们唱歌、讲笑话，就这么硬撑到凌晨 5 点多。那时候年轻也不觉得累，还觉得挺好玩的，做了一通宵的手术，第二天接着上班。那时候就是特别理想化，觉得当医生真的是很神圣的。

也是在这个医院实习时，我第一次面对死亡。当时在内科，一个老爷子心脏骤停，我们实习生轮番上去做心外按压，按了半天也没能按回来。那个时候才知道，原来死亡是这个样子，好像不是那么轰轰烈烈，怎么这么平静人就没了？不像电影、文学作品里，人死之前总有一个特写的过程，要说几句话，留个遗言什么的。而这个现场这么理性，所有人都没有一点点准备和思考，死亡就发生了。

大学毕业分配时，我没能如愿去协和或阜外，而是被分到了医科院肿瘤医院。

那时候医院分科没那么细，综合性医院分为内、外、妇、儿、传五大传统临床科室，肿瘤医院是专科医院，临床科室是按肿瘤类型和主要的治疗方法进行分类的，有内科、外科和放射治疗科，女生一般很少选择外科，大部分都选择肿瘤内科。当时我很犹豫，这时人事处处长对我说："肿瘤内科只有一两个名额，这么多人想去，竞争太激烈，你就别凑这热闹了，去放疗科吧。放疗科是我们医院最好的科室之一，建院的老院长就是搞放疗的，这个科室很有历史，风气也很正。"我们都是听话的孩子，老师说啥是啥，于是我就去了放疗科。

虽然没去成急诊科或心内科，但到了放疗科也没觉得失落，唯一担心的就是自己对放疗一点都不懂，还得从头学。等我到这个科室后，回头去找大学时《内科学》里的相关内容，才发现放疗只能在淋巴瘤这个章节的最后面找到，而且我的书上这个章节干干净净的——因为考试不做要求，所以老师啥都没讲就直接跳过去了。

不过我这人好奇心重，放疗科有很多动手的机会，很快就吸引了我。放疗是介于内科和外科之间的一种治疗，从我们医生工作内容的角度来说，会比内科有更多动手机会，比如要取组织做活检，有止血填塞的操作，有腰穿、腹穿、胸穿，做宫颈癌检测要做插植，遇到舌癌也要做局麻下的插植，还有粗针的穿刺，等等。

另外，这个科室正如人事处处长说的那样，确实名不虚传。老师手把手教得非常精心，我们 5 年的住院医师阶段就像院内专科培训，训练很充分，基本功非常扎实。

3

我还是小医生时，跟着我们放疗科的创始人之一谷铣之教授学习。当时谷老已经 70 多岁了，主要是带教我们这些孙子辈的年轻医生，我跟着他学了 8 个月，幸运的是，我是年轻大夫里面跟着他老人家时间最长的一个。

放疗科的确如我们当年的人事处处长所说的，风气很正，带教我们的老师在学术上都是比我们高好几辈的前辈，他们的人格、包容、胸怀对我们的言传身教真的是润物细无声的。

谷大夫对病人特别温和有耐心，但治学非常严谨。我以前的科主任、老师们都是谷大夫的学生，在他们还是小医生时，病历写得不好，谷大夫会直接扔出去，一点面子不留。这种严厉我也见识过一次。有一次疑难病例讨论，把患者请来，大家查体、询问完成之后，还没等患者离开办公室，有一个老大夫就说："在这个部位，预后肯定不好……"话还没说完，谷大夫就说："等会儿！"声音不大，但很严厉，随后他又很温和地对病人说："我们都查完了，您先到外面坐一会儿，我们讨论完病情告诉您结果。"病人一出去，关上门，谷大夫就把那位医生狠狠地批了一顿："病人还在场你怎么能这么说?!"

放疗科医生有一些操作是有风险的，年轻医生需要很多的训练机会才能掌握。我跟在谷大夫身边学习有8个月时间，遇到几次风险较大的技术操作，他说："你放心做，我在边上看着，做不下去了就我来，出了问题有我呢。"那时候我虽然已经是主治医师了，但这些操作我只看过，自己从来没亲自动手做过。这个操作是要在患者的气管里下一根管子，我们叫它"施源器"，然后把放射物质从施源器里放进去，以对气管里的肿瘤近距离照射。这项操作是要在X光透视下进行，为了把施源器放到离肿瘤最近的位置，要出来看一下屏幕显影，再关掉机器进透视室调整一下，来来回回少则三四趟，多则十几趟。谷大夫觉得这样会让患者在透视机下暴露时间过长而造成伤害，于是他让我在外面看屏幕指挥调整，他在透视室里病人边上直接操作，直接暴露在X射线下。我很担心他，说："您年纪大了，射线对您身体不好。"谷大夫说："这算什么，做镭的后装，现在都是用远程操作机械送到患者的身体某个部位，而我们年轻的时候都是直接用手托着，所以我这手背上都没有汗毛。"

我是很听话的小大夫，跟在谷大夫身边学习的8个月，对他的要求是一板一眼地执行，谷大夫没当面表扬过我，但也从来没有批评过我。

多年后，我对科主任说，很后悔当年在谷大夫身边时学习不够努力，所以根本接不上他的话。武林界有的门派擅长拳，有的门派擅长剑，而谷大夫是“拳”和“剑”融会贯通，一出手就是招，分不清是“剑”还是“拳”，但治疗效果就是好。而跟在他身边学习时，我还太年轻，学艺不精，见识也少，常常理解不了他说的，等我长大后才明白，如果那时候多看点文献，多看点书，就能对他的话领悟更多。

没想到，我说完这话之后，科主任说：“谷大夫当年在我们面前表扬你了，说金晶不错。”

2000年，当时的卫生部和美国MD安德森癌症中心有一个进修医生培训项目。去美国进修的人员由全国各医院选送，通过卫生部组织的全国面试。那时候我的年资在科里比较低，上面有很多比我年资高的医生，也有科主任的学生，但科里不论资排辈，也不选人唯亲，而是通过的内部的笔试、口试来公平选拔。

全国9个医院选送了十几个人参加全国面试，最终只有两个人胜出，我是其中之一。

2000年到2001年，我在美国MD安德森癌症中心进修了1年，这一年对我的影响是翻天覆地的，用我们时任院长的话说是“金晶从美国回来后像变了一个人”。

4

第一次出国学习，看什么都新鲜，尤其那里海量的文献，更是让我如饥似渴，而且想把这些文献带回中国来给大家看，于是我和另一位进修医成了文献的“搬运工”。他们有很多非常好的临床研究方案，都是公开放在诊室架子上，而且边上就有复印机，后来我还发现有扫描仪。我俩每天下班后都通力合作，我负责搬运，她复印扫描完我再搬回去，像做贼似的。后来有一天，放疗科的主任很含蓄地对我说：“你们俩晚上挺忙的，都在看文献吗？”我一惊，他怎么知道了？随即一想应该是有监控摄像头，于是问：“这些东西可以让我们看吗？”他说：“可以看。”我又问：“我能复印这些资料带回去给中国医生学习吗？因为我们没有这么好的资料。”他竟然答应了。于是我们更加勤快，利用晚上或周末不上班的时间，正大光明地“搬运”文献。

这一年在美国进修，特别充实，像一块干海绵似的想把所有的新东西都带回中国。我们是第一批进修医生，美国方面给我们很高的待遇，医院所有部门都向我们开放，手术室、诊室、病房、实验室等都可以去观摩。我们在观摩中每看到一个有意思的病例就会去查文献，慢慢就发现，很多病例在国内的临床工作中都是司空见惯的，可是我们没有写文章总结、投稿的意识和习惯，所以都没有记录下来，从此我明白了写文章的重要性。

美国之行像是对我打开了一扇面对世界的窗户，我看到了外面的世界有这么大，需要学习的东西有这么多。

我毕业后一直到去美国进修之前，同龄人都在忙着考研究生、出国，只有我忙着结婚生子。所以周围的人对我有两种判断，一种认为我比较踏实，安于当个医生，但既不考研究生又不做科研写文章，太不求上进；另一种认为我英语也好，工作积极，各方面都挺好，肯定是不想留在中国。

这么多年一直安于照顾家庭、孩子的人，从美国一回来突然对学术迸发出无穷的爱好和热情，开始埋头准备考研究生、写文章。那时候女儿正在读小学，我送她上钢琴班、英语班等各种课外班时，其他妈妈们凑在一起家长里短，我就找个僻静的角落端着电脑写东西，所以，这么多年，女儿的同学家长，我一个都不认识。等女儿上小学四五年级时，我都快40岁了，才考上直博生，课题压力很大，很多论文都是在她课外班教室外面写的。后来同事们笑我说："你真鸡贼，结婚、生女、考博、晋升，什么事都没耽误。"

我是王院长的第一个博士研究生，毕业时都40岁了，和我同时毕业的还有同门的另两位博士，他们比我年轻多了。他们是一路不间断读到博士的，觉得我拖家带口又是孩子又是学习又要兼顾临床工作，很辛苦。但我自己觉得，工作几年以后再回来读书，才真正知道自己需要什么，目标明确，学习更主动，也更有效率。相比在象牙塔里一直读到博士的人，我从来不需要导师盯方向、盯进度，我自己就能转起来，临床、设计课题、写文章全部自己搞定。我和这两名博士之间的辈分也很有意思，按理说我是他们的师姐，但我在医院工作时间长、年资高，导师也开玩笑不让他们叫我"师姐"，要叫"老师"。

博士毕业答辩时，我第一个上场。我精心准备了PPT，把这4年的成果列出来。我觉得一个人最能吸取营养、迸发出能量的时候，就是30岁到40岁之间，是一个厚积的过程。而且这个年龄段身体好，精力旺盛，我基本每天都是半夜一两点睡觉，还要早起做早餐送孩子上学，这么几年都不觉得累。这4年我学术上也非常高产，写了14

篇文章，其中有两三篇发在国外的SCI，那个时候文章发到国外是很罕见的，我还帮着科里出了一本书。

这些成果在答辩现场把大家都震惊了，答辩的最后，我说："4年，大家都觉得挺长，其实一转身就过来了，但如果没有参照物，大家都不觉得它有多快。"然后我打开了最后一张PPT，我挑选了女儿这4年的照片，从一个幼稚的小姑娘，到小胖子，又突然变成比妈妈个子还高的少女，变化极大。最后我特别感慨地说："我博士毕业很高兴，但女儿的长大，是我最大的成就。"

等全部答辩完，排在我后面的那两个博士说："金老师我们后悔让你先讲了，你一下子把水准抬得这么高，我们后面都没法儿讲了。"

就这样，我从美国回来之后突然就知道自己要什么了，然后就往前拼，一直没停过。

5

我现在在医务处，要处理很多患者投诉。

我常常想，医生太忙了，如果能有一点时间和患者多聊聊，医患之间的关系也会更融洽一些。听患者的讲述，我们会知道事件背后的原因，也许就不会因为他们对医生做出的一些冒犯行为感到那么不耐烦或愤怒。

不过，人们总说医生冷漠，不愿意和病人有过多深层次交流。其实，我个人也是比较抗拒和患者走得太近的，因为一旦成为朋友，就不可能再理智地去做判断和治疗了。

我跟在谷铣之教授身边学习时，刚休完产假回来上班就遇到一个患尤文氏肉瘤的男孩，十一二岁。这个孩子找到谷老的时候是复发了，由于复发的部位以前做过放疗，如果再进行照射，并发症会特别严重，所以我们查房讨论这个病例时，谁都不愿意接手这个孩子。谷大夫就说："你们不治，我俩治。"然后带着我来到孩子的病床前。

我天天泡病房，和孩子、家属接触的时间特别长。由于我刚生完孩子，看到有孩子受苦就很容易把自己代入进去，经常和孩子的妈妈说着话，就跟着她一起掉眼泪，那段时间哭得很频繁。而且我发现一个规律，很多生病的孩子格外招人疼爱，一般还都长得又漂亮又乖巧，又聪明又懂事，这个孩子也一样。

孩子的结局其实大家都能预见，最后肿瘤多发转移，孩子高烧不退，骨转移导致全身疼痛，医院有规定不能超量开吗啡类的镇痛药，看到他痛苦的样子又无能为力，每个大人的心都碎了。周四查出来孩子多发转移那天，谷大夫实在看不下去了，对我说："我们真的没办法了，你和家长说说带孩子回去吧。"周五一早，我去病房找孩子妈妈谈话，一见到我，孩子拿出一个头上戴着红十字护士帽的毛绒小熊递给我。孩子妈妈说："他有一次在路边店里看到这个，昨天一定要我买下来送给金阿姨的小宝宝。"原来昨天检查结果一出来，他们心里已经对病情有数了，也准备要走了——这个场景现在想起来都还忍不住想哭。

老天对这个孩子真的太不公平了，他这么小就要承受这么多痛苦，而且还将在没完没了的癌痛中死去，我执拗地一定要再为他做点什么。大剂量的放疗对止痛是很有效的，所以我想办法要在孩子周一出院之前再给他做两次放疗，至少让他离开医院时能减轻一点疼痛。

一般情况下我们科周末不做放疗，但那段时间正好科里有一台加速器坏了，患者需要转移到另一台机器上照射，所以这台机器的医生周末要加班。我跑去求技术组组长陈老师，把这个孩子也加进来。陈老师特别坚持原则，我怎么求他都不答应，急得我当场大哭起来，把他吓坏了，赶紧说："小姑奶奶你别哭，我答应你就是了。"就这样，孩子周末做了两次大剂量的放疗，疼痛暂时减轻了很多，周一出院时，我还偷偷给他开了一个月量的吗啡带回家。医院规定吗啡只能开3天的量，为此，我被医院罚了款，但我一点都不后悔。

这个孩子跟我们有两年之缘，我们实在无法改变他的结局，最后能为他做的只有尽可能让他在离开时不那么疼痛。所以，医生真的不能对病人投入这么多感情，因为真的会控制不住情绪做很多失去理性、违反原则的事情。

治疗这个孩子是我当医生以来第一次有挫败感，也是我挫败感最强的一次经历。

前几年我妈患肺炎，找不到地方输液。后来，我只好在我的病房里给她老人家输了几天液。老太太快80岁了，住在5个人的病房心里可美了，因为几个病人都陪她聊天，不像平时我们难得有时间回家，她一个人很寂寞。她住在病房里，我也经常去给她送饭、陪她。就这几天工夫，她和同病房的人处成了朋友，病人家庭有什么情况她都清楚并告诉了我。这些患者患的都是直肠癌，做完放疗出院后，有的效果很好，但有一位外地患者效果特别不好，病情在进展，他们也不敢回家，就在医院附近租了个房，隔一个月来复查一次。一般情况下，病人住院治疗，我们很少有时间和他们拉家常，不会知道他的人生、困境，彼此只是单纯的医患关系。但由于这名患者和我妈做了几天室友的缘故，我对她也有另一层特殊的亲近感，看到她的病情一直在进展，我心里特别难受。所以大部分情况下，我“害怕”跟病人走得太近。

医学有时候真的是很无力的，我甚至曾经怀疑过自己这个职业是否真的有意义。先不说有这么多我们治不好的病人，就说做临床科研吧，设计一个方案，让符合条件的病人一个一个入组治疗，再完成随访得出结论，十年八年就过去了，而人这一辈子职业生涯能有几个十年八年呢？想到这些，觉得这个职业有点无力。

不过，更多的还是高兴的事。

比如本来一名肠癌患者需要做手术，甚至要切除肛门，我们尝试用新的方法治疗后，他可以免挨一刀；再比如不断有治疗肿瘤的新药被研发出来，以前只有三五个月生存期的患者，存活时间越来越长，这种情况每天都会发生在我的患者身上，给我带来的幸福感也会一天天积累下来，贯穿我整个肿瘤医生的职业生涯。

我们临床上，会遇到各种各样的家属，有不离不弃的夫妻，有特别孝顺的子女，也有想谈话却怎么都叫不来的家属，我们也想不明白，他们的工作就有那么忙？

我还留着一张明信片，是一名患者的女婿寄来的。当时患者病了后，她女儿不怎么来，反而一直是女婿陪着来。后来熟悉了，知道这个女婿工作也是非常忙的，是一个团队的领导，还经常要出国，尽管如此，他还是像儿子一样照顾生病的岳母。这名患者患的是胰腺癌，预后很不好，在我们这里治疗了一年半之后去世了。有一年中秋节，我收到一张明信片，是这名患者的女婿寄来的，写着："岳母已经过世了，但是非常感谢你们和你们这个团队给她留了一年半的时间，让她跟这个世界慢慢告别。"

前段时间在门诊，也遇到一个女儿对生病的父亲无微不至，病情有什么变化，她都是自己扛，不让父亲受打击。医生、护士是特别愿意为这样的病人和家属提供帮助的。实际上医生这个职业有一个好处，就是在不断汲取人性的精华，我们遇到的患者和家属，人性有善恶，但我认为还是善居多。所以，你如果是一个善于学习的人，会经常被这些患者和家属感动，他们都正在经历生死，所流露出来的东西是最真实的表现。

6

在孩子的培养上，我体会到父母的言传身教比什么都重要。

我们科有一名护士的孩子和我女儿一样大，上学也是同一年级。以前我们一起值夜班时，她总问我："金大夫，你家孩子课文学到哪儿了，数学学什么了？"我说，我根本不知道啊，女儿的书我没见过，作业也只管签字，从来不看。但我们在家里都是看书，没时间看电视的，女儿也只能看书，这种耳濡目染对孩子是非常重要的。

另一个体会就是要让孩子对学习感兴趣，我们成年人也一样，如果你喜欢当医生，就不会觉得辛苦。我女儿小学时的课外班都是和学习无关的，钢琴、长笛之类，初中考上北师大附中，前两年考试总也考不过别人，她无意中知道原来人家都在上补习班，于是一回家就对我说："我也要上补习班。"我完全不知道这是什么东西，就让她自己搞清楚。等她把调研结果告诉我时，我很好奇地问她："为什么要挑这个老师？为什么要去这个地方上课？"她说："公主坟是这家辅导机构的大本营，好老师都在这里。我再结合官网上每个老师的介绍和评价，有些老师的评价特别长，有些特别短，我专挑特别长的看。另外每个老师都有三节试听课，我去听过。"我一听她的这种采集信息、分析判断的方法就放心了，直接给钱，让她自己去张罗。她初一、初二全年级大排名都在一二百名，上了课外补习班后，初三一直在前十名。

这样的成绩，真是的上补习班的结果吗？我问过她这个问题，她说："说实话，这里教的不如我们学校的老师。"我说："对啊，我记得刚入学时，你们老师就对我说了，你不用上任何的补习班，只需要把课堂上教的融会贯通，跟着老师的思路和节奏走就够了。"她说："我去上补习班就是刷一下存在感而已。"女儿高中考入了北京市实验中学的重点班，和初中时一样，高一、高二时成绩跟过山车似的，起伏非常大，但到高三第一学期，成绩突然蹦到了足以考上北大、清华的水平了，但我还是建议她稳妥一点，最后报考了人民大学的统计学专业。

女儿很有主见，人大毕业后去了银行工作，不愿意出国留学。可是在银行工作了半年多却辞职和她的高中同学一起创业去了。

回头看女儿读书升学的全过程，应该说每个孩子的家长都一样，每个阶段都会有当时特别纠结的难题，上什么幼儿园，上什么小学，考什么中学，考什么大学，学什么专业，找什么工作，等等。然而现实往往不会按照我们的设计去走，女儿现在所在的行业和所从事的工作，与她大学的专业毫无关系。

所以，在孩子的成长过程中，最重要的是什么呢？

我想，是独立思考和判断的能力，有了这些能力，无论做什么都没问题。

记得女儿大学快毕业的时候，我对她说："你无论以后干什么事情，我都只有三个要求，这是妈妈的红线，绝对不能突破。第一，一定要爱惜自己的身体，不能糟践，不能沾染恶习；第二，要独立，有自己的主张和判断；第三，不能啃老，我是我，你是你。"

现在女儿长大了，的确像我希望的那样，特别独立，但作为妈妈，内心其实挺失落的。对很多医生的子女来说，独立是一种无奈，因为没有可依靠的。

女儿念小学的时候，我们住在劲松，她上学要坐两站公交车。三年级之前，早上我骑自行车送她上学，下午她 3 点就放学了，我还没下班，她就一直在学校传达室坐着等，我忙完病房的病人去接她时经常已经是 7 点多了。她上三年级后就自己坐公交车上学、回家了。有一次我们从超市买完东西出来，拎着很多东西，她把最重的那一袋一拎，说："妈妈，这个沉，我来拎。"我说："你哪儿拎得动啊。"她说："没事，我的书包比这个沉。不过公交车上人多，正好把书包夹着不掉，我就能省点力气。"我听完心疼得眼泪掉了下来，这么小的孩子，背着大书包挤在里面，下车时也得使劲儿挤才能下得去，否则就会坐过站。她六年级时，有一次对我说："妈妈你看，我们同学

×××多不像话，他都那么高了，还让爷爷骑单车接送，他也住我们这边，自己就不能够坐公共汽车吗？”等女儿上初中之后，去上学、去姥姥家，都是她自己去。我周末经常值班，没时间带着她在北京城里玩，更别说什么中国游、出国游了。

所以在我女儿的成长过程中，爸爸妈妈都是缺位的。这些经历造就了她的独立，说得好听是她的一笔财富，但在父母看来，是对她很大的亏欠。尤其我觉得，在一个家庭角色都正常的家庭里，有父母的陪伴，家庭的和睦，对孩子建立自信是非常重要的。女儿高考后，我和她聊天时说：“你的智力、能力都足够，为什么就是临门一脚时，内心有胆怯？”我知道，这都是我们对她的陪伴不够造成的，这也是我最大的遗憾。

但孩子需要父母陪伴的成长时期，也正是父母工作的黄金时期，投入工作和陪伴孩子之间如何平衡，也是现在我的很多正处在这个年龄段的同行、同事面临的问题，他们经常吐槽一个多星期没见着闺女了，孩子发烧也没办法在家照顾，等等，他们现在和我当初一样，虽然自责，但无法改变现状。

所以，虽然回头总结时觉得这是最大的遗憾，但其实，如果真的有机会让我们重新选择，我们的做法可能还是一样。

每个家庭，每对父母，永远会觉得有愧对孩子的地方。比如，孩子小时候总是黏我，我又老要值班，每次一出门，孩子就喊：“妈妈抱，妈妈抱。”那时候觉得自己都快累死了，哪有力气抱，就把她推开，现在孩子长大了，你想抱，人家都不让你碰了。所以，我总劝那些孩子还小的妈妈，趁孩子还需要你抱的时候，多抱抱。

7

女人最重要的是什么呢？

虽然作为母亲，看到女儿这么独立于自己，有点失落，但作为女人，我依然觉得独立是最重要的。

这个社会赋予了女性和男性差不多的生存权和发展空间，拥有思想独立和经济独立，女性在这个社会上就有较大的自由空间，而无须依附于某个人或家庭生存了。而且独立的女性在每一个年龄阶段，无论是青年、中年，还是老年，都能够找到自己的兴趣所在，找到朋友，找到幸福和快乐。

女儿高考一结束，我和她爸爸就去民政局办了离婚手续，那一年我 45 岁，女儿说你们早该离了。长期两地分居，婚姻终于在中年危机中结束了。

从女儿小学一年级开始，我在北京，他在广州，慢慢地没有了共同话题，吃饭口味差异很大，连电视都看不到一块儿。两个人都长期一个人生活惯了，就都只想按自己最舒服的状态过，谁也不想迁就对方。

好朋友说我傻，女人这么大岁数离婚，而且还没找好“下家”。其实这不是有没有“下家”的问题，而是你有没有勇气去拒绝自己不想过的生活的问题。在做决定的那一两年，我也反复问自己，很多家庭都是这么忍到老，吵吵闹闹到老，别人都能忍，我为什么不能？

我常常很羡慕国外的一些夫妻，真正相爱才在一起，如果不爱了就各分东西，他们可能离婚率高，但婚姻的质量肯定要比中国人高。

我们中国的夫妻很多是凑合，就像电视剧里似的，凑合到老，吵一辈子。对我们上一辈的人而言，离婚是一件很丢人的事，吵到岁数大了更是懒得离婚了。但到我们这一代，女性自主意识增强了，不愿意过这样的生活，宁可自己一个人，工作也很忙、很充实，也有很多朋友，没时间伤感。

我觉得人生苦短，不愿意让自己的余生将就。人和人相处得有的聊，有事可以商量，谁也不嫌谁多余，才有在一起的必要，否则为什么要在一起彼此折磨？

我后来想，为什么现在很多中年女性选择了离婚呢？客观条件是女性经济独立，孩子也长大了，我们可以不需要委屈自己，可以选择让自己舒服的生活状态。这样的女性，往往个性很鲜明、很独立，也就是世俗所说的女强人。

但是世俗很容易把婚姻破裂的原因归结为女人太强，我认为这是对“女强人”的一种误解。其实无论女性到什么年龄，都是向往爱情的，只是每个人有自己的理想模式，越独立的人越不愿意妥协和将就。

相对来说，一些家庭妇女看中的东西可能会不一样，不会矫情什么心灵相通，她的重点就是怎么做好这个菜、儿子成绩别太差，夫妻之间有没有共同语言无所谓，只要和邻居家太太聊得嗨就行了，东家长西家短，刷刷微信、抖音，日子很容易就打发过去了。

而独立一些的女性可能把自己活得太过完整，不需要靠男人挣钱养家，也不需要男人来通马桶、换灯泡，但精神上是需要共鸣的，而且忍耐的阈值比较低。我们会对交流的质量、感情的品质要求较高，需要两人在一起精神上能互相满足，能聊聊天，能一起做点共同感兴趣的事，这都是感情纯度方面的需求，也是我们期望的理想模式，两个人得有的聊，出去旅行不用吵架，这就够了。

我现在回首那段婚姻，也在想这段婚姻是不是就无可挽回呢？两人都保持着对彼此的忠诚，似乎从个体上说都没有什么瑕疵。这几年我有过反思，婚姻出现问题，并不只是一方的错，而是彼此没有了沟通通道。可能很多夫妻之间最缺乏的就是坐下来平心静气像朋友一样好好地把心里话说一说。我们当初也是特别想坐下来说一说，结果根本做不到。一坐下来不超过三句，就开始互相指责、彼此攻击，然后，我看他没有什么诚意，不想改变，他也觉得我没诚意，不想改变，最后转身摔门，各入各门。

生活中好像越亲近的人，越难像普通朋友一样平心静气地说说话，平等、尊重说起来好像很容易，夫妻之间真正做到似乎很难，否则也不会让一点小事最终激化成为不可调和的矛盾。

其实人和人只要能沟通，问题都好解决，无论是父母与子女、夫妻，还是医患之间。

有人说，人生的路越走越窄。年龄越大，社交圈越固定，很难再像年轻人那样随时可以转角遇到爱，而且随着阅历的增加，真正能让自己动心的人也越来越少。但感情方面是不能勉强的，与自己共频的人可遇不可求。

其实婚姻也好，孩子也好，都不一定如自己以前想象的那么重要，真正重要的是自己对自己的状态是否满意。

人生不可能完美，每个人这一辈子都是在不停地修炼自己。

袁瑛：每周留一天给自己，把生活和工作划个界限

袁瑛 主任医师，博士生导师，浙江大学医学院附属第二医院肿瘤内科主任。主要研究方向是以结直肠癌为主的消化系统恶性肿瘤的基础和临床研究，以及遗传性结直肠癌分子机制研究及治疗。近5年主持国家自然科学基金项目2项、国家“十二五”科技支撑计划1项、浙江省杰出青年基金项目1项，并参与国家重点研发计划2项。曾获2002年浙江省科学技术进步一等奖（排名第一）、2005年度国家科技进步奖二等奖（排名第四）等奖项。

我是杭州人，1971 年出生，家族里没有人做医生，我是第一个。

在读大学以前，从来没想过将来要做什么，后来走的每一步，似乎也没有经过深思熟虑，没有计划性，也没有前瞻性。但是，回头看以前走过的每一步，似乎都挺适合自己，自己也挺适合每一步——付出了努力，得到了相应的回报，与那些努力了却仍然什么也得不到的人相比，我是幸福太多了。

我很幸运，成长中遇到的几位导师对我的人生有重要的影响。他们有的推着我往前走，给了我很多机会；有的言传身教，让我明白没得到的东西就不属于自己，不要认为所有好事都应该是自己的。

进退的分寸，面对得失的心态，都是幸福感的重要来源。

1

我父母的专业和医生没有一点关系，他们是搞服装材料、服装设计的大学教授，但他们希望我能够做医生，初衷很简单，因为家里有医生看病方便。

我从小学习成绩就很好，初中毕业时保送重点高中，没有中考压力就撒开玩了几个月，结果一上高中，成绩一落千丈，好在上高二后及时赶上来了，没耽误高考。

虽然绝大多数时候成绩优秀，但我从来没有过什么远大理想，甚至从来没想过长大要做什么，是一个对自己没有什么前瞻性、规划性的人，并没有立志要当个医生。

我上高中时，城市家庭有电视机的越来越多，但可看的内容很少。所以，每播一部电视剧就会家喻户晓，而且会不断重播。当时，日本电视连续剧《血疑》风靡全中国，山口百惠和三浦友和主演。女主角幸子在科研事故中不幸受到辐射患了白血病，需要不断换血，疾病给她带来的痛苦颠覆了整个人生，但她仍保持着坚强乐观。我们这一代人对这两位日本演员的喜爱，大多缘于这部电视剧，同样，很多我这个年龄学医的人，或多或少受这部电视剧的影响，我便是如此。我当时实在太喜欢幸子了，多希望自己是医生能治好她，再加上父母在一旁时不时渗透"当医生好"的想法，所以我决定报考医学院。

我 1988 年参加高考，这一年国家教委在全国 15 所医学院校中试办七年制本硕连读的高等医学教育，我填报了首都医科大学和浙江医科大学。我被第一志愿首都医科大学录取了，但是家人想来想去，觉得首都医科大学毕业后估计就得留在北京，回不了杭州了，于是又历经一些波折，让我最终读了浙江医科大学。

上了医学院之后，发现学医挺适合我，我也越来越喜欢医学。我们这一届的七年制录取的 22 人里，我的入学分数排在第十八九名，但是在上大学之后，我一直是全班第一名。我好像特别适合学医，就连很多人觉得很难的解剖学，我学起来也很轻松。

我读书期间，担任浙江医科大学校长的是郑树教授，她是我国肿瘤界著名的老前辈，从 1984 年开始做了 13 年校长。她对七年制医学生的培养做出一项大胆的改革：学生在 7 年的学习中，前两年在浙江大学就读，由理学院开课。郑校长推出这项措施是借鉴了自己在接受医学教育时很受益的那段经历——她 1949 年考入浙江大学医学院，时任校长是竺可桢教授，教生物的则是同样鼎鼎有名的谈家桢教授。

她的大学时代，前三年在理学院生物系学习，后面再进入医学专业。她认为，这对打基础很有帮助。学生的思路灵活、开阔，而医学院的学生学的都是医用物理、医用数学、医用化学等，金字塔要想堆得高，离不开一个坚实宽阔的底座。所以，我们这一届七年制的学生，头两年是委托浙江大学培养，让我们得到足够的理科基础、现代实验技术和外语等的训练，第三年回医学院本部继续医学课程和临床学科的学习。在整个七年制的规划里，前五年是本科阶段，在学校学习，后两年是硕士阶段，在硕士生导师的指导下开始进入临床学习。

此外，由于我们是第一届七年制，学校非常重视，配备的师资力量非常强大，所有给我们上课的老师，不是校长、院长，就是非常著名的教授。我们进入第六年学习时，要选择专业方向和一名导师。我选择肿瘤专业，并不是因为自己喜欢这个专业，而完全是因为两位肿瘤领域的教授的个人魅力，他们一位是郑校长，另一位是浙江大学医学院附属第二医院的院长吴金民教授。他们都是肿瘤外科的教授，讲课特别生动，而且还把临床病例带进了课堂。尤其吴院长很有个性，虽然是肿瘤外科医生，但他很爱抽烟，烟瘾大到连一节课的时间都熬不住，经常还没到下课时间，他就绷不牢了，对我们说："我要出去抽根烟了。"我们就觉得这个老师特逗，他自己是搞肿瘤的，一边在课上对我们讲吸烟与肿瘤的关系，一边自己却熬不住要出去抽烟。

我最后选择了吴院长当导师，是因为那时候郑校长的主要精力从临床转向了基础研究，而我想当医生，希望以临床为主。

从整个学习经历来看，我学医也好，选择肿瘤专业也罢，都没有经过深思熟虑，只是跟着感觉走，后来的经历证明自己的感觉是对的。我想，也许人生放松一点反而更能让我们把路走得更好更远。

2

1995 年我七年制毕业，由于导师是肿瘤外科，我毕业后顺理成章地留在肿瘤外科。机缘巧合的是，我签完合同的第二天，又得到一个重要的机会。

那天，郑校长外出参加一个会议，会上遇到韩国首尔国立大学医学院癌症研究所的一位教授，这位韩国教授在遗传性大肠癌的研究上很出名。两人在开会时聊起了双方合作培养博士的想法，韩国教授邀请郑校长选送一名中国学生去他的实验室工作，中韩双方合作研究遗传性大肠癌的课题。郑校长开完会一回来就开始安排这件事，并与张苏展教授商量人选。张教授是我在肿瘤学领域的第三位导师。

张教授是郑校长第一个学生，1991 年博士毕业，从辈分上说，我们都叫他“大师兄”，他后来担任过我们医院的院长，以及中国抗癌协会大肠癌专业委员会主任委员。

浙医大的肿瘤学是国家重点学科，郑校长、吴院长都是这个学科点的，平时他们二人很忙，所以是由张教授具体指导我们这些研究生，他对每一个学生都比较了解。郑校长对张教授说要派研究生去韩国做课题时，张教授向郑校长推荐了我。其实，我们班里有两个研究生是郑校长的“亲学生”，而我的导师是吴院长，那时候出国学习是非常难得的机会，按常理一般都是首选自己的学生，但郑校长和张教授似乎都没有讲究这样的“名分”。

我第一次单独去见了郑校长，她简单问了我几个问题，我知道她工作很忙，所以尽可能简要回答。也许是她听了我的对答，觉得我思路还挺清楚的，聊完之后，她就决定送我去韩国。就这样，我硕士毕业刚签了合同，还没正式开始工作，就马上去韩国学习了 2 年，1997 年回国后，又在国内继续学习了 1 年，1998 年顺利拿到了博士学位。因为我是中韩联合培养的博士，所以我博士答辩时也请来了韩国的导师。

1998 年 8 月，我总算是正式在浙二医院的肿瘤外科开始工作了，在第一阶段的科室轮转培训中，很快又得到另一次学习机会。

又是郑校长出去开会，这次遇到的是德国吕贝克医科大学的教授，两人在聊天时，德国教授也提出希望中国学生去他的实验室工作。也许是我在博士期间的表现让郑校长比较满意，所以她再次把机会给了我。于是，我科室轮转刚刚半年多，1999 年 3 月又启程去了德国，两年后完成博士后训练回国。

当时德国教授帮我申请了德国政府奖学金，3500 马克一个月，按当时的汇率折合人民币约为 14000 元。1999 年，德国人一个月的平均生活费只有 1000 马克。那时候的奖学金标准是，校际交流正高职称是每月 1200 马克，副高每月 1000 马克，而我的奖学金是每月 3500 马克，非常丰厚。因此在留学生中，我被誉为“小富婆”。

两年后的 2001 年 4 月，我从德国回来了。当时我已经 30 岁了，回到国内就急着要完成人生大事，抓紧时间“补作业”。

我老公是我的校友，曾在一起实习，很早就认识，等我从德国回来之后我们走到一起。双方父母都很满意，两人年纪都不小了，很快就结了婚、生了孩子，终于把因读书延迟了的人生大事都补上了。

回想这一段人生经历，对我影响最大的是在韩国的两年，给我打下了很扎实的科研基础。我的韩国导师是个工作狂，每个星期我们团队都要开会，每个人都要汇报自己的工作进展，比如这周收了多少份病人样本、检测结果是什么、有什么新发现等，哪怕有的时候一无所获也要汇报，这就迫使我们一定要去做点什么，否则总没东西汇报就会觉得特别丢人。在我回国前的两三个月，导师让我把实验全部结束掉，专门留时间写文章。我买了我的第一台笔记本电脑，三星牌，又厚又重，天天坐在家里的地上写论文。在韩国的两年，我写了五六篇文章，那时候还不知道什么叫 SCI，老板（导师）要我写我就写，写完了他修改，然后投稿。到现在为止，我发的最高分的文章还是那时候发的，有 12 分多，后来再也没发过这么高分的文章了。

我在韩国和德国学习时基本都是在实验室，德国导师是学生物的，纯粹的基础研究；韩国导师是大肠外科医生，他的课题比较倾向于临床，所以我要跟着他们一起去查房、门诊，去取标本、采血样，等等。

从韩国回来之后，我也没觉得自己做得有多好，但郑校长觉得我在韩国做的研究非常有价值。基于那两年的研究成果，郑校长帮我提炼、整合、升华，提出了中国遗传性大肠癌的诊断标准，然后申报浙江省的奖项。2002 年，这项研究获得了浙江省科学技术进步一等奖，我是第一完成人，当时我才 31 岁，是浙江省最年轻的获奖者。

在我们还年轻的时候，每走一步其实都不会有太多的思考或者预设什么意义，所谓的人生意义往往只是后来回忆时的一种自我满足而已。这一路，我没走什么弯路，也没有什么纠结或者挣扎，每一步都挺适合自己，就像一双合脚的鞋才能帮我们走更远的路一样。

3

我是如此幸运，在求学和职业生涯路上遇到这几位导师，不仅给我机会推着我往前走，还影响了我的人生态度。

郑校长在我整个成长过程中，一直是在我后面推着我向前走的人。

我职业生涯的几个里程碑都是郑校长给我的机会，正如金庸对郑校长的评价“郑人高义，树木树人”，我是其中受益终身的学生之一，因为她的公平公正，我才能如此严丝合缝地高效完成我的求学之路。省科技进步一等奖的事更体现郑校长的为人，因为中国有一个不成文的规则，这种情况一般都是导师的名字排第一，学生跟在后面，但是这个大奖，郑校长把我的名字放在了第一。实际上，如果没有她的高度总结、提炼和升华，我这项研究并不会这么出色，而且答辩时，由于我正在怀孕中，是郑校长亲自帮我完成的。我现在是科室主任，因为我自己是在一个比较公平的环境里面成长起来而受益的，所以我懂得公平对年轻医生的重要性——不需要特权，只需要公平。

吴院长是我的硕士生导师，他对我影响最大的是他豁达的性格。

他在任医院院长时，我们全院职工的名字他都可以叫出来，完全没有院长的架子，和他在一起特别轻松。他 60 岁退休后便不再涉足医院的任何事，甚至不出门诊，不做手术，每天抽抽雪茄，在阳台上晒晒太阳、种种花，就是这么想得开的一个人。从吴院长身上我能感受到：没得到的东西，如果努力过了，得不到也无所谓，说明它根本就不属于你；再就是天上掉馅饼的事情，绝对不要去想，不要觉得自己很幸运，什么好事情都会砸中你。当然，这些道理，他从来没用嘴说过，而是在他平日的为人处世中显示出来的。

吴院长的这种心态也影响了我。人们都说“不如意的事十有八九”，我在生活和工作中也一样，不是什么事情都能达到目的，但是我从来没有觉得自己吃亏了，没得到的东西我也并不会放在心上，因为我知道没有什么理所当然是我的；我也不会总想走捷径，或者指望天上掉馅饼，我宁可自己辛苦一点去得到，这样才觉得踏实。还算年轻的时候我就想明白了这些道理，这让我的心态、幸福感都比较强大。

另一位对我影响很大的是张教授，他是我们的前任院长。

我以前是肿瘤外科组的，当时我们医院的肿瘤内科、肿瘤外科都在一个肿瘤科里，三个外科组，一个内科组。我实际干外科的时间很短，也就是两次出国的间隙，当时我们科以大肠癌和乳腺癌的治疗为主，工作量并不算太大，一周两天手术日，一天两台手术，对肿瘤外科医生的体力要求不是那么高。后来我接连去韩国、德国留学，等我2001 年从德国回来的时候，我的外科同学都已经能主刀开刀了，而我还只能拉钩。此外，我的身体条件也的确不太适合外科，我们科的男医生都是一米八几的大个儿，我这么小的个儿，每次上手术台都要找最高的踏脚凳才能够得着，他们笑我是“踩高跷”的外科医生。当时张教授是我们的科主任，也是副院长，我向他申请了转肿瘤内科。

我2001年4月回国，然后结婚、生孩子，2002年产假一结束，我就到内科报到上班了。

其实我在2002年拿到省级一等奖后，也算是蛮风光的，毕竟当时还那么年轻，我2006年升正高时才35岁，也是我们医院最年轻的。这些对我来说是光环，更是压力。我到30岁时临床经验还几乎为零，作为一名临床医生是不合格的。受人关注，自己必须有真实的能力才行，所以一生完孩子，我就把大部分精力都投在了临床上。还好，我转肿瘤内科还是比较有优势的，毕竟我在国外待了4年，科研思维的训练比较全面，而临床经验主要靠时间来积累，在病人床边待的时间越长，就会越有感受，越有判断能力，慢慢地把临床这块东西捡回来了。

我是幸运的，因为成长中能得到我这么多机会的年轻人也许并不多，尤其我还是女人。有人说，女人之间，你穿一件漂亮衣服都可能遭来嫉妒，更何况我在别人眼里可能是被偏爱了。但实际上，我并没有明显觉得周围有这种不好的氛围，这得缘于我们整个学科的风气很正，从郑校长到吴院长再到张院长，学科内互斗互拼的情况很少，否则太损耗内力了，所以我们这个学科我一直很喜欢，也愿意为之努力和付出。当然，人性是一样的，现实中难免有人会因为妒忌给你挖个坑之类的，我想最重要的还是自己的能力和心态足够强大，很多东西自然就防住了，自己走得快一点，别人想挖坑都不那么容易。另外，我觉得，要想不遭到别人的妒忌，自己低调不炫耀也很重要。

我的父母都是大学教授，家里虽然不是大富大贵，但也不愁吃穿，我从小没有经历过太多生活的艰辛。更重要的是我父母性格很好，他们待人处世的方式深深地影响着我。所以我从小面对一些事情时就比较平和，这是我人生最重要的基础，也是根植在我骨子里的东西，也许也是后来郑校长、吴院长、张院长喜欢我的原因之一。

我想，虽然每个人出身不同，家庭背景不同，机遇不同，但说到底，最重要的还是每个人本身具备的东西，做事就是做人。

4

上周，一个病人在我负责的病房里去世了，到现在一周过去了，我心里还很难受，做肿瘤科医生特别没有成就感，特别是肿瘤内科医生。

我接触的都是晚期病人，无法治愈，甚至一些治疗效果很好的也只是比较短暂的好转，总会有进展的那天，所以，肿瘤内科医生在工作中的成就感不如外科医生。外科医生开刀把瘤子拿掉后，病人 5 年以后再来看你，依然好好地活着，这种开心是不得了的。

我成为肿瘤内科医生以后，觉得内科医生在临床中更加需要人文和换位思考，也就是更要把病人当成一个人来对待，而不是简单的一个病。我刚刚从外科调到内科时，只要有点时间，就会跑去病房和病人聊聊天或者给他们解决一点小问题，比如病人吐了，我给他打止吐针，看看多长时间起效以及效果如何。这种医疗手段的贴身感受都是病人教给我的，以后再遇到，就会知道这个药大概几分钟能起效、大概效果如何、有什么副作用等等。所以我一直跟我的学生讲，你们有空的时候都到病房去。

另外在病房里多交流，跟病人的关系也会比较融洽，病人也会跟我们讲讲家里的一些难处，精神上、身体上的一些不舒服，等等。我值夜班的时候，经常会晚上到病房里去转转，有些留下来陪护的家属就会找我聊天，因为是下班时间，大家都比较放松，会聊各种各样的事情。

人文很重要，换位也很重要。我跟病人家属谈话的时候，如果对方是病人的妻子，我会问问她，有没有来自婆家的压力，需不需要我帮她对婆家的兄弟姐妹或父母讲一讲他的病情以及要面对的一些情况，等等。因为现实中有一个法律和伦理上的尴尬，那就是法律上配偶是第一有效签字人，但由于信任方面的原因，病人的其他直系亲属有时会给配偶带来很大的压力，产生很多家庭矛盾，特别是一些年轻的夫妻。这个时候，病人的配偶一方面要承受照顾病人的辛苦，承担经济上的压力，承受即将失去爱人的巨大心理冲击，另一方面还可能遭遇对方家人的质疑、不信任，这种情况很常见。我常常会想，如果我是她，面对这些问题也会很痛苦，虽然我们医生不应该介入病人的家庭矛盾，但如果我们作为医疗方能帮助做一些解释和调和工作，能帮家属减轻一些压力和分歧，也是在间接地帮助病人。

上周五我病房里一个病人的去世对我打击比较大。

我管的病房里已经有几年没有病人直接在病房去世了，因为当病人身体情况比较差或者不能接受治疗的时候，他们都会转院到离家近的医院去，方便照顾和做准备。但这个刚刚去世的病人病情恶化速度之快，连转回去的机会都没有。

病人是小学老师，确诊的时候才 33 岁，孩子刚过百天。2018 年

7月，在当地医院确诊肠癌时已经腹腔内转移，做了三次化疗后发生肠穿孔，紧急送到我们医院做手术，术后一个月后就转到内科进行后续治疗。没想到的是，他转来我病房时，整个肚子又变硬了，因为肿瘤全部长回来了，这才刚刚手术完一个月，可想而知肿瘤进展有多快。我接手他的治疗后，需要与家属交代病情，然而他的孩子刚刚出生，妻子才出了月子，我不忍心，只好请来了病人的父亲，是个农民，同时来的还有病人的堂哥。

肿瘤就是这样，个体差异很大，很多肠癌的治疗效果是很好的，可是这个年轻人真是不走运，几乎对所有药物都不敏感，三次化疗下来，他的状况越来越差，我想，他的妻子必须要面对这个残酷的现实了。第三次化疗结束后，他回家休息两周，等待进入下一个疗程，我让他转告他妻子有空时来一趟我的门诊。没过两天，他妻子来了。面对这样一个刚刚为人母的年轻女子，我不忍开口，与六七十岁的患者家属谈话和与三十几岁的患者家属谈话，医生的内心感受是完全不同的，但该讲的话还是要讲清楚。他妻子也是一位小学老师，已然蒙了，一直跟我说“我知道的，他的病情我知道的”，但是我很确定她肯定想不到她老公活不了几天了。

和他妻子谈完没几天，病人就被送来我们医院急诊，大量胸水导致喘不上气。在急诊室插管把左侧胸水处理掉后，憋气暂时缓解了，然后收进病房继续住院处理，通过插管往里面给药，处理好之后才能拔管。可是，他的病情太晚了，左侧还没处理完，右侧又出现胸水，又喘不上气了，我们又赶紧处理右侧——那几天医生不停地给他放胸水打药、放胸水打药，几个来回之后，他肚子又开始胀得很厉害，因为出现了大量腹水。此时正是元旦前后，12 月 31 日他的情况还算稳定；我 1 月 1 日休息了一天，让值班医生时刻盯着他的病情；1 月 2 日我一上班，他的情况就已经完全不一样了，急性肾功能衰竭，1 月 4 日（周五）就走了。

在整个过程中，由于我们沟通得很充分，家属还是能够接受现状，但谁也没办法，只能眼睁睁看着这个疾病快速进展。他快不行的那天早晨，他妻子把女儿抱来了。孩子已经 3 个月了，但根本不知道她面对的是什么，被抱来让爸爸最后见一见，而此时病人的血压已经顶不住了。当时我的下级医生看到小宝宝被抱进病房，忍不住就转身哭了，她自己刚刚生完二胎回来上班没多久，哪里见得了这种生离死别的场面。我作为医生，眼睁睁看着这一切而无能为力，心里也特别难受。他很快就在病床上离世了。

这个病人让我特别受挫。他这么年轻，我们却根本留不住。只好安慰自己，我能为他做的事情都做了，医学常常就是这么无奈。我第二周周五早上去查房，他那张床上又躺了一个年轻的病人，我当时心里就咯噔一下，真的是很不舒服的感觉。

对年轻的肿瘤病人，不要说家属不舍得，我们医生、护士也都舍不得。我们病房里还有更年轻的病人，16 岁患上肠癌。我们病房还接诊过七八岁、十来岁患骨肉瘤的孩子。骨肉瘤的化疗时间长，一住院就是两三周，所以我们和病人相处时间也多。那时候我的孩子也小，看到这些生病的孩子，我特别心疼。

虽然与外科医生相比，我们肿瘤内科医生的成就感不那么多，但也不少。也许是内科医生本身的期待值不高，所以反而很容易满足，比如我们虽然不能为病人逆转病情，但如果能给他们赢回来一点时间，帮他们完成一些人生的小目标，哪怕是做好心理准备从容地接受这个结果，我们都会感到欣慰。有的病人对我说，希望能等到女儿考上大学，有的说要等孩子结婚，还有一些更简单的小愿望，比如希望等到孩子暑假从国外回来……当我们努力帮他们达成了这些心愿，我们也一样能获得成就感。

很多人都知道这句医学名言：偶尔去治愈，时时去帮助，总是去安慰。这句名言也说明医学对人类疾病的抵御能力还是比较差的，对抗肿瘤的能力就更差了，但医生的帮助是非常重要的。所以我这么多年当医生的感受是，治疗中一定要把病人当成一个有感情、有思想的人来对待，而不是简单粗暴地看看指标、定个化疗方案就够了，很多时候交流给他们带来的帮助甚至比治疗本身还重要。这种交流本身也对医生的工作有帮助，因为通过深度交流，医生才能真正知道病人的需求。现在病床周转快，病人住院的周期缩短了，医生很忙，但我认为只要医生想沟通就一定会有时间的。

5

女人要让工作和生活保持平衡确实很难。

尤其对孩子，最让我愧疚的是我儿子。医生的工作需要投入很多的时间和精力，不仅临床方面，还有学术交流方面，都会占用陪儿子的时间。对于我现在这个年龄阶段，陪儿子很重要，而工作也很重要，比如学术交流，不仅为了自己，还为了我们整个团队和平台，所以工作和家庭对于我们来说是很难平衡的。

但也要尽可能为平衡而努力，所以我现在给自己定下一个规矩，每周至少要留一天完全给自己和家人。

孩子上高中时住校，每周五回来，周日一早返回学校，我们业界的学术会议基本都安排在周末，几乎每周末都要出差。我会推掉一些不那么重要的会议，如果实在推不掉的，我会安排周五去，周六无论多晚都要赶回来和儿子相处一晚说说话，周日也能一早亲自送孩子回学校，然后去看看父母，和家人一起待一天。

虽然现实中有很多身不由己，但就像医生想和病人沟通就一定能找到时间一样，我们如果想把工作和生活划一个界限，也是一定能找到那个平衡点的。

章真：

一个人连自己都能面对了，人生也就没有恐惧了

章真 复旦大学附属肿瘤医院放疗科主任、大肠癌综合治疗组副首席专家。1988 年毕业于上海医科大学医学系，2000—2001 年在美国 MD 安德森癌症中心放疗科进修。诊断特长：胃肠道肿瘤、恶性淋巴瘤、乳腺癌及其他腹部和盆腔肿瘤的放射治疗和综合治疗。

我是上海医科大学毕业的，当年上医实行本科六年制的一共有六届，我是第二届，1988 年毕业，一晃就在医院工作了 30 多年。

我这个人比较干巴，很多医生都能讲出很多感人的患者故事，但是我记不住，就连和我先生吵架时，他会说“你以前也这样”并能举出例子来佐证，等换我这边，他让我举例说明，我就接不下去了。

我是一个不太难为自己的人，从来没有预设要成为什么样的人，也没有为了达到某个目标而咬紧牙关、排除万难去实现。所以一路走来平平淡淡，没什么刻骨铭心的故事，也没那么多感悟。

在我四十出头的时候，一次意外把“如果没有明天”的问题推到我面前，我有机会真实地面对自己，把人生几件事的重要性做一个排序。从那个时候开始，我就知道了什么是最重要的，什么是我随时可以放弃的，至今没有改变。

1

我爸爸 1948 年从重庆考入复旦，一个人来到了上海，毕业后留在上海。

我妈妈是上海人，有 8 个兄弟姐妹，读书都很厉害，走的也都是技术路线。在那个时代比较好的职业，比如教师、会计、工程师等，家里都有，唯独缺个医生。爸爸给我的建议也是要掌握一门技术，医生是技术类的，而且人总归要生病的，当医生肯定不会失业。家人们一合计，都一致认为我应该学医，这样以后家人看病也方便。

我并不是那种听父母话的乖乖女，但那个年代并没有太多选择。

我妈妈是化学老师，爸爸是学法律的，后来在上海一所师范学校任教。我是独生女，从小在上海的弄堂里长大，小时候除了看书，就是和弄堂里的男孩子一起疯玩。“文革”期间我在念小学，“文革”一结束，1978 年我是上海第一批考上中学的，初中两年，高中两年，都在向明中学，1982 年参加高考。读书对我来说并不是件很费力的事，虽不拔尖，但也在前十名，所以考上医学院并不吃力。

学医的理由很简单，毕业时选专业也很简单。那时候分科没那么细，科室也没这么多，大的分科只有内、外、妇、儿。两年实习，我最后去的是肿瘤医院，已经有了一定的临床感受，理解力也强很多，所以对肿瘤科的印象比较深。我一向不太愿意做太费力气的事情，当时肿瘤专业吸引我的是工作轻松，病人不算太多，医生不太忙，哪想到现在一点也不轻松。

我还是年轻医生时，觉得那些老医生身上可能都有着那个年代的烙印，就是除了上班看病之外，也没有什么爱好。但我的导师们非常有才。记得我去投简历时，刘泰福教授当场给我画了一幅解剖图；赵主任是医学和物理学双学位，因为我们放疗涉及放射物理，包括临床、生物、物理，他每个方面都很强。那时听老师能讲这么多，什么都懂，我们崇拜得不得了。所以，放疗这个学科是很有内涵的，现在很多算法可以通过计算机来实现，但在当时只有模拟机，必须自己算出照射的角度、影响的面积、对癌细胞的杀伤力等，技术含量是很高的。

我们这一代看到了放疗技术的变迁，从最原始的模拟机到二维的、三维的，再到现在的，而这些技术对现在的年轻医生来说，只是书本上的一个简介了，他们只需要用计算机一算就有了结果，好处是效率大大提高，但弊端是他们不会明白结果是怎么算出来的。现在都说未来人工智能将取代医生，其实我认为，人工智能可能会取代思维过程的一个部分，至于治疗方案和结果，还是要靠人的智慧的。就像现在的年轻医生，计算过程这部分的思维被计算机取代，只知道一个答案。

放疗专业的医生要和大型设备打交道，实际上，在还没有“人工智能”这个概念时，我们放疗用的机器已经是计算机程序控制的了。对于我们这个专业来说，这个趋势是不可抗拒的，就像火车往前走，你用身体是挡不住的，所以我一直在想，人工智能普及以后，我们医生还能做什么？

人工智能一定会对各个行业都产生冲击，一些机械重复的工作很容易被替代。比如放疗医生有很大一部分工作内容是要确定靶区，现在可以用计算机程序来自动勾画靶区。但是医疗这件事完全靠人工智能是不可能的，计算机程序是根据我们之前的行为、依照一定的算法得出某个结论，它不会因地制宜地改进，而我们人类的大脑则会随时根据情况调整。所以随着医学的发展，未来人工智能能帮我们省力，我们使用它来重复我们过去的行为，但如果一直这样一成不变，治疗是不会进步的，要前进还是要靠医生。

但在我们医生的训练中，机械重复的工作是年轻医生训练的一个阶段，也是医生成长的必经阶段，如果这个阶段的工作被人工智能替代了，就需要相应改变医生培训、学习的方式。

2

当年家庭会议讨论让我学医的一个理由是家人看病方便，我当了医生之后，真的照顾到了家，只是没想到第一个照顾的对象就是我妈妈，而且所患的疾病正是我的研究领域。

1999 年，妈妈查出结肠癌，那一年她 66 岁，我晋升副高。

上海有老话说，妈妈 66 岁的时候，女儿要给妈妈吃 66 块肉。给妈妈做结肠镜时需要切组织做病理，当时家人还开这个玩笑，说我给妈妈做肉吃时肯定少数了一块。

那年也是很邪门，医院每年的迎春会上，以前我抽奖最多中个牙膏、毛巾之类的，那年却中了个大奖。结果春节一过完，妈妈就查出生病了，从此以后，我再也不盼着抽奖中奖了。

人的期望值是可以一步一步降低的：没有生病的时候不希望生病；生病的时候希望病情很早期，没有转移；查出来有转移的时候，希望只转移一个部位而不是多个部位。但是，慢慢地你会发现，每一次都不是最坏的，因为还有更坏的消息在等着你，你的期望值就一点点降，降，降，最后到底。

妈妈查出来结肠癌后，我盼着是早期，手术切了就好，还找了大肠外科的同事蔡三军教授商量。后来给妈妈做了个 CT，发现已经肝转移，而且是多处。

妈妈生病以后，我能体会到患者家属的心情。我是医生，而且就是本专业的医生，在真正面对父母生病的时候也是慌乱的。差不多两周的时间，看什么都是灰色的，我先生当时又在国外，没人可商量。

我找科里的一位老医生聊天，他是一位很睿智的长辈，一眼就看出了我的慌乱，说："你平时这么聪明的人，现在怎么一点头绪都没有了？"再后来一天中午，我趴在办公桌上，对什么都提不起劲儿，两个护士在边上聊着生活中的琐事。我听着听着，突然醒悟，生活并不只是妈妈生病这一件事，还有很多其他的东西。

从这之后，我恢复了理性来安排妈妈的治疗，想开了，心也大了，眼里的天又是蓝的了。最后给妈妈做了手术、化疗，治疗效果很好，和普通人一样正常生活了7年。

第八年，妈妈复发了，肝里出现了大面积病灶。这一次，我很平静，不再像7年前那么慌乱，给妈妈常规治疗了半年，她说她很累了。我知道她的病再积极努力也很难改变什么，现在妈妈的生活质量还可以，我们决定姑息治疗，这样不会给她带来太多痛苦，最后她在2007年离开了我。

每个人都会经历父母的衰老，只是时间早或晚而已，这就是我们人生的一部分。

妈妈生病时，我没有瞒着她，因为接受治疗的是她，不过对肝转移的严重程度有些保留。她说："我这么开朗的人，怎么会生这个病呢？"我说："这个病和人开不开朗是不搭界的。"妈妈比较豁达，她接受了生病的事实后，就完全交给我来安排治疗。

现在我会从病人的角度、家属的角度考虑治疗的问题，而不是只站在医生的角度。因为，站在医生的角度肯定是必须治疗，但实际上每个人的生活状况、对待疾病的态度都是不一样的。现实中，很多病人一生病就被家人以爱的名义剥夺了很多的权利，尤其不能有思想和主见，全部由家属代劳。每次遇到家属说瞒着病人时，我都会劝他们，还是应该让病人本人知情，因为每个人都有自己的想法。这一点，国外会好很多，病人都是自己做决定，自己安排未来的生活。其实，人最害怕的是未知，很多成功人士或者有一定事业基础的人，他们查出自己生病后会单独找我谈，希望了解整个治疗计划，自己心中有数，也可以做出自己的选择。

我记得在 20 世纪 90 年代有一个病人，是我父亲同学的孩子，他刚结婚就查出了淋巴瘤，已经是很晚期，妻子还怀着孕。家属都对我说，不要告诉病人生病的事，但我一直在劝他们，应该告诉病人，要问问他有没有什么安排。果然没多久病人就去世了，家属对我说，幸亏我跟他们说了那些话，否则他们一门心思瞒着，最后很多事都来不及安排。

现在妈妈的兄弟姐妹里，有几个患结肠癌的长辈，我们这个大家庭一到春节聚会，我就像开咨询门诊一样。我给他们查过基因，非遗传性的，都是散发性的。人都怕得肿瘤，但担心也没用，该做啥就做啥。

3

我先生是比我高一届的师兄。

我们都是六年制，有两年的实习期，我第一年实习时，他进入第二年实习，在华山医院外科认识了，我们一起上手术台给老师拉过钩。他毕业后被分配到放射科，后来主要做放射介入工作，工作量很大，非常累。我们结婚之后，他回到家里经常坐在沙发上拿着报纸就睡着了。我觉得介入科吃的射线太多，两人就商量不要都待在医院了，最后他选择离开医院工作，去公司上班。

现在回头看，他放弃当医生，也没觉得可惜，我们两人走了两条完全不同的路，客观上也让我们的家庭在看问题时有了很多的维度。我在医院工作，一眼就能看到自己的未来是什么样，一成不变；他去公司上班，未来有很多未知和不定式，充满挑战。

医院很小，世界很大，我们回到家里都会抱怨各自工作上不愉快的事。听完他说的，我觉得我在医院遇到的那些芝麻绿豆都不叫事儿，他遇到的那些事不仅是不愉快，还可能面临重新选择。

这样交流多了，让我越来越明白，医院、科室同事之间产生矛盾也好，争抢资源也好，都是小事。我 2000 年去美国 MD 安德森癌症中心放疗科进修 1 年。一到美国，我就把国内的手机关了，换了一个美国号码。那时候，不像现在有微信之类的联系方式，有人说你这也太彻底了吧，万一别人找你有事呢？我说，我不在国内，无论是领导还是病人，谁找我有事我都办不了，所以干脆把手机一关，清净。

我们每一个人都没有自己以为的那么重要，没有你，地球照样转，无论你位多高权多重，你总有退休的一天。随着年龄越来越大，更把这些看开了，无论爬多高，退休之后不都一样吗？

记得乔布斯曾在斯坦福大学演讲时问：如果今天是我生命的最后一天，那些原本今天要做的事我还想去做吗？

我经历过“如果没有明天”。

2007 年，很偶然的原因，我做了科主任，那一年我 42 岁。我对院领导说，我没当过官，从小到大做过最大的“官”是中队委员，连中队长也没有做过。被赶鸭子上架当了科主任之后，我竟然几个月没来月经，当时想，坏了，不是怀孕就是肿瘤。做了个B超，查了HCG（人绒毛膜促性腺激素）指标，排除了怀孕。拍了核磁，的确看到有东西，妇科的同事让我准备做手术。当时正好周末要去华山开会，我想着先去开会吧，下周再做手术。

其实，去华山开会，有点像是本能地在逃避一些东西，也让自己在“突如其来”的坏消息前冷静一下。

那几天，想了很多。

比如，治还是不治，治到什么程度时放弃？我的想法和当初给我妈妈治疗时一样，该做的治疗都做，但对结果不强求。当医生这么多年，同一个治疗对不同的人有不同的效果见多了，无论当医生还是当病人，都是尽人事，听天命。

再就是，治疗过程中，什么最重要，什么可以放弃，这也是每次我的病人纠结时，我会和他们谈的问题。我的研究领域是肠癌，病人经常会碰到要不要保留肛门的问题。当从医疗角度无法保肛，或者病人担心化疗药物带来痛苦时，我们常说的一句话是“最大的毒性是复发”，即如果一味地强调生活质量而强行保肛，或者拒绝该做的化疗导致治疗不足，最终可能要付出生命的代价。

但是什么时候积极，什么时候保守，这个尺度并不那么容易把握好。有些人会写一份医疗上的预嘱，提前安排自己在失去意识的情况下，自愿接受或放弃什么样的抢救措施。对于肿瘤终末期的病人，很多创伤性很大的抢救措施都是需要慎重的，我妈妈当年就是如此。她临终前是有感觉的，她对我说："你不要给我想这个办法那个办法了，我很累的，我拖不动了。"我说："好。"她讲完以后就再没醒过来。其实，我们同学间有讨论过面对死亡的话题，人到最后要什么？其实，人到最后求的是一个好死，这个很重要。

我从华山开完会回来什么也没说，我先生看出来我其实心思挺重的，给我讲了个"三不张"：不声张、不慌张、不紧张。这个"三不张"，我们现在还经常当笑话来说。

这周就要安排做手术了。周一上班，刚到办公室就接到放射科医生电话，让我去一下。去了之后，他说："我又仔细看了你的片子，那个地方看起来是特别硬的感觉，凭我的经验不像肿瘤，要不你再做一个？"我一听赶紧再去做了一个，他更加确定不是肿瘤，建议我再观察两个月，没来月经应该是与内分泌有关。果然，过了一个月，月经恢复。

回想这一段的经历，我其实很感谢这次误警报，没有真正造成健康问题，反而给我带来了巨大的收获——让我有机会真正站在那里思考"如果没有明天"的问题。

我先生曾问我："如果真的得了肿瘤，你有没有想过，你第一要放弃的是什么。"当时我说："我开完会回来再回答你。"

如果没有明天，我第一要放弃什么？当我坐下来思考这个问题时，第一个出现在脑子里的就是工作。

是的，我第一个放弃的就是工作，尽管当时我刚刚当上科主任，在别人看来，一切刚刚开始，未来还有很大发展空间。如今职场上又增加了很多"光环"，我们这样的女人似乎应该是把工作排在第一位。

但我心里很清楚，人生的起点和终点对每个人都是一样的，无论职场走得多远，大家退了休都一样。所以，直到现在，如果需要做选择，第一可以放弃的还是工作，这个排序没有变过。

最放不下的是孩子。

这可能是每个母亲本能的选择，当时我女儿才 13 岁。“如果没有明天”，对于一个母亲来说，最遗憾的是无法亲自陪伴孩子成长。我遇到的很多当母亲的患者，最大的愿望都是能多陪孩子几年，看到孩子上大学、结婚、生孩子等等。

这些复杂的问题，我好像没纠结多久，很快就把几件事的重要性排列出来了，这种思维习惯也是因为当医生久了。

那天我和学生说，人之所以会纠结，往往是因为既希望这样，又希望那样，两样都得不到，却两样都想要。医生要下诊断、给医疗处理，会有几个问题同时摆出来权衡利弊，按轻重缓急排序，这是医生工作的常态，医生也就养成了这种思维习惯。医生将这种解决临床问题的思维用于解决生活中遇到的复杂问题，往往也能很快从一团乱麻中理出头绪，抓住主要矛盾和次要矛盾，优化顺序，逐一解决。

经历过这一次的健康警报，我能暂时停下来想很多问题。在我们还很年轻的时候，生死的问题、排序的问题很少会进入我们的议题，总认为这些都离得很远，我们只知道往前走，却很少有人认真去思考这样走的目的是什么。

4

一直觉得，我这份工作，从一开始接触就能看到头，尤其现在年过半百，除了会当医生，别的什么也做不了了。

有一次我去德国，见了一位以前在国内当医生的同学，他后来出国留在了那里，工作生活都挺好的。我们聊天，他有点想回国，因为他觉得自己“接下来的生活都已经可以看见了，一成不变，没有什么意思”。这种感觉，我在美国的同学也有，他说：“我家搬到这里，垃圾桶放在这里，十几年过去了，现在还是在这里。”生活平稳，波澜不惊。

现在年轻人的选项就很多了。有的博士毕业时向我告别，很不好意思地说自己不打算当医生，要去做什么什么。我都会鼓励他们：“没关系，如果留在医院，从我身上你就能知道你后面的路。你选择走一条无法预知未来的路，去试试，年轻什么也不用怕。”

我一直觉得中国的教育太功利。

在女儿的教育上，我是“鸵鸟政策”，因为女儿小时候是不太喜欢读书的孩子，用她的话说“书都被你读光了”。有一次送女儿去学校，稍微在门口留了半小时，被这些“鸡娃”的妈妈刺激得心里慌慌的，从此再也不敢和家长交流。唯一有交流的是我的同学，两个孩子上同一所学校，我们都属于开完家长会要被老师留下来谈一谈的家长，经常在老师办公室碰到，有点难兄难弟的感觉。

我女儿读中学时，班里 32 个人，她一直保持在 28 名到 30 名，不是最后垫底的，但也不会跑到前面去。记得有一次，她拿着一张

34 分的考卷回来，我瞬间全身发冷——从来没见过这种分数，再后来她能考 70 多分时，我开心得不得了。

前面说过妈妈生病之后，我才知道人的期望值是可以一点一点被打下来的，其实子女的成长也一样。孩子刚出生的时候，每个父母都觉得自己的孩子将来一定是个天才，慢慢地接受他们其实就是一个普通人的现实。当我们不再用这么高的期待值去对待孩子的成长时，他们往往会给我们惊喜。

好在我的性格是不为难自己，女儿整个成长过程，我们也不愿意太为难她，不愿意上补习班就不上。唯独去美国上大学这件事我很坚持。她不愿意出国，我帮她填的申请表，再让我在美国的同学帮忙交给学校，把她送了出去。读完语言学校，申请大学，在美国 6 年，女儿顺利读完了大学，毕业回国了。女儿长大后曾问我："小时候怎么不逼我一下？"其实她小时候学乐器，我也是逼过的，但一练琴就各种情况，一会儿要上厕所，一会儿渴了，一会儿饿了，最后也就不了了之。后来女儿喜欢画画，高中毕业后，跑去美术学校学了一个星期，喜欢动漫又自学了日语。有一次我们全家去日本玩，她竟然能用日语和日本人聊天。

我觉得，一个人要到一定年龄、有一定阅历才会知道自己要什么。欧洲的孩子中学毕业会面临一次选择，是继续读书还是选择自己感兴趣的职业去接受职业培训，过几年你想读书可以再回来读。而在中国是不可能的，没有机会回头再选择。这就是中国孩子最大的悲哀，在什么都不懂的时候要做很多决定，等有点明白自己要什么的时候却已经没有选择的机会了。所以我觉得中国的教育太功利，一锤定终身。

我认为，可能国外的教育和中国的教育最大的区别在于普通孩子的成长方向。国外的家长和老师常常允许孩子多尝试几个方向；而在中国的很多家长和老师看来，孩子的成长方向只有一个。

有句老话说“老师是人类灵魂的工程师”，所以老师要有格局、有高度，才能在孩子的教育中起到引路人的作用。而我们现在的教育，还是在鼓励和培养小聪明，为考试分数而做的功利化教育。这种功利化的烙印从小打在孩子身上，会影响一辈子，很难改变。

我管理科室、带学生也是一样，都不会太 push（推）他们去做事，我觉得他们自己想做、有动力了，自然会去做。

5

我也是到 40 岁以后才开始慢慢明白，人很难勉强自己去做一件事，很多事情做不好，常常找借口，其实是内心不敢承认是自己不想做。

在此之前从来没想过这个问题。年龄大了，发现很多事找借口没用的，除了自我安慰“不是我的错”之外，对结果一点作用都没有，最终承受结果的还是自己，而且自己骗自己可能会导致同样的问题反复发生在自己的身上。就像很多人活在朋友圈，在微信等社交软件或互联网社区平台上各种表演，而现实中是另外一种样子，慢慢地把自己给麻醉了。

人最难面对的是自己内心的真实，因为有时候不那么美好，或者有违自己希望的“高大上”形象。我的经验就是，这个时候，我们可以把这些放在心里，不告诉别人，但坚决不能自欺欺人，自己要清楚内心的真实想法，真实面对自己。人第一次抛开借口面对自己是挺痛苦的，但只要走出第一次，后面就会觉得这样很舒服。

也正是这个原因，一般病人写的书之类的我是不怎么看的，比如前几年公开的复旦大学老师于娟写的日记——她患乳腺癌去世，还有其他一些患者写的心灵独白之类的文章。抛开他们写的内容在医学、疾病、治疗方面认知上存在科学性的问题，从个人感悟上看，我相信有很多是出于他们的真实想法，但如果写出来是为了公开发表让别人看，那么我想内容一定会有很多的伪装和修饰，因为大部分的人都是希望自己能给别人留下一个正能量的印象。

在医生面前，病人往往是真实的，这个时候人的本性没有任何掩饰。有的人自私，认为他是病人，理所当然所有人都要让着他、照顾他；有的人本性善良，为他人着想，也会在这种时候越发让人敬重。人只有在真正面对死亡的时候，才是最真实的自己了，不需要任何伪装。

前两年在北美放疗年会（美国放射肿瘤学会年会）现场，会专门安排一个人文的环节，邀请一名患者或者患者家属来聊聊，有一年是撰写《当呼吸化为空气》的那个患肺癌去世的神经外科医生的太太。四五年前，在美国临床肿瘤学会年会上，《基因传》的作者也被邀请来分享。他的家族也有一个遗传性的疾病，精神方面的，躁狂症，他是研究肿瘤的科学家，所以他去探索基因方面的原理。

外国的患者写的东西，可能修饰会少一些，他们的文化比较多元，没有统一的定式，所以他们不需要为了迎合某种主流观点而去修饰美化自己的想法。

最好的正能量就是真实。

所以我现在经常对学生说：“你自己想清楚这样做到底是因为什么，不用告诉我，因为有时候真实的想法是比较丑陋的、不愿意告诉别人的，能告诉别人的都是已经修饰过的。所以，自己去想，放在心里，但一定不要骗自己，想明白到底自己恐惧什么或想要什么。”只有面对自己，才会知道自己真正需要什么，才能不被一些繁杂的事打乱思维而保持清醒的头脑。

一个人连自己都能面对的时候，也就没有了恐惧，才真正地无敌了。

程颖：人生的各种角色，都是让我成长为更好的自己

程颖　二级教授，博士后导师，享受国务院政府特殊津贴，“国家有突出贡献中青年专家”。吉林省肿瘤医院党委书记、吉林省癌症中心主任。中国临床肿瘤学会副理事长，小细胞肺癌专家委员会主任委员，临床研究专家委员会候任主任委员，中国抗癌协会肺癌专业委员会、中华医学会肺癌专业委员会、中国医师协会肿瘤MDT专业委员会副主任委员。获评全国先进工作者、五一劳动奖、三八红旗手、卫生系统先进个人和吉林省特等劳模，所在集体被授予“劳模工作室”“工人先锋号”“省及全国示范性劳模和工匠人才创新工作室”等称号。

世上有一种东西催人泪下，那是饱经沧桑后的收获，人间有一种喜悦是和着艰辛迸发的，那是风雨过后的绚丽彩虹。1986 年我从白求恩医科大学毕业，被分配到了正在筹建的吉林省肿瘤医院，开始了我的从医之路。作为一名职业女性，我从一名医生到二级教授，从学科带头人到一院之长，再到现在的党委书记，回顾我职业生涯的风雨历程，我一路奔跑，从未停下脚步。三十几年的回忆犹如一幅幅画卷，在此谨截取其中几段成长的历程与大家分享。

1. 起点

我毕业刚分到吉林省肿瘤医院时，医院只有一个名字和一片土地，从土建到开诊用了两年时间，可以说我经历和见证了医院从无到有、从弱到强的整个过程。

与国内其他省级的肿瘤专科医院相比，吉林省肿瘤医院起步较晚，建院的时候条件非常简陋，开诊的时候只有两层楼，三十几名医生，100 张床位，一楼是门诊，二楼是住院部，当时只有一个内科。这么多年来，我们像燕子垒窝一样，聚沙成塔。1989 年建内科楼，1990 年建放疗楼，2007 年建外科楼，医院一点点地发展壮大，直到 2011 年综合楼落成以后，整个医院在架构、硬件、定位、系统等方面才算初具规模。经过几代人的艰苦创业，医院从名不见经传、位于二线城市的专科医院逐渐变成国内肿瘤诊疗领域的主力军。2016 年医院开始筹建高新院区，并于 2020 年 6 月正式开诊，终于将医院打造成研究型、智慧型，充满人文关怀的现代化医院，成为医院高质量发展的新起点。

2. 第一个转折点

1997 年，我 34 岁，当时还是主治医师，迎来了职业生涯的第一个转折点。

医院落成初期，学科发展很缓慢，这令我对医院的前景和个人的前途感到很迷茫。眼见着年龄已经到 34 岁这个重要的临界点了，自己的个人发展还是前途未卜，我重新开始考虑自己的职业规划，觉得出国读书深造有可能会改变我的未来，于是就脱产跑去学外语。

然而，就在刚刚脱产学习了四五个月的时候，医院重新调整了科室人员架构，加上新来的院长对医院的人员不了解，科主任一职迟迟未定，科室成了一盘散沙，无人接管。这时，有人推荐说："有一个年轻人很能干，可以试一试。"就这样，医院把我找了回来，让我担任科主任。我想，既然组织上和同志们如此器重我、信任我，让我临危受命来挑这个担子，我就不能辜负了信任和期待，于是义无反顾地回来了。

当时医院大内科分为化疗一科（十疗区）、化疗二科（九疗区）和中西医结合科（中西医结合病区）。化疗一科当时是医院比较强大的科室，当时的主任是白求恩医大资深的内科教授，功底深厚，专业性也很强。我们是化疗二科，是全院最弱的科室，与骨科合为一个疗区，病人很少，仅有 20 个左右，而且姑息治疗的多，专科特色不明显，病区效益也不太好。由于这些原因，大家都不太愿意到九疗区工作，十几个医护人员都是从不同科室调来的，很多医生年龄都比我大，水平参差不齐，还人心不安，大家都在想办法调到别的科室去。

接手这样一个烂摊子，对我的挑战非常大，如果我也干不好，这个科室就会被取消。欣慰的是，上任后，医院对我很支持，这也给了我很大的勇气和动力，通过动员，我把科室里七八个医生暂时稳定下来。

面对新的挑战和重任，当时年纪轻轻的我举步维艰，没有任何经验可借鉴，没有任何力量可依靠，所有事情都要自己扛，但骨子里的要强和韧劲儿，让我义无反顾。要么不做，要做就要做好，就像《亮剑》里的李云龙一样，任何事我都是冲在第一个，自己先去做，给大家做表率。大家看到我这么拼命也备受鼓舞，积极地和我一起讨论科室发展方向，出谋划策，很快拧成了一股绳。

我在学生时期就很勤奋，做事也特别认真，所以专业基础是比较扎实的。在毕业实习期间，带教老师对我的评价比较高，说我“对病人有耐心，做事情认真”。我毕业后在白求恩医科大学附属医院轮转培训了 3 年，所以在实际临床工作的时候，我已经得到了很好的实战训练。

在基础知识的掌握上，我也很下功夫。毕业头几年，《诊断学》《内科学》，还有临床需要掌握的病理、生理的教科书，我几乎每天都在看，遇到问题随时查书。在这个过程中，我把基础知识和临床实际工作很好地结合起来，量变引起质变，慢慢地，教科书上这些高度凝练的知识点我已经能在临床上灵活运用。现在看来，这种基本功训练的学习方法对刚走出校门的年轻医生来说是非常重要的。

也正是从学习中实践、从实践中学习的这几年，让我比同龄的年轻医生成长得更快。至今我还记得，医院的第 3 号病历就是我写的，那是一名淋巴瘤患者，他颈部的肿瘤破溃、出血，需要定期换药，我每次给他换药都很仔细。后来有年轻医生曾找出这份病历研究，看后感慨地说："病例上面的每一个字都写得很工整，逻辑性、格式、诊断、鉴别诊断、治疗原则等各方面都非常规范，从中可见程院长的认真程度。"

我刚当科主任没多久，医院就要参加三级甲等医院的评定。我带领科室医生从抓基本操作规范、病历的书写规范开始，到"三穿一切"的基本技能，一点点磕细节，苦练基本功，纠正一些坏习惯，当时的情景现在还历历在目。这个过程让科室破茧成蝶，完成了第一次蜕变，为科室发展打了一个很好的底子。

我当科主任的第一个十年，可以说是风雨十年，科室的生存、发展是首要问题。因为刚开始科室底子薄，技术力量弱，病人很少，而我这个科主任毕竟比较年轻，还是一名女性，与兄弟科室的资深主任相比存在劣势，病人都不太相信我们。没有病人就没有施展的平台，于是我给科室设立的第一个目标就是要给病人提供细致服务、优质服务，要站在患者和家属的角度考虑问题，只要病人来到我们科室，所有医护人员必须耐心、细致地交流和照护，让患者得到非常好的就诊体验。我们从每一个细节入手，比如派专门的医护陪着患者去做检查，检查中有任何问题，可以随时随地和医技科室、辅助科室进行沟通；办理住院、出院手续，甚至费用上遇到问题，我们都会帮助去协调；医生的私人电话留给病人，患者随时可以打我和医生的电话。肿瘤患者在心理上会有很多问题，尤其刚查出这个病的时候，一定会经历从不接纳、恐慌、怀疑，到接受、配合的心理过程，这个过程中家人的帮助很重要，医生的帮助更重要，我们最初在这种“话疗”上做了非常多的努力。这样贴心服务，让很多患者都和我们成了朋友，即使在不治疗的时候也会来医院看看我们。

我给科室设立的第二个目标就是要有凝聚力。我临危受命回来当科主任的时候，科室人心涣散、不稳定，所以我找每个人沟通，了解他们的想法，知道大家其实心里也都憋着一股劲儿，想把工作做好。我重新树立每一个人的人生观和价值观，要不计较得失，有劲儿往一处使。当时科室每个人都买了《没有任何借口》这本书，很多老医生到现在还留存着。每个人都全身心地奉献，在业务上狠下功夫，将激情、热情全部都倾注在工作上，不到 1 年科室就有了起色。医院其他科室的同事对我们的态度也开始有了转变，逐渐对我们信任起来，这种转变让大家士气高涨，工作更加积极主动，从医疗质量、安全、亲情服务等各个方面把病人照顾得很好，就这样科室的影响力慢慢扩大，逐渐变成了医院最好的科室。

从一个濒临解散的科室到医院乃至国内的品牌科室，我亲身体会到这种极致的医疗服务给科室带来的巨变。因此我当上院长之后，把这种要求也推广到全院，现在，我们医院的服务在所有公立医院中都是很突出的。这样的医疗服务能带来良好的医患关系，医护人员跟病人之间没有任何障碍和芥蒂，如果医生表现出傲慢不耐烦，病人和医生之间就会有一种隔阂，而让患者感受到医护人员的友善，才能得到他们的信任。

我给科室设立的第三个目标就是科学研究的能力，这是一个团队的内功，只有科研能力强大，才真正能更好地解决临床诊疗问题。1997 年，孙燕院士等肿瘤界前辈开始带着全国肿瘤医生做临床研究，在中国抗癌协会下成立了一个二级分会“临床肿瘤协作中心”（CSCO，现名“中国临床肿瘤学会”），组织开展大量的全国多中心临床研究工作，中国的学术氛围越来越好，我正好也赶上了我国临床研究的起步时代。在 1999 年，我成为 CSCO 的全国委员，这是我医学职业生涯的第二个转折点。

3. 第二个转折点

在医院积累成长的时期，一直没有人带我，所有的事情都是自己在摸索中做，除了自我成长以外，还要带着别人成长，所以我一直是负重前行。

到了 CSCO 这个学术团体后，遇到中国肿瘤领域最优秀的一批人，幸运的是这些人都成了我的良师益友，给了我很多的帮助和指导。这个阶段的成长，可以说是突飞猛进，不再是单打独斗，也不再局限于自己的科室和所在的医院，而是站在全国甚至全世界的舞台上。无论是视野、思维、格局的扩大，还是自身学术地位、影响力的提升，我都有了一个极大的飞跃。2003 年，我被提拔为医院的副院长。

其实我个人在专业上的成长过程，也正是全国肿瘤科医生专业成长和探索的过程。当我开始走进 CSCO，在全国肿瘤专业中崭露头角时，正好赶上全世界肿瘤诊疗发展日新月异的时代。吉林省的肿瘤医治、研究相对薄弱，为了整体提高医生的诊疗水平，我从2005年开始办“CSCO长白肿瘤高峰论坛”，这是CSCO所属的一个继续教育的会议，邀请全国优秀专家来给吉林省的肿瘤医生讲课，一年一次，到2020年已经办了十五届。第一次开会时，只有几百人参会，现在达到几千人，已经成为国内肿瘤继续教育的品牌会议，在国内具有很大的影响力。

无论是个人还是团队，如果有比你更优秀的人做引导，都是一件幸事，因为他不仅能在专业层面给予指导，还会在整个战略方面提供给你一个更高的视角。在这样的环境里，不仅成长速度快，而且能轻松很多，因为有人帮你一起看路，随时给你提醒，你努力认真地走路就好。2005年，我带领整个团队在孙燕院士等肿瘤界顶尖专家的指导下做药物的临床研究，并准备申请国家GCP认证（基于《药物临床试验质量管理规范》的资格认证）。这个认证，要求非常严格，一次通过率很低。当年我去参加欧洲肿瘤年会时，和当时就在国内、国际非常著名的秦叔逵教授同行，他是我国肝癌领域的著名专家，也是当时的CSCO秘书长，他告诉我：“国家GCP认证非常重要，你们一定要通过考核。”因为涉及伦理、药物临床试验等各个方面的内容，所以我们需要看大量的资料、做大量的题，要在答辩时能应对各种提问。我领着团队医生，每天早晨6点到单位，集中学习，领悟精髓，并反复考试，要求全员过关。在国家认证的前一天，我们更是一夜没睡，大家互相提问，做充足准备。凌晨5点多，我开车去火车站接评审专家，之后进入认证的一系列过程。

我们下的功夫没有白费，一次性通过。2006 年 GCP 认证下来后，2007 年就参与了第一个国际结肠癌方面的新药研究。我们入组的病人数量排中国第一，全球第二，研究数据质量得到国际申办方的充分认可。通过这个临床研究我们也学到了很多，团队的科学性、严谨性和协作性有了很大的提升，为以后开展临床研究奠定了坚实的基础。

在以往参与的多中心临床研究中，我们常常是贡献很大样本量的中心，而且试验数据真实、客观，患者依从性好，在业内积累了很好的口碑。我们从来不计较排名或身份，而是甘心做一个积极的参与者，得到同行的高度认可和赞誉，同时扩大了我们在国内肿瘤领域的影响力。

所谓“但行好事，莫问前程”，我认为无论是对个人还是对团队，这都非常重要。很多人走到一定的程度，就会把自己的个人诉求放进来，当超出别人的期待时，就容易出现很大的问题，不仅人与人之间的关系变复杂了，而且自己前进的路也会越走越窄。

回首这么多年来的努力，每一件事我都做得义无反顾。当初我刚接手这个濒临解散的团队时，大家对我其实是半信半疑的，慢慢地，大家开始对我有信心了，他们知道跟我一起干有劲头、有奔头。我们科室从最初医生护士加起来只有十几个人，到现在一百多人，已经成为全院最大的科室。

以前我们医院就连省级奖项都很少获得，年轻的时候我对自己说，未来如果能得到一个省里的科技进步奖二等奖，这一辈子我就满足了。于是朝着这个目标努力，认真对待每一个临床研究，很快我们就拿到了这个奖项，然后我又设定更高的目标——省部级一等奖。一分耕耘，一分收获，几年后我们也实现了。

4. 第三个转折点

我做副院长6年之后，2009年成为吉林省肿瘤医院院长，我的身份从最单纯的医生变成了身兼多职——医生、老师、管理者、研究者。

我的专业方向也经历了几次转变。一开始做肿瘤研究时，大家都觉得乳腺癌是女性的高发病，治疗起来效果比较好，生存期比较长，国内的徐兵河、江泽飞等教授在这个疾病领域做得非常好。随着CSCO发展得越来越成熟，学会下面也开始细分专业组，我本来选择了乳腺癌方向，后来一次偶然的机会，吴一龙教授问我："你愿意从事肺癌的研究吗？"那时我国的肺癌研究刚有起色，尤其是吴一龙教授把第一种肺癌的靶向药物带进了中国，并且证明了该药物对中国人比对欧美人更有效，和化疗比较不仅有效性大大提升，而且患者耐受性好，从此给肺癌治疗打开了一片广阔天地，临床研究也越来越多。我进入肺癌领域后，发现这种疾病的研究更有意思，发病率更高，治疗效果却远没有乳腺癌好，有很多事情需要做，于是我决定专注于肺癌研究，慢慢进入了状态。

这十几年，肺癌的临床研究突飞猛进，并真正实现了采用分子靶向治疗的精准医疗。很多其他专业的人开始羡慕我们做肺癌研究的，因为当我们讲"中国肺癌的原创之声"的时候，发现中国研究者为肺癌做出的贡献越来越多，在国际学术领域慢慢有了话语权。

一路走来，我的体会就是每个阶段都要给自己一个很务实的目标，然后为之全力以赴，义无反顾，也不计较得失。我一直认为，要让别人做到某件事，首先自己要做到，就像教育孩子一样，言传不如身教。从业开始，我每天第一个到医院，一直坚持至今。我从来没有放弃临床工作，无论行政事务多么繁忙，也坚持每周出专家门诊，每天都要回科室会诊。

我做院长这么多年，很少花时间在应酬上，因为觉得太浪费时间。很多人都是通过应酬去做沟通、拉近感情，而我不是，我是用自己的服务，也就是说当别人找我帮忙的时候，我会很用心去做，不会敷衍。别人对我的尊重，来自对“医者仁心”的尊重，而不是来自酒桌上的推杯换盏。

做好自己，做事情要出于公心，不计较个人得失，除这些之外，最重要的就是要有团队。我现在领导一个全国示范性劳模和工匠人才创新工作室，一个恶性肿瘤临床研究一体化诊疗中心，团队有百余人，涵盖了临床病房、转化实验室、药物临床试验机构、生物样本库、临床科研大数据中心等多个部分，团队成员都全心全意在努力，且不计较得失，这令我很骄傲。

因为我常常习惯于用放大镜看人和事，盯得很细，对细节要求也很高，在带团队时用这种抓细节的方法，团队整体素质提高得很快；当院长之后，很多人对此不适应，来找我谈：院长，咱们差不多就行了，别人做成那样我们也比不了，我们底子不如人家。我说：“医术要精益求精，容不得半点马虎，管理也一样，细节决定成败。”现在整个医院提升得非常快，各个科室在全国学术会议上发言的人多了，学术地位也大大提升了，大家的获得感越来越强。

其实，很多东西最终还是靠自律，只有自我要求高了，才不会对别人的高要求感到痛苦，无论是在工作上，还是在家里，都是如此。这种自我要求慢慢会形成价值观，不是空泛的理念，而是实际工作生活中真正落实的行为规范。“自律自省”已经成为我的团队科训，我这样培养出来了很多“70后”带头人。当初，他们有怨言，觉得院长要求太严了，现在他们当了科主任，开始带小医生时，对我说：“院长我现在真的理解你了。”民间的老话说“老猫房上睡，一辈留一辈”，他们现在领悟到，工作就应该是这样的，当一个人身上有责任感、有使命感的时候，就会知道要怎么领导团队，也就自觉地开始自律了。

人自律了就是真正成熟了，就像人们常说，为人父母之后才真正理解了自己的父母。

现在我的团队风气非常好，无论是临床、科研，还是家庭。我想，一支有优良作风的团队，一定具有培养英雄或人才的土壤，这片土壤中的人具有同样的性格和气质。这个气质的形成是在团队建设之初，创建者为团队注入的灵魂，不管岁月流逝还是人员更迭，团队的灵魂永在。最让我欣慰的就是团队成员的家庭都很和睦，无论是男医生还是女医生，对工作都很投入，家人也都很支持，不会因为加班、早出晚归而影响家庭和谐。

5. 性别的概念，对我没有什么困扰

今天所取得的一切，除了感谢一起奋斗的同事之外，我最想感谢的是家人。

我先生职业也发展得很好，我们两个人都是非常独立的人，自己的事就是自己去做，从来不会干扰对方，也没有矛盾。

任何一个男人对妻子的要求都有传统角色的一面，只有我完全独立于他，现在经常有朋友开玩笑说："你要感谢姐夫，对你这么包容。"我说："是啊，我要感谢他，特别感谢他什么地方呢？就是虽然他也的确是希望找一个能够照顾他、关怀他的女人，但遇到了我这样的女人，他也接受了。没有人照顾，他也能挺得住，守住自己，这是我对他很认可的地方。所以我是一个很幸运的人，遇到一个特别有责任感的男人，尤其他自己事业还做得这么好。"

我和先生虽然在工作上没有什么交集，但在思想和精神上还是有很多交流的。我先生也是我职业生涯中的一个老师，因为他一直是做行政管理的领导，因此当我从一名专业人员变成一名管理者时，他教给了我很多管理的经验，站的位置也很高。所以我想，那些平衡不了家庭和工作的女人，也许是没有遇到对的男人。所谓"宰相肚里能撑船"，只有男人心胸足够宽广，才能容得下女人的一切。

我平时不怎么着家，儿子从小就很独立，对父母没那么大的依赖性。但是儿子小的时候也稍稍有一点点困惑，我记得他小时候说过一句话："你给我送长托，等你老了我也给你送长托。"可以听出来，他当时内心是不满意的。他小的时候，由于我们都没时间去开家长会，

所以儿子要确保自己不要惹什么乱子，所幸从小学到高中，他都很优秀，老师从来没因为他有什么问题而找家长。就连最难管的青春叛逆期，他都似乎没那么明显，也许是从小就独立惯了，没有被过度照顾，也就不像别的孩子有被过度照顾之后的“断奶期”。

实际上，这个过程中我还是挺担心的。我也想过，这么多年奋斗下来，可能自己的事业做得不错，医院发展得很好，个人的理想也实现了，但如果家庭不幸福，或者孩子因为父母的忽视而在成长上出现了问题，我会很自责的。幸运的是，儿子很正能量，人生积极向上。虽然在生活上我对他照顾得很少，但我们思想交流特别多，他看待问题也特别成熟、豁达，这让我很放心。

6. 我热爱生活，生活也回馈我，让我成为更好的自己

也许每个人都有宿命，婚姻和家庭都是老天安排好的，职业也是。

性格决定命运，个性将决定我们将来会走到哪一步。我们每走一步，都会希望自己做得更好，于是会更勤快、更努力，然后会走得更远。对于任何一件事，无论要经历痛苦、彷徨，还是矛盾，等走过这一段，你会发现这些都是你的财富，这也是我数十年如一日能保持积极心态的动力。

正如日本一位作家所说：“你知道人类最大的武器是什么吗？是豁出去的决心。”我一直觉得自己处于跳起来才能够得着某样东西的状态，每次做一件事，在开始时都会觉得是“超出我能力范围”的

事，当咬着牙拼尽全力后，所有“不可能完成的任务”最后都很好地完成了。所以对我自己和我的团队来说，在做一件事的过程中，可能会觉得很艰难，要承受很大的压力，但完成之后内心的成就感也是一些轻易就能完成的事所不可比拟的，而且一次次完成，自信心也会一次次加增。当然，如果最后拼尽全力也没有完成，也不会失望，结果虽然重要，但与过程相比，也不是那么重要。

很多时候，无论是职业生涯，还是婚姻、家庭、孩子，都是水到渠成的，努力了就好。

一直这么辛苦地奋斗下来，可能没有别人那么多享受生活、享受天伦之乐的时间，但也有属于我自己的快乐的时候，我想每个人的快乐会有不同层面。我儿子特别敏锐，我们每次打电话的时候，他都能洞察出我当时的状态，会说“老妈你今天有什么好事吧”，或者“你遇到什么事了吗”，然后我会告诉他，妈妈又获什么奖了，或者遇到什么烦心的事了。

年轻人都喜欢拿星座和血型来说事。我是射手座，本身是一个挺追求自由的人；我是AB血型，所以人家开玩笑说我总是特别有激情，特别有煽动力。我也挺想过天马行空、无拘无束的日子，但这辈子选择了这个职业，估计很难实现了。

一路走来，遗憾当然有，比如没有在儿子成长时给他更多的陪伴，虽然儿子很优秀，但作为母亲还是有些遗憾的。我想，未来儿子有了孩子之后，我也许能给孙辈多一些陪伴。

真正最遗憾的，对我来说，是这一辈子没有真正在国外学习过。当年下定决心要出国留学时，又被医院调回来当科主任，然后就摸爬滚打没有停下来过。一直埋头赶路，而没有机会停下来让自己去看看外面的世界，这是一生的缺憾。不过后来我出国参加学术会议，在会议上发言做报告，参与国际临床研究，算是一种弥补。在外语学习方面，我也需要比别人付出更多努力，儿子成为我的老师，给了我很多的指导。我经常半夜向儿子请教英语的发音，像强迫症一样，要纠正每一个词的发音，儿子还教过我一些演讲的技巧，如何断句，如何抑扬顿挫，等等。

无论是医生，还是管理者，都是不同角度的角色，这些角色互通、相容，最终让我成为更好的自己。

樊青霞：选择当医生，就是选择了一种生活方式

樊青霞 教授，主任医师，博士生导师，郑州大学第一附属医院肿瘤科原主任。国际食管疾病学会（ISDE）中国分会理事，中国临床肿瘤学会理事，中国抗癌协会食管癌专业委员会第三、四、五届副主任委员，中国女医师协会临床肿瘤学专业委员会常委，河南省肿瘤防治联盟主席，河南省抗癌协会常务理事、学术部部长、临床肿瘤药物研究专业委员会主任委员。

人生也就短短几十年，平平淡淡、顺顺利利走到现在。

每个时代都有不同的境遇和机会，我们这代人，经历了上山下乡，吃过苦、挨过饿，但我们也赶上了国家改革开放的好时候。作为医生，参与了学科从起步到发展的建设过程，见证医学发展给患者生命带来的改变，我们这一代人是幸运的。

家庭与工作如何平衡，是这个时代的女性共同的难题。我们都希望把自己能做的事都做好，把承担的每一个角色都表现完美，但这是不可能的。人的中年大多是熬过来的。人的精力是有限的，时间也是有限的，既然选择了医生这个职业，就不要后悔。

1

走上学医这条路是命运的安排，当这条路就这么摆在面前时，我才发现自己对医院一点都不陌生。

那是20世纪60年代的事，在我上小学二年级时，感冒发烧后得了中耳炎，耳道里化了脓，就去妈妈单位的卫生所就医。清晰记得一位医生拿着一小包粉状药面倒进我的耳朵里，后来才知道这是磺胺类的药粉。

药粉和脓血混合后结成坚硬的粉块，一天后我的耳朵就听不见声音了，妈妈赶紧带我去了郑州市纺织医院看病，那里有许多50年代从上海医院支援郑州纺织工业建设的医生。耳科医生检查后对我妈妈说：硬块已把你女儿的耳道完全堵死了，中耳炎怎么能放药粉呢，耳道里应该用水剂的药呀！然后他给我耳朵里打了一点水，使硬结溶开，然后用一个弯钳把硬块一点点从我耳朵里夹出来，那钻心的疼啊，经年不忘，从此对医院就有一种莫名的恐惧感。

当命运无意中把我推上这条行医路之后，脑海里儿时对庸医的记忆扑面而来，既然选择了从事医生这个职业，就决不能做给我耳朵里灌粉剂的那种庸医。

从进医院那天起，我就立志要做一名医德双馨、让病人满意的好医生，一生以人格、良心、技术治病救人。我不一定要做一个名医，但一定要做一个不图名、不图利的好医生。

70 年代初，我随食管癌防治医疗队来到食管癌高发区河南林县，成为食管癌拉网普查组的一名工作人员。

河南林县的食管癌防治工作在中国肿瘤界是很有历史地位的。由于我国是世界上食管癌高发地区之一，患者数量占了全球食管癌总数的近一半，50 年代末林县就成为国家食管癌防治的基地。当时林县流行着“得了噎食嗝，吃秋不吃麦”的民谣，家家都有因食管癌而死去的亲人。

1959 年国务院周恩来总理发出“要征服癌症”的指示后，国家卫生部便组织了中国医学科学院、中国中医研究院、中国科学院和食管癌高发区所在地河南医学院的各学科专家，深入太行山深处的河南林县，创建食管癌防治研究基地，探索食管癌的发病机理，提高疾病早期诊断，改善食管癌治疗和预防措施。

我们医院是国内最早从事食管癌研究的单位之一，1958 年成立了肿瘤研究组，1959 年组建了林县食管癌防治研究所和林县食管癌医院，1970 年组建河南省肿瘤防治研究队。

河南医学院先期派出肿瘤研究组主治医师王瑞林等，带领河南医学院25期学生到达河南省北部太行山区林县，作为医疗队开展食管癌普查防治工作。1962年2月又派出了沈琼、魏淑华等十多位教授和资深医师到林县开展食管癌的防治研究。从此，他们踏上了食管癌抗癌之路，开始了一段长期而艰苦的历程。他们放弃了舒适的城市生活，二十年如一日，长期默默坚守在偏远贫困山区林县，不辞辛苦，毫无怨言，开展食管癌普查防治，为林县山区食管癌患者撑起了一片天。

我涉足食管癌领域，启蒙于我的恩师王瑞林老师。王瑞林教授在林县一干就是20年，老一代专家对食管癌工作的执着和坚守深深感动着我。1973年，当我作为一名食管癌防治医疗队员踏上林县这块土地时，艰苦的生活条件、简陋的工作环境让我震惊。

土坯房窗户小、光线暗，天一亮，沈琼教授、裘宗良教授和老师们就在院子里搬把椅子放上显微镜，坐在小凳子上观看细胞学和病理切片。医疗队宿舍那排窗户的灯光常常彻夜通明，老师们总是通宵达旦地工作和学习，我总是默默地观察着他们，他们的敬业精神和积极向上的人生观深深打动了我，也激励着我在自己的人生道路上以他们为榜样，努力工作、学习。

食管癌防治所的病房和手术室也是由农村民房改造而成的，就是在这种极其简陋的民房里，在医疗资源极其匮乏的条件下，我们的胸外科医生手中的手术刀一刻也没有停歇过。凭着长年累月积累下来的丰富临床经验，医生们练就了娴熟的手术技巧，一台手术一个多小时就做完了。是一种什么样的力量支撑着他们在如此艰苦的环境中砥砺前行？是仁爱，也是一种责任，更是一种博大的医者情怀。

我的工作是走乡串户，在人民公社田间地头，对 30 岁以上村民开展食管拉网脱落细胞学食管癌普查工作。

食管拉网检查，就是将带有套网的乳胶气囊和与之连接的塑料管，让患者吞进食管，医务人员辅助被检人员用吞咽动作将之缓缓下移，达到贲门后充气，将充气囊缓慢从食管内拉出，把覆盖有网的气囊上的分泌物涂片，进行病理学切片检验。

这种检查方法是河南医学院沈琼教授发明的，又被称为“沈氏拉网法”。60 年代检查食管癌，使用的是金属管式食管镜，检查时病人非常痛苦，难以忍受。沈琼教授就开始寻找一种病人痛苦小，并且医生在田间地头就能操作的简易器械。他受洗胃管的启发，通过拉网法采集脱落细胞。为了减少受检者的痛苦，使拉网器械容易被受检者接受，沈琼教授在自己口中反复做吞咽试验。经过 1 年多的反复试验，应用双腔囊细胞采集器进行检测的方法成功了，从而使细胞学诊断食管癌阳性率达到 92%。

沈琼教授发表了中国第一例早期食管癌病历报告，在世界医学史上首次提出了食管上皮细胞增生与癌变关系学说，并创立了食管细胞诊断学，解决了食管癌早期诊断的重大课题，使我国的食管癌诊断和研究水平在国际上达到了领先地位。

我在普查中感受最深的是林县村村都有食管癌患者，家家都有癌病史。食管癌的病因不明，无法预防，当发现有症状到医院求医时，病人多已是中晚期，已经不能手术。我所做的食管拉网检查，就是为食管癌早期诊断进行甄别，以便早发现、早治疗。

我们按照统一计划，统一制表，在林县全县范围内进行逐村逐队、挨家挨户拉网式普查、登记和做食管拉网脱落细胞涂片检查。林县地处山区，很贫困，当时村与村之间沟沟坎坎都是羊肠小道，有的村庄还要翻山越岭才能到达。一路跋山涉水，全靠两条腿。

农户家、打麦场、田边地头，都是我们的工作场地。那个年代在农村没有饭店和小卖部，都是出发前背一壶水，提包里带几个馍。渴了喝口水，饿了啃口凉馍馍。

在当地，流行着这样的顺口溜，“紧噎慢噎，三个半月，十个癌九个埋，还有一个不是癌”；听到的最多的就是林县的“三不通”，水不通，路不通，食管不通；感悟最深的是“自力更生，艰苦创业，团结协作，无私奉献”的林县红旗渠精神。正是这种强大的民族精神支柱和动力之源，感染和激励着我在抗肿瘤事业上砥砺前行，一生无悔无怨。

经过全队人员 4 个多月起早贪黑的辛勤劳作，初步掌握了林县食管癌发病和死亡情况及可能的发病原因，并逐步建立了林县食管癌发病、死亡登记报告制度。经过我们多年流行病学调查的经验积累，已经形成了一套较完整的工作体系。

20 多年来，医疗队跑遍了林县的山山水水，普查人数超过 15 万人，筛查出早期食管癌患者 1000 余人，进行手术治疗 300 余人。普查中发现的食管癌患者，可以享受到免费手术。早期食管癌手术，使大部分病人的生命得到了延长。但也有一部分早期食管癌患者不愿接受手术治疗，原因是他们的家人或村里有些病人出现术后并发症，有些术后复发，造成患者顾虑重重，错过手术最佳时机。

沈琼教授作为食管癌拉网检查方法的发明人，对林县食管癌事业有着深厚的感情，曾立下遗嘱，百年之后要把骨灰葬在林县虎头山上，他要看到攻克食管癌那一天。林县人民为了纪念他为林县做出的不可磨灭的贡献，为他立了雕像。沈琼教授病故后，骨灰被撒在了太行山上，实现了遗愿。

2019 年，当我再次踏上林县这块土地时，往事历历在目，却已物是人非。林县如今已升级为县级市，更名为林州市。当年攘来熙往的医疗队食管癌病房的二层小楼，早已淹没在高楼大厦之间，没有了往日的喧嚣。往日 80 余张床的食管癌小医院，如今已经发展成现代化的食管癌大型专科医院。

2

美国医生特鲁德的墓志铭说：偶尔去治愈，时时去帮助，总是去安慰。短短的 15 个字，是现代医学对人类贡献的真实写照。

我的两位同学，20 世纪 90 年代初先后患了肝癌，住进了我们的病房，很遗憾当年没有太多的治疗方法和手段，他们没几个月就离开了人世。看着 40 多岁的同学离去，心里真的很难受。感悟人生，在病魔面前人的生命竟然如此脆弱。

90 年代初，我们病房住进了一个刚结婚没几天就发现直肠癌的漂亮女孩，经检查后诊断已是晚期，无法手术治疗。化疗后很快发现有多处脏器和骨转移，剧烈的疼痛让她失去了生活的信心。

当时我国对癌痛的认识还很有限，麻醉药品管理严格，对病人使用麻醉止痛药有严格的限制。一般的止痛药和短效的吗啡止不住剧烈疼痛，更没有长效的缓释剂型，结果她不堪忍受而跳楼自杀。新婚的丈夫悲痛欲绝，抱着她的尸体泣不成声，痛不欲生。作为医生，目睹病人的痛苦，自己是那么无助，这种滋味让我揪心地痛，强烈撞击着我的心灵。

现代医学的进展很快，新型的止痛药物减轻了病人不少痛苦。目前晚期的病人虽不能治愈，但我们已经有了综合治疗的手段，给病人带来了更好的疗效，肿瘤的治疗效果和20年前相比有了长足的进步。

同时，医生的优秀不仅仅体现在医学技术层面，良好的医疗道德，优质的医疗服务，更加重视对患者的人文关怀，都是医生的追求。让他们痛苦小一点，生命延长一些，生命质量更高一些，让病人在最后的日子里能够远离痛苦，避免因疼痛而寻短见的发生。

我还遇到一位意志坚强的病人，她是郑州大学化工学院的一名患乳腺癌的女博士。做完手术以后又复发了，她顽强地跟疾病抗衡。化疗反应很大，她凭着一股劲硬是坚持下来。掉光头发不在乎，恶心呕吐，吐了再吃。在脑转移、骨转移后仍永不言弃。她因病情加重住进了ICU，我以为这一次她可能撑不过去了，没想到有一天突然看到她向我走来，我惊奇地看着她，她微笑着说：没想到吧，我又回来了。

她在治疗过程中始终没放弃教学和科研工作，还兼职教研究生日语。有一次她的上肢发生了病理性骨折，我建议她制动休息，减少外出，但她已经确定了行程，要随学校赴日本访问，担任翻译。我说："你不要命了？其他人去不行吗？"她笑着说："身体和工作同样重要，已经确定的事不能失信，我的脑子和腿没事。"她的坚持让我无奈，她的坚强让我佩服。

她的确是我非常佩服的一位有毅力、积极、乐观的女强人。这位女博士手术后复发，生存了5年时间。从她身上，我明白了不同的人对疾病和人生的认知是不同的。她不会为喜爱的工作放弃治疗，也不能因为疾病而放弃自己喜欢的工作。只要自己做自己喜欢的事，心里高兴就行，这就是一位中国女博士对人生价值的认知。

不同人之间，对疾病的认识和承受耐力差别很大。有的人诊断出肿瘤之后就被吓死了，这不是耸人听闻。我同学的姐夫体检发现颈部淋巴结肿大，之后查出是肺癌晚期，考虑到患者的承受能力，家属只告诉他患了肺部肿瘤，医生说是可以治疗好的。

住院两天后他无意中在检查单上发现已淋巴结转移，这消息犹如晴天霹雳，瞬间炸得他心理崩溃。吃不下饭，睡不着觉，好像明天就是他的末日，极度的恐惧使他血压升高，心慌，烦躁，体重急剧下降，并拒绝任何治疗。从确诊到去世只有3周。一个体检前还在工作岗位上的壮年人，就这样匆匆地走了。

曾有一位晚期食管癌病人，他30多岁时被确诊，如今20年过去了，他看到了儿子娶妻生子，膝下儿孙满堂。每次他来复查，见到他带着笑容，心态乐观坦然，都感到特别高兴。

我是医生，不是神。对于我的病人，我会尽自己最大的努力为其治疗，看到患者能健康活着，心中会感到无比快乐。患者能够健康活着，我就享受到了作为一名医生给他的家庭带来幸福的那种满足。

2015年，我去北京参加过一次特殊会议，那是一场服用靶向治疗药物存活10年以上的肺癌患者和医生共同参加的会议。会场上见到了一位患肺癌的同行专家，她因用药引起面部色素沉着，气色不太好。回想起她曾经活跃在学术舞台时的风采，如今的她完全失去了以往的大家风度，我和身边的另一位同行唏嘘不已。

这时身边一位60多岁的老太太突然问我：“您是医生吗？”我说：“是，您有什么事吗？”她说：“我听到您刚刚说的话，您是不是觉得医生就不得肺癌了？”我赶紧解释说：“我没这个意思，疾病面前人人平等，我刚才只是想说我的医生同行，她得了自己专业领域的疾病，我心里很难受。”后来这位老太太的丈夫上台发言，原来她的老伴患肺癌11年，但完全看不出是一名肺癌患者，他讲述的抗癌经历让人感动。

这件事让我明白了一个道理，作为医生，无论在什么场合，时刻都要注意自己的言行。家属和病人对医生的话非常敏感，误解会导致医患之间沟通上的偏差，容易导致一些医疗纠纷。在我们的医疗生涯中，不仅要有精湛的医术，还要有崇高的医德，更要有严以律己、宽以待人的作风。

3

选择了医生这个职业，就是选择了一种特殊的生活方式。年轻时忙，当了科主任更忙。

我30岁左右开始做住院医师，这是最辛苦的阶段。上有老，下有小，科室医生人手少，一线临床工作非常忙，还要坚持不懈地努力学习，提升自己的整体水平。进修、学习、交流、补课，感觉自己就像一个陀螺，不停地在转呀转。

幼小的女儿整天见不到妈妈，她曾经用稚嫩的声音说道："妈妈，家属院里看自行车棚的阿姨整天都在家里，你要是在这里看车的话，我就每天都可以见到你了。"有时她说："你要不然到我们幼儿园当老师吧，这样我也可以见到你。"女儿不断为我变换着职业，实际上是在等待妈妈的陪伴，我对孩子的童年存有很多遗憾。

我母亲身体不好，全靠父亲照顾，我工作忙，陪他们的时间不多。前不久，看到电视里有一则公益广告，感触很深：一个老人在病床上躺着，孩子打电话过来，问父母有没有事，明明已住院，老人却说没事，挺好的。我父母就是这样，抽出时间去看望他们，母亲总是说你去忙吧，要上班，还要管孩子，我没事。天下父母对孩子那种真挚的爱，发自内心无私的爱，无论你长到多大，都能感受到。

职业女性比男性付出更多，工作、家庭在女人的心中都占有很重要的地位。无论在工作上还是在家里，把自己能做的事情都做好，让同事欣赏你，领导认可你，让家人爱你、支持你就好。

90年代初我任肿瘤科副主任，之后又任肿瘤科大科主任兼党支部书记，更是忙得无暇顾及家人。很多时候在工作和家庭之间难以取舍，很难做到自己满意，家人满意，方方面面都满意，真的很无奈！每个人的中年大多是熬过来的，人的精力是有限的，时间也是有限的，既然选择了医生这个职业，就不要后悔。

医生是一个需要终身学习、不断提升临床思维、不断提高自己的业务水平，是一个活到老、学到老的职业。尤其是近年来国内外医疗技术日新月异，需要更新知识、更新意识，才会有更娴熟的医术。稍不努力，就跟不上时代的步伐。我深知对父母的亏欠，对女儿的亏欠，我也许不是个称职的贤妻良母，但我是一个好医生。

有人问我，你这辈子最有成就感的事情是什么，我想这辈子最有成就感的事应该是培养了众多的学生。我培养的硕士和博士近200人，他们在各自的岗位上肩挑重任，为我国的肿瘤事业发挥着自己的光和热。

岁月流逝，留下的是不朽。40多年来，我在抗癌事业上慢慢从青年变成了长者，我把青春献给了我热爱的医学事业。回首往事，我无怨无悔。

后记

在本书出版前最后的日子里，我做了一个梦。

梦里，小青坐在病床上与我拥抱，她化了漂亮的妆，鲜红的嘴唇看起来十分健康，她说她的病已经全好了。

我半夜醒来，给她发微信，无回应，于是联系了她的医生，也是我的朋友。医生说，很遗憾没能留住她。

小青用这种方式与我告别，我相信，她是回家了，从此再无病痛。

工作原因，我与肿瘤科医生打交道很多年，在诊室、手术室、病房旁观他们的工作，体会他们的工作、感受，写他们的故事。当沈琳教授邀请我参与这本《在人间：肿瘤科女医生亲历记录》的记录时，我自信满满，我以为我能理解肿瘤科医生的工作，我以为我能理解癌症患者的心情，我以为我能听懂她们对死亡的感悟……

直到遇见小青，我才知道，这一切都是骄傲的自以为是。

我和她只是2020年底在北京有短暂的交集，两个月后我重新回到原有的生活轨道，她给我最后的语音留言，是在我梦见她的11天前发来的，听得出来她用了很大的力气，但声音依然虚弱到几乎听不清楚。她告诉我，她觉得自己整个人都干枯了，整个世界也都干枯了。

我不知道“干枯”是一种什么感觉，也不知道该对她说些什么——面对死亡，我是如此无知。

所以，人类的悲喜真的能相通吗？托尔斯泰在晚年的病痛中写作的《伊凡·伊里奇之死》给出的答案是：不能。身患癌症的伊凡·伊里奇离开之前，亲人（他的妻子，他的子女）也无法感受到对方内心那种跌入黑洞深渊的痛苦与呻吟。杨绛先生在她96岁高龄所著的《走到人生边上》的自序中写道：本文，是我和自己的老、病、忙斗争中挣扎着写成的。

说到底，衰老、疾病和死亡，都是一个人的事。

记录肿瘤科医生的故事，避不开疾病和死亡，我想，这些故事的意义，也许在于在癌症不可避免地来临时，能为我们的思考提供一些方向，比如如何选择适度而不浪费资源的医疗方案？如何在虚幻的期望与有品质的临终生活之间做出抉择？这些都是我们每一个人总有一天要面对的生命课题。

说来满心惭愧，书稿的完成，从第一篇到最后一篇，横跨了两年多时间。李洁教授说“常常想忙完这段时间就好了，结果发现越来越忙，好像越来越不会‘就好了’”，这份书稿很长时间就是这种状态。2019年8月19日，我从北京飞到重庆，在学术会议间隙完成对程颖、张艳桥两位教授的访谈，一周后的25日，我们一家三口飞往西班牙首都马德里，从此开始异国他乡的漂泊。这场迁徙历时近两年，考察、申请、安顿老人、跨国搬家、给女儿找学校、租房买车、办定居的各种手续……一路就像网游里的打怪升级，一个BOSS（怪物首领）接着一个BOSS，一关接着一关。

50多个小时的录音文件趴在电脑里，从北京带到了马德里，我却似乎永远没有坐到书桌前的时间。尽管医生中没有人催我交稿，沈琳教授更是反过来安慰我“不着急，慢慢来，先把生活安排好”，但稿子拖久了就像患上某种慢性病，每时每刻侵扰着你的心，让你不得安宁。一场突如其来的新冠疫情，把地球上的人类都关在了家里，我也终于可以安静地坐在电脑前，治愈这场“慢性病”。

在这里要特别提到周婷，她是沈琳院长的秘书，她一加入，出版工作就驶上了高速路。收集每一位医生的审稿意见、照片、对本书的反馈，对接出版社各种出版事宜，各种法律文件……如果没有周婷，这些烦琐的工作一定会让我的拖延症复发。周婷的敬业与责任心，让出版前的工作变得有序而高效，这本历时几年的书，终于完成了关键的最后一公里。

在此，要特别感谢周婷，也感谢中信出版社的编辑老师们。

信任，是最让人不敢辜负的东西。

曾有人总结出女人最重要的几点：思想独立，有主见，有自己的人生观、价值观；有上进心，永远不放弃自己的理想，做一份自己喜爱的工作，拥有快乐和成就感；经济独立，不依赖男人。

这正是这17位肿瘤科女医生最真实的写照，她们是中国肿瘤界最耀眼的一群女医生，无论是临床还是科研，都能独当一面；她们看过外面的世界，也遇过各种各样的人；她们独立、理性、成熟。她们也曾走过一地鸡毛的生活，一边搞临床，一边读书，一边带娃，等安顿完娃后夜深人静开始写标书、写论文，掐着各种deadline（截止时间）过日子……如今，皆已成往事，回想起来云淡风轻。

女人之间聊到深处，会不自觉放下防备，聊起成长、工作、感情、婚姻、疾病、父母、子女等等，一些只会对闺密说的隐私，就这样对我敞开，不介意把最真实的自己展露出来，而边上的录音笔一直开着。每次结束访谈后，她们都会说“不知不觉就说多了，从来没有把自己如此暴露过”。要知道，对于成熟、理性的成年人，对别人暴露自己需要很大的勇气，只有足够真诚才敢如此真实。这份真诚与信任，让我更加谨慎地对待每一份访谈录音，也更谨慎地对内容进行取舍。我一直认为文字如同医生的手术刀，无论对被访谈者，还是对读者，“do no harm”（不伤害）都是第一要义。

两年多前开始的访谈，我是带着许多的人生困惑在向她们寻找答案，但是两年后的今天，当初的困惑我竟然统统不记得了，是已找到了答案，还是已经放弃治疗？我也不知道。不过我想，就像“什么是幸福”这个永恒的哲学追问，也许时间本身，就是一切的答案吧。

好医生最擅于从一团乱麻中找出最重要的问题，并进行排序，尤其肿瘤内科的医生，面对晚期癌症患者的各种复杂情况，他们要用最快的速度抽丝剥茧，给出建议。这种解决问题的思维方式，是我对这17位女医生进行访谈的最大收获。

人生在世，我们似乎将太多的东西揽入怀里，所以我们会不时发生崩盘，甚至引擎熄火。是信息过剩，还是行李太多？什么才是必不可缺，什么并非非有不可？这些问题，对每一个人来说都会有不同的解答，因为每个人都只能为自己的人生负责。面对纷繁复杂、千头万绪的生活，像医生看病一样，学会取舍与排序，都是重要的能力。

让我最感动的，是沈琳教授说的“认命”，这个词，编辑曾建议改掉，我坚持原样呈现。生了病要认命，人生有缺憾也要认命，这种认命，并不是消极悲观，而是理性对待现实，改变自己能改变的，接纳自己不能改变的。

这种认命，正如曾被关押在奥斯威辛集中营的心理学家维克多·E. 弗兰克尔曾说的——

面对生活中的一切，仍然对生活说“是”。

戴志悦

2021 年 5 月 7 日

在人间
的
心得体会

在人间
的
心得体会

在人间
的
心得体会